EDI GRAF

Russlandcup

KICK IM DOPINGSUMPF Kommissar Rainer Zufall, der in Wirklichkeit »nur« Privatdetektiv ist, findet auf dem idyllischen Bolzplatz eines ländlichen Fußballclubs die Leiche von Gutwart Pfost, Keeper im Kader der Deutschen Fußball-Elf. Über Gutwart Pfosts Gesicht wölbt sich der aufgeschlitzte offizielle Spielball der Fußball-WM 2018! Der schräge Kommissar stößt bei seinen Ermittlungen auf eine weitere Leiche und auf einen Dopingskandal, der die WM bedroht. Auch Kommissar Zufalls russischer Zwillingsbruder Jakob Machbalrin, der in der Russischen »Sbornaja« kickt, scheint darin verwickelt zu sein. Gemeinsam mit dem skurrilen Bestatter und Pathologen Dr. James Smrt sowie dessen tierischen Gefährten, dem Leichenspürgeier Wallander und der Hyäne Kurt, begibt sich Kommissar Zufall während des Confed-Cups in Russland auf die Suche nach dem Mörder. Während die Fußball-WM immer näher rückt, kommt es in der Arena von Kasan zu einem dramatischen Endspiel …

Edi Graf ist freiberuflicher Journalist und arbeitet als Redakteur in einem Hörfunkprogramm der ARD. Nach Hörspielen und Kurzgeschichten verfasste er bisher sieben Afrikakrimis um die Tübinger Journalistin Linda Roloff. Die schräge Figur des »Kommissar Zufall« schickt er, nach dem Musikerkrimi »Kriminalpolka« jetzt in der Fußballszene auf Mörderjagd beim »Russlandcup«. Als Herausgeber veröffentlichte Edi Graf zwei Mundartbände und eine Krimianthologie, schrieb Reise- und Ausflugsführer sowie zahlreiche Kurzkrimis. Edi Graf ist Mitglied in der Krimiautorenvereinigung Syndikat und lebt mit seiner Familie in Rottenburg am Neckar.

Bisherige Veröffentlichungen im Gmeiner-Verlag:
Der Schwarzwald (2016)
Bombenlauf (2016)
Kriminalpolka (2013)
Verschleppt (2012)
Bombenspiel (2010)
Leopardenjagd (2008)
Elefantengold (2006)
Löwenriss (2005)
Nashornfieber (2005)

EDI GRAF

Russlandcup

Krimi zur WM 2018

GMEINER SPANNUNG

Besuchen Sie uns im Internet:
www.gmeiner-verlag.de

Im Ehnried 5, 88605 Meßkirch
Telefon 07575/2095-0
info@gmeiner-verlag.de

1. Auflage 2018

Lektorat: Claudia Senghaas, Kirchardt
Herstellung: Mirjam Hecht
Umschlaggestaltung: U.O.R.G. Lutz Eberle, Stuttgart
unter Verwendung eines Fotos von: © matze_ott/photocase.de
Druck: CPI books GmbH, Leck
Printed in Germany
ISBN 978-3-8392-2253-9

Namen und Spielergebnisse sind nur zum Teil, Handlung und Tathergänge hingegen ganz frei erfunden. Die Einbindung realer Personen in die Krimihandlung ist Fiktion. Jenseits des Spielfeldes erkennbare Ähnlichkeit mit kickenden, köpfenden, foulenden, flankenden, schießenden, stürmenden, verteidigenden, haltenden und pfeifenden Personen entspringt allein der Fantasie des Lesers.

»Fußball ist unser Leben, den König Fußball regiert das Geld …«

Variation aus »Fußball ist unser Leben«, Weltmeisterschafts-Lied der deutschen Fußball-Nationalmannschaft 1974.

ANPFIFF

Tot.

Toter.

Am totesten.

Ich dachte es nur. Zunächst. Doch dann sagte ich es leise:

»Tot. Toter. Am totesten.«

Der Tote sagte nichts.

»Das sagt man nicht«, sagte der Pathologe schroff.

»Was?«, fragte ich, da sein Anpfiff mir galt.

»Tot. Toter. Am totesten!«

»Aber Sie sagen es doch auch!«

»Ja. Weil Sie es sagten. Aber tot gibt es nicht als Komparativ und Superlativ. Nur als Positiv.«

»Positiv? Tot ist positiv?«

»Für mich schon. Ich lebe davon«, sagte der Pathologe.

»Ich auch«, antwortete ich, der Privatdetektiv.

»Und dieser Tote lebt nicht mehr«, stellte er fest.

Nun, um das zu sehen, musste man kein Pathologe sein:

Wer mit einem über den Kopf gestülpten Fußball seit Stunden auf dem Rücken eines Bolzplatzes lag und sich nicht rührte, nicht atmete und nicht pulste, war tot.

Toter als der toteste Hund …

Doch vielleicht beginne ich die Geschichte von vorne. An jenem Spätfrühlingstag auf jenem Bolzplatz, wo der

Anpfiff des Spiels der Regionalligaclubs Letzter FCKW gegen Zwietracht FKK noch auf sich warten ließ.

Weil sie dort lag …

Tot.

Toter.

Am totesten.

BALLLEICHE

Sie lag auf dem Rücken, hatte muskulöse, behaarte Beine, die merkwürdig gekrümmt aus den schwarzen Shorts mit drei weißen Streifen ragten und in weißen Stutzen und grünen Stollenschuhen mündeten. Ihr Rumpf trug ein weißes Trikot mit drei schwarzen Streifen, das die kräftigen, gebräunten Arme noch dunkler aussehen ließ.

Sie war eindeutig die Leiche eines Fußballers, und der Kopf ruhte minutiös auf dem Elfmeterpunkt des gegnerischen Tors. Das Merkwürdige aber war, dass sie gar keinen Kopf hatte. Das heißt, sie hatte sicher einen, doch der steckte in der Tatwaffe. Oder besser gesagt: Die Tatwaffe steckte dort, wo sich bei der noch lebenden Leiche der Kopf befunden hatte, nämlich auf deren Hals! Rund und bunt ragte der offizielle Spielball der Fußball-Weltmeisterschaft 2018 in Russland anstatt des Kopfes zwischen den Schultern der Leiche empor.

Selbst für mich als versiertem Privatdetektiv mit Arbeitsschwerpunkt »ungeklärte Todesfälle« ist eine Leiche, deren Kopf durch einen Fußball ersetzt wird, ein mehr als kurioser Anblick. Und es stellten sich für mich zwei Fragen: 1. Wo war der richtige Kopf der Leiche, und 2. Wo gab es auf diesem kleinen, dörflichen Kickplatz etwas zu trinken?

Die Antwort auf die zweite Frage war für mich von existenzieller Wichtigkeit und sie hing unmittelbar mit der Tatsache zusammen, dass ich als einer der Ersten am Tatort war, sogar noch vor Polizei und Spurensicherung! Dies hatte ich meinem unschätzbar wertvollen Informanten zu verdanken, der wiederum sein Honorar »in Weiß« zu kassieren pflegte: Weißbier oder Weißweinschorle.

Nun ja, um es kurz zu machen, man muss sich umtun, gerade in meinem Metier, im Zeitalter von Fatzebuck und Twitter, wenn sich Nachrichten über einen Mord schon verbreiten, während der Täter die Tat noch plant. Es reicht bei Weitem nicht mehr, nur ein erfolgreicher Ermittler zu sein!

Fast alle wirklich Großen, und vor allem die Legenden, haben im Doppelpack gearbeitet. Keiner spricht von Sherlock Holmes, ohne Doktor Watson zu nennen, keiner denkt an Derrick ohne Harry, und Oliver Hardy wäre ohne Stan Laurel nur halb so erfolgreich dick und doof geworden. So war es auch für mich logisch, mich nach einem Assistenten oder Partner umzusehen, der mir vor allem bei der Beschaffung aktueller Fälle behilflich war.

Konstellationen wie bei Detektiv Rockford, der mit seinem Vater zusammenarbeitete, oder Matula, der sich an den Rockzipfel eines Rechtsanwalts hängte, wollte ich nicht imitieren. Zum einen kannte ich meinen Vater nicht, und zu Anwälten habe ich ein eher gespaltenes Verhältnis, seit mein Scheidungsanwalt Horst-Udo, einen Monat nach meiner Trennung von Charlotte, meine Ex geheiratet hat.

So kam es, dass ich mich an den Mann wandte, der mir bei der glücklichen Lösung meines ersten Falles die entscheidenden Hinweise gegeben hatte und mir bei der Überführung der Täterin (oder des Täters – für alle, die das Buch noch nicht gelesen haben) eine unschätzbare Hilfe gewesen war. Doktor James Smrt war als Notarzt auch pathologisch tätig, half gelegentlich in der Tübinger Gerichtsmedizin aus und leitete gleichzeitig ein modernes Bestattungsunternehmen am Bodensee, »Leichen-Smrt & Co«, bei dem er als selbstständiger Totengräber arbeitete. *Synergieeffekte nützen*, lautete seine Devise, nach dem Motto: *»Heute gestorben, begraben schon morgen!«*

Seine diversen Berufszweige brachten es mit sich, dass Dr. Smrt immer als einer der beiden Ersten am Tatort war, solange der zwischen Wurmlingen bei Tübingen und Schnetzenhausen am Bodensee lag. Noch von unterwegs ließ er mir den vermeintlichen Tatort per SMS zukommen, und der »Zweiterste« war – nach unserer mündlichen Absprache und gegen ein Honorar in Form oben erwähnter flüssiger Kaltschalen – ich!

So war ich auch an jenem Samstagnachmittag gleich nach Dr. Smrt am Tatort, dem Sportplatz des »Fußballclubs kickender Wengerter« (schwäbischer Ausdruck für Weingärtner), genannt Letzter FCKW, in ländlicher Idylle am Fuß des Spitzbergs, der das berühmte Schloss Hohentübingen mit der noch wesentlich berühmteren Wurmlinger Kapelle verband, und hoffte inständig, dass ein neuer Fall auf mich wartete. Unsereins ermittelt ja leider nicht – wie der gewöhnliche Hauptkommissar der Mordkommission – einfach so, weil irgendwo eine Leiche auftaucht, sondern benötigt einen möglichst zahlungskräftigen Auftraggeber. Und um an den zu gelangen, benötigt es wiederum ungewöhnliche Werbemaßnahmen.

»Nun, mein geschätzter junger Freund«, hatte mich Dr. Smrt bei meinem Eintreffen jovial begrüßt, »wie ist das werte Befinden?«

»Geht so«, antwortete ich, »›Leichen pflastern seinen Weg‹ ist leider derzeit nicht mein Motto. Ich lebe von Kleinaufträgen. Entlaufene Meerschweinchen, kleinliche Klärung unklarer Loyalitätsfragen bei scheidungswilligen Ehepaaren, Besoldungsfortzahlungsbetrug bei Finanzbeamten und vermisste Schwiegermütter.«

»Und was macht die Kunst des Schreibens? Ich habe wohl verfolgt, dass Sie unseren ersten gemeinsamen Fall in ein lustiges Büchlein verwandelt haben. Sicher ein nettes Zubrot, was?«

»Damit ist kein Geld zu verdienen«, wehrte ich ab. »Das ist nur zusätzliche Arbeit, die nichts bringt – nur dem Verlag!«

»Ein lustiges Völkchen, diese Musikanten. Außer, wenn Posaunisten beim Polkaziehen tot aufs Pult sinken. Sie haben das anschaulich und spannend beschrieben.«

Er spielte auf »Kriminalpolka« an, meinen ersten Krimi, in dem es um Morde in einer Blaskapelle ging. Der Fall lag jetzt fünf Jahre zurück.

»Fast so spannend, wie wenn Fußballspieler beim Kicken tot auf dem Platz liegen. Wird das auch ein Krimi?«

»Mal sehen. Ich habe ja noch nicht mal unseren letzten Fall niedergeschrieben.«

»Sie meinen den Skifahrer, der beim Skifahren tot auf der Piste lag?«

»Genau.«

»War ein makabrer Anblick. Fast wie hier …«

»Mit dem Bolzenschussgerät ins Genick geschossen.«

»Da könnte der Krimi ja ›Genickschuss‹ heißen«, schlug er vor.

»In der Tat habe ich außer dem Titel noch nichts geschrieben.«

»Und wie soll er heißen?«

»›Kriminalslalom‹. Ich hatte das auch schon so angekündigt. Aber dann kamen laufend entlaufene Meerschweinchen und vermisste Schwiegermütter dazwischen.«

Und kein Bock, jeden Tag am Computer zu sitzen und einen alten Fall aufzurollen, wollte ich noch sagen, doch ich biss mir auf die Zunge.

»Ja. Uns geht die Arbeit nicht aus«, hatte er gesagt und sich wieder der Fußballleiche zugewandt.

Während Dr. Smrt neben der Leiche kniete und erste pathologische Untersuchungen anstellte, nützte ich die Zeit vor Eintreffen der echten Polizei, um gegenüber den Anwesenden auf dem dörflichen Kickplatz mein Inkognito zu lüften und meine Visitenkarten zu verteilen.

Zuschauer gab es schon zur Genüge, denn das Spiel gegen die Zwietracht FKK – Fußball-Kicker Kapellenberg –, wäre in knapp einer Stunde angepfiffen worden, hätten die Kicker des Fußballclubs Letzter FCKW nicht beim Warmlaufen auf dem Spielfeld den offiziellen Spielball der Fußball-Weltmeisterschaft 2018 in Russland vor dem gegnerischen Tor liegen sehen, so erfuhr ich später. Marzipan Steinschweiger, der gefeierte Stürmer des Letzten FCKW hatte nichts als den Ball gesehen, an den Spruch »das Runde muss ins Eckige« gedacht, nur einen kurzen Anlauf berechnet und den offiziellen Spielball der Fußball-Weltmeisterschaft 2018 in Russland mit einem gezielten Schuss Richtung Tor befördert.

Dies war jedenfalls – wie bei jedem Elfmeterschützen – seine gute Absicht gewesen. Doch war in diesem Fall sowohl die Sache an sich als auch der Ball im Besonderen anders gelagert gewesen. Letzterer hatte sich nicht vom Fleck gerührt, sondern war mit einer Abweichung von nur wenigen Zentimetern dort verblieben, wo er gelegen hatte, Marzipan Steinschweiger hingegen, dessen rechter Fuß den Ball nicht verfehlt hatte, war mit einem Schrei über den offiziellen Spielball der Fußball-Weltmeisterschaft 2018 in Russland hinweg gestürzt, hatte sich überschlagen und war stöhnend und mit gerissenem Außenband im Elfmeterraum liegen geblieben.

Seine Kameraden waren herbeigeeilt, hatten sich jedoch nicht über ihn, sondern über den zweiten auf dem Spielfeld liegenden Körper gebeugt, der offensichtlich mit dem aufgeschlitzten offiziellen Spielball der Fußball-Weltmeisterschaft 2018 in Russland eine Symbiose eingegangen war.

DISKRET, ERFOLGREICH, UNDERCOVER

Jetzt standen sie gestikulierend mit einer Handvoll anderer Zuschauer und den Spielern der gegnerischen Mannschaft am Spielfeldrand und betrachteten abwechselnd meine Visitenkarten und mich.

Schließlich trat einer aus der Gruppe auf mich zu. Er war mindestens zehn Zentimeter kleiner als ich, trug ein Trikot wie die Leiche und las wieder und wieder die Worte auf meiner Visitenkarte.

»Entschuldigen Sie bitte«, sagte der Kleine leise, fast flüsternd, »sind Sie das« – er deutete auf die Karte – »wirklich?«

Ich nickte feierlich und stumm und genoss die Aura, die mich umgab.

Immerhin bin ich so einigermaßen der berühmteste Kommissar der Welt. Keine Zeitung, die noch nicht über mich berichtet, kein Radioprogramm, das mich noch nicht gesendet und kein Fernsehsender, der mich noch nicht erwähnt hätte. *»Kommissar Zufall hilft«*, oder *»Die Polizei wurde wieder einmal von Kommissar Zufall unterstützt«*, so lesen, hören oder sehen wir es doch immer wieder.

»Echt? Der Echte?«, fragte der kleine Kicker immer noch ungläubig.

»Ja«, antwortete ich, »Sie lesen richtig. Sie haben es mit dem legendären Kommissar Zufall zu tun!«

Was nun folgte, war ein eingespieltes Ritual, das ich aus dem Effeff beherrschte, und auch heute mein Publikum wieder sichtbar beeindruckte. Ich gab meiner sonst eher weichlich klingenden Stimme den sonoren Klang des Synchronsprechers von Columbo, und mein zerknittertes Gesicht verstärkte sicher diesen Eindruck. Schade, dass ich meinen Trenchcoat auf dem Sportplatz nicht dabei hatte. Ohne Megafon dröhnten meine Worte über den Platz und ich spürte, dass ich noch vor Eintreffen der Kriminalpolizei meinen Auftrag in der Tasche hatte:

»Achtung, hier spricht die Polizei! Kommissar Zufall, mein Name. Bitte bewahren Sie Ruhe, bis meine Kollegen da sind, und halten Sie Ihren Personalausweis oder den Führerschein bereit!«

Und wer bislang glaubte, Kommissar Zufall sei nur ein *Phantom* oder ein Synonym für erfolgreiche Polizeiarbeit, der wurde durch diese Worte eines Besseren belehrt: Ich bin ich, und in voller Lebensgröße Kommissar. Na ja, eigentlich nur Privatdetektiv, aber das ging ja keinen etwas an. *Kommissar* macht sich in meinem Metier besser.

Ich verwende den Titel »Kommissar« ja nicht als Berufsbezeichnung, sondern quasi als Pseudonym, und das ist durchaus gestattet.

Mein richtiger Name ist Tsuval. Rainer Tsuval. Für den Nachnamen kann ich nichts. Altes Erbstück der belgischen Vorfahren meiner Mutter. Mein Vater, oder besser gesagt, unser Vater hingegen – mein Bruder wird später seinen Auftritt haben – war Russe. Doch nachdem meine Mutter ihn nur wegen dieser einen Nacht nicht geheiratet hat, behielt ich ihren Namen. Wer weiß, vielleicht würde ich sonst Rebroff oder Bierhoff oder Bölkstoff heißen.

Meinen Vornamen hat meine Mutter ebenfalls ohne die Hilfe meines russischen Vaters ausgesucht, und ihr außergewöhnlicher – um nicht zu sagen ausgefallener – Geschmack in solchen Dingen wollte es, dass die Konstellation aus Vor- und Zunamen geradezu meinen beruflichen Werdegang vorgab, meine Polizeilaufbahn also sozusagen schon vor unserer Geburt feststand.

Nein, das ist kein Druckfehler, die kommen später: Ich spreche in voller Absicht von *unserer* Geburt, also in der Mehrzahl, wie ich oben auch schon von *unserem* Vater gesprochen habe. Doch mein um wenige Minuten jüngerer Zwillingsbruder mit dem schönen Namen Jakob überlebte seine Geburt leider nicht. Ohne es zu wollen, hatte ich ihn, so wurde es mir von meiner Mutter überliefert, mit meiner Nabelschnur stranguliert. Eine Base meiner Mutter allerdings bestand auf der Version, dass man ihn mit der Nachgeburt verwechselt und ohne mein Zutun entsorgt habe.

Was immer auch der Wahrheit entspricht, mein Leben begann mit dem Tod. Doch zum Glück war ich zum Zeitpunkt unserer Geburt noch nicht strafmündig und konnte weder wegen fahrlässiger Tötung noch wegen Totschlag im Affekt zur Rechenschaft gezogen werden. Zudem stand die Aussage meiner Mutter gegen die ihrer Base. Und die Hebamme war gleich nach unserer Geburt spurlos verschwunden.

Ich erwähne dies übrigens nur, weil das rätselhafte pränatale Ableben meines Zwillingsbruders im Verlauf des Falles, den ich Ihnen hier schildern will, fatale Folgen für mich haben sollte. Bruder Jakob war nämlich weder von mir mit der Nabelschnur stranguliert noch mit der Nachgeburt entsorgt worden, sondern erfreute sich bester Gesundheit.

Nun, die eben geschilderte Tat hatte am 25. Oktober 1962 im Kreißsaal des Zentralhospitals von Sankt Agath-Christi am Stein stattgefunden, und ich wurde als einziger männlicher Überlebender auf den germanischen Namen Rainer getauft. Bewusst mit ai, erklärte mir Mutter später, »damit nie jemand den Witz mit dem großen R und dem kleinen Ei machen kann!«

Als ich Jahre später – ich erinnere mich genau – in der Fernsehsendung »XY-ungelöst« mit Ganoven-Ede Zimmermann erstmals vom genialen Kommissar Zufall hörte, der schon wieder eine ganze Bande Verbrecher zur Strecke gebracht hatte, stand mein Ziel fest: Ich wollte zur Polizei.

Allerdings stellte ich mir die Sache einfacher vor, als sie war, und so war mein Dienst als Polizist nur von kurzer Dauer. Die Ausbildung bei der Bereitschaftspolizei quittierte ich nach drei Tagen, kopierte heimlich den Dienstausweis des leitenden Hauptkommissars der Mordkommission und kreierte aus meinem Traumberuf Kommissar und meinem Nachnamen ein Pseudonym. Und so steht es bis heute – in Anführungszeichen – auf meiner Visitenkarte:

»Kommissar Zufall«
Ihr Spezialist für ungelöste Todesfälle aller Art.
Ermittlungen nach Maß und Auftrag.
Diskret, erfolgreich, undercover.

FUSSBALLBEINE

Das Tuscheln in den Reihen der Zuschauer ebbte sofort ab, als ich mit Columbostimme nach Zeugen fragte. Jeden Moment konnten die echten Kriminalbeamten eintreffen, und dann hatte ich keine Chance mehr. Daher fragte ich laut:

»Gibt es Zeugen? Wer hat irgendetwas gesehen?«

Keine Reaktion.

»Wer von Ihnen hat die Leiche entdeckt?«

Der Kleine, der noch immer als Einziger vorgetreten war, deutete auf den Krankenwagen, der auf dem Zufahrtsweg zum geschotterten Parkplatz neben dem Vereinsheim des Letzten FCKW stand, und erzählte mir die Geschichte, wie der gefeierte Stürmer des Letzten FCKW am Elfmeterpunkt über die Ballleiche gestolpert war.

»Er hat danach nur noch gestöhnt, und ich habe über die Notrufnummer einen Krankenwagen angefordert«, er deutete auf den Weg. »Das Außenband ist wahrscheinlich ab«, ergänzte er noch, und das schien die größte Sorge des Kleinen zu sein.

»Und der Tote?«, hakte ich nach, »wer hat sich um ihn gekümmert?«

»Wir sind alle hingelaufen, aber da war nichts mehr zu machen. Und Mund-zu-Mund ging nicht, da war der Ball im Weg. Außerdem war der ja schon richtig kalt und steif. Sonst wäre unser Marzipan Steinschweiger ja nicht über ihn drüber gefallen, wenn der nicht wie ein Polder dagelegen hätte!«

»Und wer hat den Notarzt verständigt?«

Ich zeigte auf den Mann im eleganten schwarzen Anzug, der noch immer bei der Ballleiche kniete.

»Der Typ da drüben? Der war sogar noch vor dem Krankenwagen da!«, antwortete der Kleine.

Ich grinste in mich hinein. Das sah dem guten Doc wieder ähnlich. Der alte Leichenfledderer schien einen guten Riecher für sein Geschäft zu haben. Ich würde später alles, was ich wissen musste, von ihm erfahren.

»Und die Polizei?«, fragte ich, doch keiner antwortete. Ich schüttelte den Kopf. Da standen drei Dutzend Leute, überwiegend Männer in Fußballtrikots und eine Handvoll Frauen und Kinder und schwiegen verlegen.

»Wer von Ihnen hat die Polizei gerufen?«, fragte ich laut.

Niemand regte sich.

»Wir haben gedacht, wenn der Sani erst da ist, passiert das andere von allein«, stammelte der kleine Kicker. Ich holte Luft, unterließ aber eine Antwort.

»Wie heißen Sie denn, und in welcher Funktion sind Sie hier?«

»Ich bin Hausmeister. Hier im Vereinsheim. Und ich kicke.«

»Name?«

»Thor Wärtle.«

»Haben Sie eine Ahnung, um wen es sich bei dem Toten handeln könnte?«

Wärtle zuckte die Schultern. »Wir sind komplett, das ist keiner von uns«, meinte er gleichgültig.

»Aber er trägt doch Ihr Trikot?«

»Nein«, widersprach er, »das sieht nur von Weitem so aus. Das ist ein Trikot der Nationalmannschaft.«

Ich glaubte, mich verhört zu haben.

»Der Nationalmannschaft?«, fragte ich daher nach. »Wie kommen Sie denn darauf?«

»Na, sehen Sie mal, hier seitlich am Oberschenkel sieht man ein Stück vom DFB-Logo. Die vier Sterne sind grade noch zu erkennen. Für die vier Weltmeisterschafts-Titel, klar! Sie haben ja wohl keine Ahnung von Fußball, was?«, entgegnete er frech, wobei er den Ball voll ins Tor getroffen hatte, um mal beim Thema zu bleiben.

Ich bin tatsächlich fußballtechnisch ziemlich unbedarft, und zwar sowohl in der Praxis als auch in der Theorie. Schon in der Schule war ich beim Fußball spielen immer der Letzte, der in eine Mannschaft gewählt wurde, und ich musste dann ins Tor, weil ich beim Kicken eine Niete war und die Gegner auf dem Feld mit mir leichtes Spiel hatten.

Beim Anblick des offiziellen Spielballs der Fußball-Weltmeisterschaft 2018 in Russland zwischen den Schultern einer Leiche, war allerdings die Verbindung zur Nationalmannschaft vielleicht gar nicht so falsch, schoss es mir durch den Kopf, und ich versuchte jetzt, die Situation zu retten, indem ich mit einer Gegenfrage aus dem Regelfragenkatalog der Kriminalpolizei reagierte. Sie erschien mir allerdings in der gegebenen Situation ziemlich skurril, da vom Gesicht der Ballleiche ja nichts zu erkennen war.

»Kennt jemand von Ihnen den Toten?«, fragte ich so laut, dass es auch noch ein bulliger Riese verstand, der sich in die letzte Reihe der kleinen Menschenmenge zurückgezogen hatte. Der Hüne war gut 1,95 Meter groß und überragte die Umstehenden mindestens um Kopfes Länge. Er war offensichtlich kein Fußballer, denn er trug Ripped Jeans, eine Hose mit diesen neumodischen Zierrissen, die mir meine Mutter um die Ohren geschlagen hätte, wenn ich damit in die Schule gegangen wäre. »So zerlumpt läufst du mir nicht rum, Junge!«, hätte sie gesagt und das Ding erst mal geflickt. Ich muss mir noch heute immer auf die Zunge beißen, wenn mir Leute in solchen Jeans begegnen, damit mir keine Kommentare rausrutschen wie: »Deine Hose hat 'n Loch!«

Bei dem hünenhaften Typen, der sich jetzt nach vorne schob, sah es allerdings eher danach aus, als wären seine Jeans so eng, dass die Hosenbeine platzten. Seine Unterschenkel hatten die Form von Fünflitereimern, und seine Füße steckten in Sandalen, aus deren Öffnungen die fleischigen Zehen ins Freie drängten. Sein T-Shirt spannte auffällig über seiner Wampe, sodass der Unterbauch nabelabwärts wie ein aufgeblasener Sitzball ins Freie ragte.

Der Mann sah aus wie eine Kreuzung aus Sumo Ringer und Bodybuilder. Sein im Verhältnis zum Körper viel zu kleiner Kopf steckte ohne Hals zwischen den Schultern, aus denen sich muskulöse Oberarme wölbten, die die Ärmelchen des armen T-Shirts zu sprengen drohten. Seine fleischigen Hände waren wahre Pranken, deren Behaarung Kong alle Ehre gemacht hätte.

Mit diesen schob der Gorilla die anderen Leute beiseite, drängte sich nach vorne und kam mit behäbigen Schritten auf mich zu.

Er war unrasiert, und es schien mir so, als habe er im Gesicht dieselbe Frisur wie auf seinem kurz geschorenen Schädel. Die kleinen Äuglein blinzelten listig aus schmalen Schlitzen, und sein sympathisches Lächeln wollte so gar nicht zum ungehobelten Rest seiner Erscheinung passen.

»Lass mal sehen, den Jungen«, meinte er, als ob es darum ging, auf dem Rossfest in Sankt Märgen ein Schwarzwälder Fuchsfohlen zu begutachten.

»Stopp! Sie dürfen ihn nicht berühren!«, warnte ich und stellte mich ihm in den Weg. Jetzt sah ich wirklich aus wie Brie Larson vor Kong auf Skull Island oder wie der kleine Mowgli vor Colonel Hathi im »Dschungelbuch«. Der Gorilla blieb stehen und musterte mich von oben bis unten.

»Sie sind also Bulle?«, fragte er grunzend, und ich schluckte trocken. Wenn er jetzt meinen Dienstausweis verlangte, hatte ich die Arschkarte. Ich sah mich Hilfe suchend um, doch die anderen Anwesenden hatten ihre Unterhaltungen wieder aufgenommen und interessierten sich einen Scheiß für mich.

Ich kam mir vor wie beim »Stare Down« vor einem Boxkampf und bohrte meinen Blick dem Gorilla in die Augen. Plötzlich wurde mir bewusst, dass dieser Mann ohne Weiteres die Kraft hätte, mir den aufgeschlitzten offiziellen Spielball der Fußball-Weltmeisterschaft 2018 in Russland über den Kopf zu stülpen, um mich darunter zu ersticken!

Ich beschloss, alles auf eine Karte zu setzen, und griff in meine Jackentasche. Ich ertastete eine Karte, zog sie heraus und wusste, dass ich die eingerissene Eintrittskarte zu »Ernst Hutter & die Egerländer Musikanten – das Original« aus der Stadthalle Reutlingen in den Händen hielt. Ich hielt sie dem Gorilla dicht vors Gesicht und sagte, ohne meinen stechenden Blick von ihm abzuwenden, mit der erfolgreichen Synchronstimme von Columbo:

»Kriminalhauptkommissar Zufall, LKA. Und wo waren Sie zur Tatzeit?«

Er starrte auf das Ticket, das fast seine Nase zu berühren schien, und ich ließ es wieder in meiner Jackentasche verschwinden. Ich sah ihm an, dass mir mit dieser Taktik ein »Lucky Punch« geglückt war. Der Unterlegene hatte mit einem glücklichen Treffer seinen Gegner k.o. geschlagen und den Kampf für sich entschieden.

»Woher soll ich denn wissen, wann die Tatzeit war, Herr Kommissar?«, stammelte er verlegen.

»Herr Kriminalhauptkommissar!«, herrschte ich ihn an, um ihm vorsichtshalber gleich noch ein zweites K.o. zu versetzen.

»Ich weiß nicht, wo ich da war, Herr Kriminalhauptkommissar …«, klang es jetzt fast weinerlich, und mir schien es, als sinke der Gorilla in sich zusammen. Seine Schultern wurden weich, die Oberarme hingen lasch nach unten, sein Kopf sank auf die Brust und seine Unterlippe zog sich verlegen über die Oberlippe wie bei einem Kind, das seine Tränen unterdrückt.

»Okay«, sagte ich versöhnlich. »Sie glauben also, den Toten zu kennen?«

Er nickte.

»Und das, obwohl sein Kopf in diesem Ball steckt?«

Er nickte heftiger.

»Zuerst mal brauche ich Ihre Personalien. Name, Vorname, Alter, Wohnort, Nationalität.«

»Ich heiße Alberich Zwuggel, bin 55 und wohne in Tübingen. Meine Freunde nennen mich ›Shorty‹.«

»Shorty«, wiederholte ich und sah ihn von oben bis unten an. »Na, dann kommen Sie mal mit, Herr Zwuggel. Aber mit vorsichtigen Schritten. Wir wollen doch keine Spuren verwischen!«

Ich ging mit ihm auf Zehenspitzen Richtung Ballleiche, wo noch immer der mir wohlbekannte Doc seiner Arbeit nachging.

»Der Mann hier will den Toten kennen«, erklärte ich dem Notarzt, Pathologen und Bestattungsunternehmer Dr. James Smrt, der daraufhin aufstand, um uns von allen Seiten einen Blick auf den Toten im Trikot der deutschen Fußballnationalmannschaft zu ermöglichen.

»Ohne das Gesicht zu sehen?«, fragte er skeptisch.

»Ich brauche das Gesicht nicht«, sagte Alberich Zwuggel. »Mir reichen die Beine.«

»Die Beine?«, fragten Dr. Smrt und ich wie aus einem Mund.

Der, den seine Freunde »Shorty« nannten, nickte.

»März 2001, ›*Wetten, dass …?*‹ aus Dornbirn, erinnern Sie sich?«

Ich schüttelte den Kopf. Smrt nickte. »Das war die Jubiläumssendung mit Gottschalk, Elstner und Lippert, stimmt's?«

»Genau die!«, bejahte Shorty und klopfte dem klapperdürren Smrt mit solcher Wucht anerkennend auf die Schulter, dass ich mir ernsthaft Sorgen um die Knochen des hageren Mediziners machte.

»Sie waren dabei, eine Fußballwette, ich erinnere mich genau!«, rief Smrt jetzt und gab dem Gorilla einen freundschaftlichen Klaps auf die Wampe, den dieser überhaupt nicht zu bemerken schien. Da hatten sich offensichtlich zwei »Wetten, dass …?«-Fans gefunden.

»Und was für eine Wette war das?«, ging ich dazwischen, um die Sache abzukürzen. Ich hatte aus der Ferne die Sirene der Polizeifahrzeuge gehört und wusste, dass meine Zeit, um zu ermitteln, bald ablaufen würde. Sollte mein alter Freund Sepp Donner, Erster Kriminalhauptkommissar und Leiter der Kriminalinspektion 1, auftauchen, hatte ich, das wusste ich aus Erfahrung, hier nichts mehr zu sagen.

»Eine fantastische Wette, aus medizinischer Sicht«, schwärmte Dr. Smrt. »Ich habe Sie damals sehr bewundert, junger Freund. Ihre detaillierten Kenntnisse der Anatomie des menschlichen Waden- und Schienbeins – umwerfend!«

Ich stand immer noch fragend da, während auf dem kleinen Parkplatz die blau blinkende Armada der Polizei anrollte.

»Worum ging's?«, bohrte ich weiter.

Shorty holte schon Luft, um zu antworten, doch Smrt kam ihm zuvor:

»Dieser junge Freund hat damals gewettet, alle Fußballspieler aus der deutschen Bundesliga an ihren Beinen zu erkennen. 50 Spieler standen zur Auswahl, glaube ich.«

»55«, korrigierte Shorty. »Fünf Mannschaften. Bayern München, Schalke, VfB Stuttgart, Hamburger SV und Borussia Dortmund waren da. Zehn von elf Spielern musste ich erkennen. Alexander Zickler, Krassimir Balakow, Sergej Barbarez, Stefan Effenberg, Giovane Élber, Oliver Kahn …«

»Jaja, ist ja schon gut«, unterbrach ich abermals. »Das können Sie mir gerne später erzählen.«

»Wir können uns auch das Video anschauen. Geht nur neun Minuten.«

»Gerne! Vielleicht in meiner Praxis?«, schlug Dr. Smrt erfreut vor und klatschte lachend in die Hände. »Ich habe ein nettes Heimkino für anatomisch bedeutsame Spielfilme wie ›Jack the Ripper‹ und ›Frankenstein‹!«

Ich hob entnervt den Arm, um Ruhe zu gebieten. Zwei Streifenwagen der Polizei, Mercedes-Benz E 220 CDI-T-Modelle in silber-blauer Kontrastfarbe mit neuer gelb fluoreszierender Klebefolie hatten angehalten, und die Beamten waren ausgestiegen. Dahinter parkte der kantige schwarze VAN von Kriminalhauptkommissar Sepp Donner.

»Ich möchte jetzt nur eines von Ihnen wissen, Freund Shorty«, sagte ich und fixierte ihn erneut mit meinem Stare-Down-Blick:

»Wer ist dieser Tote?«

Alberich Zwuggel beugte sich über die Waden der Ballleiche und taxierte sie.

»Nun ja«, begann er, »die typischen O-Beine von Fußballspielern. Das könnte jeder sein und hilft uns nicht weiter. Auch die Form. Durchtrainiert und muskulös.

Nullachtfünfzehn. Ich schau mir daher zunächst die Beschaffenheit von Muskeln und Sehnen an.«

Vom Parkplatz her ertönte die Stimme Donners. Ich konnte seinen Sprachfehler noch nicht heraushören, erkannte aber den unwirschen Kommandoton und das Bellen seiner Vokale.

Alberich »Shorty« Zwuggel fuhr in seinen Ausführungen fort: »Die Ausprägung des vorderen Schienbeinmuskels deutet nicht gerade auf einen Stürmer hin.«

Donners Befehle hallten über den Platz, und eine Handvoll Streifenbeamte kam Richtung Sportplatz gelaufen.

»Leider kann ich die Muskeln auf der Wadenseite nicht erkennen«, murmelte Zwuggel jetzt. »Die Streckersehnen hingegen ragen über den Schuhschaft hinaus, das weist auf eine häufige Sprungtätigkeit hin.«

»Und was heißt das?«, fragte ich.

»Das ist ein Keeper!«, kam es im Brustton der Überzeugung. »Der Mann hat im Tor gestanden!«

Ich schwieg verblüfft. Der Mann verstand sein Geschäft! Die Streifenbeamten teilten sich in zwei Doppelstreifen. Die eine Hälfte näherte sich den Zuschauern, die immer noch in der Gruppe beisammenstanden, die andere Hälfte hielt auf uns zu. Zwuggel dachte weiter laut:

»Im erweiterten Kader der deutschen Nationalmannschaft stehen drei Keeper. Die Beine der drei unterscheiden sich durch Hautfarbe, Form, Stellung, Hautbeschaffung und Behaarung.«

Die beiden Streifenbeamten, die sich uns näherten, waren auf Rufweite herangekommen. Inzwischen parkte auch das Fahrzeug der Spurensicherung auf dem geschotterten Platz.

»Hallo, was machen Sie da?«, hörte ich einen der Polizisten rufen. Dr. Smrt ging den Beamten entgegen, und ich beeilte mich, noch die letzte Auskunft von Zwuggel zu bekommen.

»Hm«, machte er und schüttelte den Kopf, »die behaarten Knie und die Formen der Kniescheiben. Ich wette, der trägt weder die Rückennummer 1 noch 22!«

»Mann, Zwuggel, mach's nicht so spannend!«, stöhnte ich und beobachtete, wie Dr. Smrt besänftigend auf die Polizisten einredete, um mir noch ein paar Minuten Zeit zu verschaffen. Doch unten am Parkplatz hatten sich die Kriminaltechniker ihre Einmal-Overalls mit Kapuze und dem schwarzen Aufdruck »Polizei« bereits übergezogen und machten sich mit Spurensicherungskoffer, rot-weißem Absperrwarnband und Kreidemarkierspray auf den Weg zum Tatort, sprich: zu uns. Gefolgt vom Ersten Kriminalhauptkommissar und Leiter der Kriminalinspektion 1, Sepp Donner.

»Entweder ›Shorty‹ oder Herr Zwuggel!«, monierte der Gorilla, der Fußballspieler an ihren Beinen erkannte.

»Jetzt spielen Sie nicht die beleidigte Leberwurst«, flehte ich und senkte meine Stimme zu einem Flüstern. »Sie sagen mir jetzt sofort, wer der Tote ist, und danach behalten Sie diese Information bitte für sich. Kein Wort, zu niemandem, verstanden?«

Er nickte eingeschüchtert.

»Auch, wenn Sie andere Polizisten danach fragen!«, mahnte ich im Anblick des Donners, der in Kürze hier grollen würde. »Sie schweigen wie ein Grab!«

»Und warum?«, fragte er kleinlaut.

»Aus ermittlungstaktischen Gründen«, raunte ich mit der flüsternden Columbostimme, die keinen Widerspruch duldet. »Es gibt überall Schwarze Schafe, auch bei uns«, sagte ich und deutete auf die Gruppe von Streifenpolizei, Spurensicherung und Donner, die jetzt mit Dr. Smrt zu uns herüber kam.

»Also, rasch!«, zischte ich.

»Es ist der Neue im Kader. Erst kürzlich nominiert. Toller Keeper. Hat noch keinen reingelassen.«

»Sein Name!«

Smrt und Donner waren jetzt so nah, dass ich ihre Stimmen unterscheiden konnte. Donners hohe, krächzende Stimme quietschte wie ein halbfeuchter Putzlappen, der über eine trockene Glasscheibe wischt. Genau die Frequenz, die bei mir unmittelbar Zahnweh erzeugt, weil sie exakt den sirenenartigen Ton des Zahnarztbohrers trifft. Die Kriminaltechniker hatten inzwischen angefangen, den Sportplatz abzusperren. Donner winkte uns zu, den Tatort zu verlassen.

Alberich Zwuggel richtete sich zu seiner vollständigen Größe auf und holte tief Luft.

»Ich wette, das ist die Leiche von Gutwart Pfost.«

»Gutwart Pfost?«

»Ja. Der neue Keeper im erweiterten DFB-Kader. Wetten, dass …?

SMRT & SEPP

Nachdem Sie die Ballleiche ja nun kennengelernt haben, möchte ich meinen geneigten Leser zunächst mit zwei weiteren Protagonisten dieser Geschichte näher bekannt machen: meinem Freund und Förderer und meinem schlimmsten Konkurrenten. Schon bei meinem ersten Fall waren sie als Doppelpack von unschätzbarem Wert für meine lückenlose Aufdeckung des Falles, und so hoffte ich voll Zuversicht auch jetzt wieder auf ihre tatkräftige Unterstützung.

Die Rede ist von Doktor James Smrt, Notarzt, Pathologe und Bestattungsunternehmer in Personalunion, den ich immer noch ehrfurchtsvoll sieze, und dem ebenso gefürchteten wie geachteten Leiter der Kriminalinspektion 1, nämlich deren Erster Kriminalhauptkommissar (da es keinen zweiten gibt), Sepp Donner, der mir bei unserem ersten gemeinsamen Fall in einem Augenblick der Unachtsamkeit leichtsinnigerweise das Du angeboten hatte.

Dabei verlief unsere erste Begegnung, verbunden mit unserem Kennenlernen, damals auf dem Männerklo des Tatorts nicht zu meinen Gunsten. Der in mehreren Ehen ergraute Bulle – ich erfuhr später, dass er kurz vor der dritten Scheidung stand – hatte offensichtlich schlechte Laune gehabt und von Amtsanmaßung, Ämtermissbrauch und Freiheitsberaubung gesprochen, nur weil ich, der ich auch damals als Erster am Tatort war, veranlasst hatte, dass der Saal, auf dessen Konzertbühne sich ein Mord ereignet hatte, abgeschlossen worden war und niemand die Halle verlassen konnte.

Doch sein »S«-Fehler, der klang, als ob seine Oberkiefervorderzähne sich über die Unterlippe stülpten, hatten ihn mir schon damals richtig sympathisch gemacht. Statt »Z« brachte er nur ein »Tf« heraus, und jedes »S« klang wie ein »F«.

Sein trockenes »Fo, fo!«, mit dem er so oft meine ermittlungstechnischen Erfolge kommentierte, klang mir noch heute in den Ohren.

»Soso, der Zufall, sieh mal an!«, hörte ich ihn sagen, als er jetzt neben Dr Smrt auf mich und Alberich Zwuggel zuschritt.

Hatte ich mich verhört? Hätte er nicht »fo fo«, »Tfufall« und »fieh mal an!«, sagen müssen?

»Da staunen Sie, was, alter Gauner! Nix mehr Sprachfehler! Totale Genesung! Saubere logopädische Arbeit, hat auch ein halbes Jahr gedauert und ein stolzes Sümmchen gekostet!«

Ich streckte ihm die Hand entgegen, immer noch unfähig, etwas zu sagen. Wachte oder träumte ich? Kein »S«-Fehler mehr – und wo war das vertraute Du?«

»Na, hat es Ihnen die Sprache verschlagen?«

Die Zahnarztbohrerfrequenz seiner Stimme war noch dieselbe geblieben, es gab keine Zweifel: Vor mir stand Sepp Donner, Erster Kriminalhauptkommissar und Leiter der Kriminalinspektion 1, also der Mordkommission.

Während ich noch über seinen verschwundenen Sprachfehler nachdachte, fragte er:

»Wie fommen Sie denn schon wieder an den Tatort?«

Ich spürte diesen fiesen und überheblichen Unterton in seiner Frage, mit dem er mich als vermeintlichen Konkurrenten gerne losgeworden wäre. Genauso feindselig hatte er das sympathische *Du* wieder aus seinem Wortschatz verbannt. Doch wie auch schon bei meinem letzten Fall schwang sich Dr. Smrt zu meinem Rettungsengel auf.

»Wie Sie sich ja noch vielleicht aus unserer gemeinsamen Vergangenheit erinnern«, sagte er in seinem höflichen, fast gestelzten Tonfall, »arbeiten Herr Zufall und meine Wenigkeit gerne im Team. So habe ich ihn auch zu diesem prekären Fall wieder angefordert und um Amtshilfe gebeten. Er wird abermals in die Rolle meines Assistenten schlüpfen und mich bei meiner Arbeit unterstützen. Und jetzt gestatten Sie bitte, dass wir uns bittschön weiterhin ungestört um die Leiche kümmern können. Sie beginnt nämlich schon ein bisschen zu muffeln.«

Smrt rümpfte die Nase und blinzelte mir zu. Doch Donner ließ nicht locker:

»Da fann ja jeder fommen!«, raunzte er.

»Kann es sein«, fragte ich jetzt und hatte Mühe, ein Grinsen zu unterdrücken, »dass Sie jetzt einen anderen Sprachfehler haben?«

»Ich? Ich habe feinen Sprachfehler! Der Sprachwissenschaftler bezeichnet das als ein systematisches Lautwandelphänomen. Mit Betonung auf Phänomen! Flar?«

Ich kicherte in mich hinein. Offensichtlich hatte Donners Logopäde bei seinen Bemühungen zwar den »S«-Fehler korrigiert, dadurch aber einen »K«-Fehler verursacht. So war das »F« jetzt vom »S« auf das »K« gewechselt, und ich freute mich schon auf den Augenblick, wo Donner sich zum ersten Mal mit seinem vollständigen Dienstgrad als »Erster Kriminalhauptkommissar und Leiter der Kriminalinspektion 1« vorstellen musste!

»Eine Frage noch, ganz furz«, wandte er sich noch einmal an Dr. Smrt: »Weshalb sind Sie überhaupt hier in der Gegend im Einsatz? Ihr Institut liegt doch am Bodensee!«

»Oh gewiss, das haben Sie sich vollkommen richtig gemerkt, wertester Herr Hauptkommissar«, antwortete Dr. Smrt, »jedoch ist mein Institut zum einen eine Zweigstelle der Tübinger Pathologie und zum anderen vertrete ich einmal mehr den verehrten Kollegen Doktor Praunfih, der heute Abend mit der Gattin eines Nachbarn einen Privattermin hat. Wem du's heute kannst besorgen, den verschiebe nicht auf morgen, wenn Sie verstehen, was ich meine?«

Er lachte dabei schallend und schlug sich mit der flachen, rechten Hand auf die Öffnung der geballten linken Faust.

»Doktor Praunfih ist, wie Sie vielleicht wissen, der Leiter der hiesigen Gerichtsmedizin«, ergänzte Smrt. »Wir helfen bei Leichenfunden hin und wieder gegenseitig aus. Ich bin als Arzt ja ebenfalls pathologisch tätig und leite immer noch mein Bestattungsunternehmen. Sie haben ja direkt hinter meinem Dienstwagen geparkt.«

Er deutete auf den in schwarzem Glanzlack leuchtenden Smart mit dem dunkelgrauen Blechsarg auf dem Dachgepäckträger, der direkt vor dem Vereinsheim des

Letzten FCKW abgestellt war. Dieses Dienstfahrzeug mit den in geschwungenen, goldenen Buchstaben seines Instituts weckte nicht nur angenehme Erinnerungen in mir und ich dachte voll Schrecken an die bangen Minuten meines Lebens, die ich auf der Flucht vor Kommissar Donner in diesem Dachgepäcksarg verbracht hatte. Übrigens nicht allein, was die Sache damals nicht gerade angenehmer machte.

Smrts schwarzer Smart gehörte ebenso zur Standardausrüstung des pathologisch tätigen Bestatters wie seine schwarze Tasche, die Pippi Langstrumpfs Goldkoffer ähnelte. Das Klirren im Inneren hatte mich zu Anfang leicht irritiert, sicher Reagenzgläser mit kostbaren Chemikalien, hatte ich gedacht. Doch mein Blick in die Tasche stieß auf Gordon's Gin, polnischen Wodka und Black Label. Dr. Smrt hatte ein ganzes Arsenal derartiger Betäubungsmittel im Gepäck.

Er hatte jetzt seine Nickelbrille aufgesetzt und sah mich an.

»Wollen wir, junger Freund?«, fragte er und ich nickte dankbar.

Habe ich ihn übrigens schon beschrieben, meinen Chef und Gönner?

Seine Figur entsprach seinem Namen. Er war smart, dürr und hager, mit mindestens 1,90 Meter fast so groß wie Shorty, aber durch seine klapperdürre Gestalt und seine eher gebückte Haltung der krasse Gegensatz zu dem Hünen. Den eleganten schwarzen Anzug des Bestatters trug er auch bei seiner Arbeit als Pathologe und er flatterte an ihm wie an einer Vogelscheuche. Ich habe ihn nur in seinem Labor im weißen Arztkittel gesehen.

Weißer Bartflaum bedeckte seine knöchernen Wangen, sein zerfurchtes Gesicht glich dadurch einem Relief der verschneiten Rocky Mountains. Die Augen lagen düster unterhalb des kahlen Schädels in ihren Höhlen, die Nase war kurz und an ihrer Spitze eingedrückt, die Lippen schmal und blutleer, dazwischen ließen sich zwei Reihen gelb gerauchter Zahnstummel erahnen. Insgesamt würde sein Gesicht jeder Piratenflagge zur Ehre gereichen, hatte ich gedacht, als wir uns zum ersten Mal begegnet waren.

Jetzt streifte er sich erneut die Gummihandschuhe über und wollte sich wieder dem Toten zuwenden, als Donners Blick auf den hünenhaften Alberich Zwuggel fiel.

»Und was haben Sie hier zu suchen?«, fragte er.

Ich schüttelte instinktiv den Kopf, um Shorty an unsere Abmachung zu erinnern, auf keinen Fall die Identität des Toten preiszugeben. Diesen ermittlungstaktischen Trumpf wollte ich erst später ausspielen!

»Ich … ääh …«, stammelte der Gorilla.

»Ich habe diesen jungen Mann gebeten, uns beim Abtransport der Leiche zu helfen«, erklärte Smrt und grinste. »Wir könnten, wenn wir den Sarg hier auf der Wiese abstellen, Spuren am Tatort vernichten«, fügte er hinzu und verschwieg, dass wir in den letzten zehn Minuten so was von um die Ballleiche herumgetrampelt waren, dass sicher auch die letzten Spuren ihres Mörders unter unseren Fußabdrücken verschwunden waren.

Kriminalhauptkommissar Donner kratzte sich am Kopf. »Gibt es denn irgendetwas, was Sie bisher herausgefunden haben?«

»Sie bekommen den Obduktionsbericht übermorgen«, säuselte Smrt, »sobald ihn mein Assistent gegengelesen hat.

Ich streckte dem verdutzten Kriminalhauptkommissar grinsend die Zunge heraus, nur so weit, dass er es gerade nicht sehen konnte, und folgte Dr. Smrt zur Ballleiche.

Donner wandte sich grimmig schnaubend ab und überließ dem Pathologen und mir die Arbeit bei der Leiche. Zwuggel – Verzeihung, Herr Zwuggel – stand daneben und wartete auf seinen Auftritt als Leichentransporter.

Mir gingen noch einmal die Leute durch den Kopf, die teilnahmslos und schweigend am Spielfeldrand gestanden hatten. Den Krankenwagen hatten sie gerufen, aber nur, um ihrem Kameraden, dem gefallenen Stürmer zu helfen. Weder Smrt noch die Polizei waren von ihnen alarmiert worden.

Ich wandte mich daher jetzt direkt an den Doc.

»Wer hat Sie gerufen, werter Doc?«

»Mich? Warum?«

»Keiner der Zuschauer hier hat die Polizei alarmiert. Und doch waren Sie vor Ort, noch ehe der von den Leuten angeforderte Krankenwagen für den gestürzten Fußballer kam.«

Smrt sah von der Leiche auf, über die er sich noch einmal gebeugt hatte.

»Mein Freund«, sagte er und seine Stimme hatte einen ernsten Klang, »ist es tatsächlich möglich, dass Sie Wallander nicht kennen?«

»Wallander? Natürlich kenne ich Wallander! Eines meiner größten Vorbilder, um ehrlich zu sein. Kommt noch vor Derrick und Erik Ode!«

»Ich meine nicht den schwedischen Kommissar von Henning Mankell. Kurt Wallander. Ich meine Wallander, den schwäbischen Geier von James Smrt!«

Was faselte er da? Schwäbischer Geier? Wallander? Ich begann, an seinem Verstand zu zweifeln. Sicher hatte es in den letzten Jahren vereinzelt Geiersichtungen auf der Schwäbischen Alb gegeben und auch im Vogelschutzzentrum Mössingen haben sie mal einen Gänsegeier aufgepäppelt, doch sonst gehörten Geier im Allgemeinen eher nicht zum ornithologischen Alltag der Region zwischen Neckar, Alb und Bodensee.

»Passen Sie auf, Herr Zufall. Gleich werden Sie Wallander kennenlernen!«

Dr. Smrt stieß ein leises Trillern aus, das wie der Brunftschrei des mitteleuropäischen Alpenmurmeltierrammlers klang, und blickte gespannt zum Himmel empor. Aus der Richtung, wo der Waldrand des Rammert den Horizont bestimmte und sich im Tal der Neckar langsam Tübingen zu schlängelte, tauchte ein dunkler Punkt zwischen den Bäumen auf, der rasch näherkam und dabei ständig größer wurde. Bald hatte der Punkt die Kontur eines großen Vogels angenommen, der mit demselben Alpenmurmeltierrammler-Triller antwortete, den Dr. Smrt von sich gegeben hatte.

Ich hielt den Atem an. Zwar hatte ich schon mancher Greifvogelflugschau beigewohnt und so manchen Falken und Kauz im Anflug auf die Hand des Falkners erlebt, auch hatte ich schon Weißkopfseeadler in den Rocky Mountains jagen sehen und Milane kritisch beim Kreisen über meinem Kaninchenfreigehege beobachtet, doch das war alles nichts gegen den majestätischen Anblick, der sich mir jetzt bot.

Der Vogel, der nun in 30 Meter Höhe über uns kreiste, hatte gigantische Ausmaße. Die Spannweite seiner prächtigen, schiefergrauen, spitzen Schwingen schien an die drei Meter heranzureichen, sein Bauch glänzte weiß am blauen Himmel und der lange, keilförmige Schwanz gab ihm das Bild eines Flugdrachens. Dr. Smrt stieß einen lauteren, schärferen Triller aus, und der Greif näherte sich in immer engeren Bahnen den Wipfeln der Bäume neben dem Sportplatz. Im Gleitflug schwebte er über unsere Köpfe, segelte elegant auf die Bäume zu und ließ sich schließlich im Geiersturzflug auf einem einzeln stehenden, weit ausladenden, kahlen Ast nieder.

»Das macht er auch so, wenn er eine Leiche entdeckt hat«, erklärte Dr. Smrt. »Er kreist ewig über dem Fundort und gibt mir so die Möglichkeit, die Fundstelle aufzuspüren. Dann landet er in einiger Entfernung zu der Leiche und spaziert zu Fuß näher. Ich kann ihm dann gemütlich folgen und habe auf diese Weise schon so manches lukrative Gruftgeschäft gemacht.«

»Das ist Ihr … Geier?«, fragte ich ungläubig.

»Ja. Meiner«, aus seiner Stimme klang der echte, unverfälschte Stolz des Geierbesitzers.

»Darf ich vorstellen: Wallander, mein Leichenspürgeier. Hat was, stimmt's? Was anderes als ein Wellensittich oder ein Graupapagei. Ein echter Bartgeier. Früher nannte man ihn Lämmergeier. Braucht keinen Vogelkäfig, man muss ihn nicht misten oder mit ihm Gassi gehen. Besser wie Hase und Hund als Haustier. Und er ist steuerfrei!«

»Und was frisst der so? Aas, oder was?«, fragte ich und stellte mir entsetzt vor, wie der Lämmergeier über Leichenzüge auf Friedhöfen kreiste …

»Knochen«, antwortete Dr. Smrt trocken. »Zu 90 Prozent Knochen. Ich ernähr mich, seit ich ihn habe, fast nur noch von Koteletts, T-Bone-Steaks, Kassler Rippchen und halben Hähnchen. Wobei er auf die besonders scharf ist, weil er sie nicht mehr zerkleinern muss und sich die Arbeit mit dem Knochenbrechen sparen kann.«

»Wie – Knochenbrechen?« Das war für mich ein Wort, das ich höchstens vom Skifahren und aus der Chirurgie kannte.

»Ja. Man nennt den Lämmergeier im Volksmund auch ›Beinbrecher‹, wobei mit Bein eben das Gebein, also der Knochen gemeint ist. In Spanien heißt er ›Quebrantahuesos‹, also ›Der die Knochen bricht‹. In freier Wildbahn lässt er tatsächlich Knochen aus dem Flug auf Felsen fallen, bis sie zerschmettern, und er sie verschlingen kann. Der bringt den Knochen von einem Pony glatt unzerkleinert runter! Ich hab mir in der Wilhelma den Kadaver einer Giraffe reservieren lassen, wenn da mal eine das Zeitliche segnet. Das wird ein Festschmaus!«

»Sie meinen, der Geier fliegt dann mit einem Giraffenoberschenkelhalsknochen über die Schwäbische Alb und lässt ihn einfach fallen? Ist das nicht gefährlich? Wenn da grade eine Mutter mit Kinderwagen spazieren geht?«

»Ach i wo! Lämmergeier nützen dafür ihre eigenen Knochenschmieden, zu denen sie immer wieder zurückkehren. Das sind richtig große Felsflächen, auf denen hätte ein ganzes Elefantenskelett Platz, und dorthin verirren sich keine Mütter mit Kinderwagen.«

»Und warum haben Sie dann nicht gleich einen Elefanten für ihn reserviert?«

»Wollte ich ja. Aber als die bejahrte und behaarte Elefantenkuh ›Molly‹ in der Wilhelma vor sieben Jahren starb, wurde sie von Archäologen im Hasengraben beim Tübinger Schloss beigesetzt. Nichts war's mit dem fliegenden Elefanten auf der Schwäbischen Alb! Dabei hätte ich den Geier sogar mit den Elefantenknochen über der Mercedes-Benz-Arena kreisen lassen, die ›Molly‹ war nämlich das heimliche Maskottchen des VfB. Hatte ja auch eine Frisur wie Jogi Löw.«

Er kicherte und sah wieder stolz zu seinem Geier, der mit aufgeplustertem Gefieder auf seinem Ast thronte.

»Er ist übrigens ein Rüde. Oder Hengst? Oder wie sagt man da bei einem Lämmergeier?«

»Hammelgeier?«, versuchte ich. »Oder Geier-Bock?«

»Auf jeden Fall ist er kein Weibchen. Sonst würde er ja immer noch ›Wally‹ heißen. In dem Allgäuer Geflügelpark, aus dem ich ihn bekam, hielten sie ihn zuerst für eine Frau und nannten ihn ›Wally‹, weil er mit einem Gänsegeiermann zusammen brütete. Eine richtige Gänsegeierin hatte ein unbefruchtetes Ei zur Welt gebracht und es verstoßen. Mein Geier nahm sich des Waiseneis an und hockte sich abwechselnd mit seinem Freund, dem Allgäuer Geiermännchen ›Wastl‹ wochenlang darauf. Allerdings ohne Bruterfolg. Die im Allgäuer Geflügelpark wollten keine schwulen Geier und haben mir die ›Wally‹ geschenkt, als sie merkten, dass sie ein Mann war.«

»Und Sie haben ihn Wallander getauft?«

»Genau. Die echte Geierwally war ja eine Frau. Und

so wurde der Geierwallander aus ihm. Jetzt nenn ich ihn nur noch Wallander, und manchmal auch nur Geier. Er hört auf beides nicht.«

»Und wenn Sie es mit Kurt versuchen?«

»Das geht nicht«, sagte er.

»Und warum nicht? Kurt ist doch ein schöner Name für einen Geier.«

»Aber ich habe doch schon einen Kurt!«

»Was? Sie haben auch noch einen Eisbären?«

»Nein. Kurt ist kein Eisbär. Der hieß außerdem Knut! Kurt ist auch kein Geier. Mein Kurt heißt mit vollständigem Namen Jo Kurt. Weil er aus Johannesburg kommt. Ich habe ihn auf einer Safari durch den Krügerpark angefahren und danach gesund gepflegt. Die Ranger haben ihn mir geschenkt, weil sein Rudel ihn ohnehin nicht mehr haben wollte. Er hat eine super Spürnase, was Leichen angeht, das liegt ihm im Blut!«

Ich schluckte trocken. Langsam wurde mir Dr. Smrts Menagerie unheimlich. Wen hatte er bei einer Safari durch den Krügerpark angefahren und gesund gepflegt? Einen Löwen? Einen Elefanten? Oder welche afrikanischen Tiere hatten eine *super Spürnase*?

»Wollen Sie ihn kennenlernen?«, fragte er.

»Jo Kurt? Ihre südafrikanische Leichenspürnase?«

Ich nickte und war schon sehr gespannt, ob er jetzt einen Mungo oder ein Erdmännchen aus seiner Pippi-Langstrumpf-Tasche zaubern würde.

»Ok, ganz wie Sie wollen!«

Dr. Smrt setzte sich in Hockstellung neben die Bällleiche und begann zu jaulen wie eine Mischung aus einem Sibirischen Husky auf Schnee-Entzug in der Kalahari und einem Wolf, der Rotkäppchen mit der Großmutter verwechselt hat.

»Achtung!«, zischte er, als er geendet hatte. Da oben, unterhalb der Böschung, sehen Sie ihn? Da kommt Kurt, der vorne bellt und hinten knurrt! Guter Song von Frank Zander!«

Und vom Abhang her näherte er sich. Kurt aus Südafrika. Schief und krumm, hinkend und sabbernd, zerfetzt und zerzaust kam eine waschechte Hyäne auf uns zu!

»Gestatten: Kurt aus Jo-burg. Genannt Jo Kurt. Findet die Leichen unter der Erde, die Wallander aus der Luft übersieht. Die beiden sind ein unschlagbares Team. Ich darf ihn nur nicht ohne Leine auf den Friedhof lassen! Er wurde aus seinem Rudel ausgestoßen, weil sie ihn für einen Vegetarier hielten. Dabei war er nur zu faul und bequem, um mit den anderen zu jagen, nachdem er sich bei mir von Gyros ohne allem, Zwiebelrostbraten und Blutwurst ernährt hatte. Er ist eine südafrikanische Tüpfelhyäne und übrigens ein Weibchen. Aber ich wollte sie deshalb nicht Kurtisane nennen.«

Ich war sprachlos. Zwar hatte ich bei meinem ersten spektakulären Fall auch schon mit Dr. Smrt zusammengearbeitet, aber sein Team hatte er mir bis zum heutigen Tag vorenthalten.

»Ist übrigens ein kluges Kerlchen, der Jo Kurt. Die in Stuttgart wollten ihn im letzten Jahr sogar für eine Nebenrolle im Musical haben. »Tanz der Vampire«. Aber er hat Backstage literweise das Kunstblut gesoffen und die Schauspieler mussten unblutig auf die Bühne. Das war's dann mit seiner Karriere bei Dracula & Co.«

»Und wer von den beiden hat dann die Ballleiche entdeckt?«

»Oh, das war Wallander. Er ist heute Morgen Gassi geflogen, vom Bodensee aus, wo ich ja wohne. Zuerst war er bei seinen Freunden, den Störchen am Affenberg in Salem zum zweiten Frühstück. Er verschmäht auch Froschschenkel und Knochenfische nicht, solange er sie nicht selber fischen muss. Dann nahm er Kurs auf Tübingen, vermutlich wollte er noch seinen Artgenossen im Vogelschutzzentrum Mössingen besuchen und hatte auf dem Weg dorthin unsere Ballleiche gewittert. Sie müssen wissen, dass Geier ein besonders feines Näschen für totes Fleisch haben. Der riecht eine überfahrene Ratte in Trochtelfingen, während er in Singen über dem Hohentwiel kreist.«

»Und wie kamen Sie dann hierher?«

»Wallander hat mir über Funk Bescheid gegeben. Er und Kurt verfügen über eigene Sender, über die ich ständig mit ihnen in Verbindung bleibe. Ich kenne ihre Laute, die Nahrung signalisieren, außerdem übermittelt mir die im Sender eingebaute Kamera Bilder vom Luderplatz. Wallander ist Leichenspürgeier und Drohne in Personalunion!«

»Und die Koordinaten seiner Position bekommen Sie per GPS?«, vermutete ich.

»Richtig, junger Freund. Das Geier-Positions-Signal ist über Bluetooth mit dem Navi in meinem Smart gekoppelt und ich kann sofort los. Und wenn das Gelände unzugänglich ist, erledigt Kurt den Rest.«

»Und was, wenn Wallander Hunger hat?«, fragte ich, mit der grausigen Vorstellung, der Geier könnte seine

Mahlzeit beginnen, bevor Smrt am Leichenfundort eintraf.

Smrt grinste verlegen.

»Zugegeben«, sagte er, »das ist auch schon vorgekommen. »Dann bedarf es eben genauer Rekonstruktion, um die Schäden, die postmortal durch Wallander entstanden, von den Spuren der Tat und der eigentlichen Todesursache zu unterscheiden. Aber wozu hat man schließlich studiert?«

Ich nickte zustimmend.

MONGARENHAUBE

»Doch, um auf den vorliegenden Fall zurückzukommen«, meinte Smrt und wandte sich wieder der Ballleiche zu, »hier hat Wallander vorbildliche Arbeit geleistet. Freilich, an die Augen, Nase und Ohren – bevorzugte Primär-Nagebereiche für alle Aasfresser, weil es sozusagen Körperöffnungen sind, kam er wegen des Fußballs nicht ran. Und da Sportbekleidung nicht gerade zu seinen Leibspeisen gehört, hat er einfach mein Eintreffen abgewartet, was ich ihm mit einem extrafeinen Leckerli lohnte.«

»Und welche Art von Leckerli bevorzugt ein Leichenspürgeier?«, fragte ich, noch immer skeptisch.

»Pottwalknochen.«

»Wie um alles in der Welt kommen Sie an Pottwalknochen?«

»Nun, es verenden ja leider immer wieder einige dieser herrlichen Tiere, weil sie aus unerfindlichen Gründen stranden. Sogar in der Nordsee hat es vor einigen Jahren ein solches Drama gegeben.«

»Und Sie waren vor Ort?«

»Nein, nicht persönlich. Aber Wallander hatte den Braten wohl gerochen und einige Bergungsflüge unternommen. Er brachte von jedem dieser Flüge Frischknochen mit nach Hause und ließ sie auf die Schieferterrasse in unserem Garten fallen, die ihm gewöhnlich als Knochenschmiede dient. Ein Dutzend Pottwalknochen habe ich tiefgefroren und Wallander weiß, dass sie bei besonders spektakulären Leichenfunden als Leckerli auf ihn warten.«

»Und wie transportieren Sie eine Hyäne, Ihren großen Koffer und einen Pottwalknochen im Smart?«

»Der Dachsarg, mein Lieber. Ist so konstruiert, dass darin auch die Leckerlis für Wallander Platz haben. Nebst Leiche, wenn's eng wird, versteht sich! Apropos!«

Er wandte sich dem noch immer wartenden Alberich Zwuggel zu.

»Wir können ihn eigentlich einsargen.« Er deutete auf den toten Gutwart Pfost.

»Und den Ball auf seinem Gesicht?«, fragte ich.

»Den lassen wir drauf. Ich möchte ihn erst im Labor abnehmen.«

»Und darf ich fragen, warum?«

»Sehen Sie: Warum hat man der Leiche den Ball über das Gesicht gestülpt?«

»Na, um sie zu ersticken!«, sagte ich überzeugt. Doch der Doc widersprach.

»Das halte ich für einen sehr voreiligen Schluss. Ich stelle es mir nicht einfach vor, einem Menschen einen aufgeschlitzten Fußball so über das Gesicht zu stülpen, dass er sich nicht wehren kann und darunter erstickt.«

»Und was glauben Sie?«

»Tarnung«, sagte er und sah mich herausfordernd an. Ich schüttelte nachdenklich den Kopf.

»Tarnung – wofür?«

»Nun, dieser Fußball sorgt zunächst einmal für Anonymität. Ohne Herrn Zwuggel wüssten wir noch immer nicht, wer diese Ballleiche ist. Das Gesicht werden wir sehen, wenn wir den Fußball entfernen. Vielleicht ist das, was sich unter dem Fußball befindet, kein schöner Anblick.«

»Sie meinen …«

»Außerdem gibt es vielleicht Spuren auf dieser Fußballhülle, die ich im Labor sichern möchte.«

»Sie denken an Fingerabdrücke?«

»Könnte sein. Wobei ich denke, dass ein Mörder, der sich die Mühe macht, einen Fußball aufzuschneiden und seinem Opfer über den Kopf zu stülpen, auch so schlau ist, Abdrücke zu vermeiden. Wir werden ja sehen … außerdem …« Er zögerte.

»Was?«, fragte ich.

»Dieser übergestülpte Fußball erinnert mich an etwas.«

»Und woran?«

»Eine Foltermethode. Oder sogar eine Art der Hinrichtung.«

»Mit einem übergestülpten Fußball?«

»Nein. Mit einer Art Fellmütze. Die Mongarenhaube. Nie gehört?«

Ich schüttelte den Kopf und Smrt holte aus:

»Die Mongaren waren ein kriegerisches Trampeltier-Reitervolk in Zentralasien. Mit den Mongolen und Tataren verwandt. Hausten schon vor der Zeit Dschingis Khans in den weiten Steppen Südsibiriens. Ihr Herrscher, Dschingash Khog, hatte eine Vorliebe für grausame Foltermethoden und erfand die Mongarenhaube. Dabei wurde den Delinquenten eine nasse Fellmütze über das Gesicht gestülpt und mit Lederriemen zugezogen. Die Opfer erstickten langsam und qualvoll. Man nannte Dschingash Khog daher auch später ›Lederstrumpf‹.«

»Und Sie meinen, diese russische Foltermethode könnte mit dieser Fußballeiche zu tun haben?«, fragte ich ungläubig.

»Mich brachte nur dieser offizielle Spielball der Fußball-Weltmeisterschaft 2018 in Russland auf die Idee«, erklärte Smrt. Er wandte sich jetzt Shorty zu und sagte: »Sind Sie bitte so freundlich und helfen dem ehrenwerten verblichenen Gutwart Pfost in seinen Sarg, lieber Herr Zwuggel? Aber bitte: Schön vorsichtig, halten Sie ihn am besten so, wie Sie Ihre Braut über die Schwelle tragen würden. Und berühren Sie den Fußball nicht. Ich gehe schon mal vor und öffne das Verdeck. Verbindlichsten Dank! Und Sie« – er wandte sich noch einmal mir zu – »sind herzlich eingeladen, mir in mein Labor zu folgen und dem ›Fußball-Wm‹ beizuwohnen, junger Freund!«

»*Dem* Fußball-WM?«, echote ich.

»Dem Fußball-Wegmachen!«

Noch schüttelte ich den Kopf über das makabre Wortspiel des Pathologen.

Und noch ahnte ich nicht, welche düstere Rolle die echte Fußball-Weltmeisterschaft in Russland für diesen Fall und speziell in meinem Leben noch spielen würde …

BRIEDERCHEN

Mein Weg führte mich vor Ladenschluss noch zum Lebensmitteldiscounter, denn der Kühlschrank in meinem derzeitigen Domizil, einem verlassenen Ausschankwagen einer regionalen Brauerei, verfügte aktuell nur über ranzige Butter, abgelaufene Milch und drei leere Bierflaschen, die dort auf Gäste warteten, die keinen Durst haben. Ich nutzte somit die letzte Gelegenheit, mich vor dem Wochenende noch mit dem Nötigsten einzudecken.

Ich werde dem werten Leser später, wenn etwas mehr Zeit ist, noch ausführlich meine aktuelle Wohnsituation schildern. Momentan mag die Info genügen, dass ich seit geraumer Zeit meine Vierzimmerwohnung gegen diesen kleinen Einzimmer-Ausschankwagen auf einer dorfnahen Obstwiese getauscht hatte, meinen Strom durch Anzapfen einer nachbarschaftlichen Oberleitung bezog und das fließende Wasser literweise aus einem nahe gelegenen Dorfbrunnen.

Mein Oldi-Ost liegt in Richtung Autobahnzubringer Rottenburg, also an meinem Weg über den »Spätzlehighway«, die A81, zum Domizil Dr. Smrts am Bodensee, und ich beschloss, dem Doc, Kurt und der Ballleiche im Smart-Dachgepäckträgersarg einen kleinen Vorsprung zu lassen und mich mit frischen Lebensmitteln einzudecken.

Ich stellte meinen Kadett auf dem Parkplatz ab, stieg

aus und stellte fest, dass ich keine Euromünze für einen dieser Mieteinkaufswagen hatte. Ich beschloss, mich wieder sozial zu engagieren, und hielt auf eine rüstige, weißhaarige, ältere Dame zu, die gerade ihren Einkauf im Kofferraum verstaut hatte und ihren leeren Wagen wieder Richtung Box zurückschob.

»Darf ich Ihnen behilflich sein?«, fragte ich höflich, als ich sie erreicht hatte, und verbeugte mich galant. »Ich bin von der Oldi-Kunden-Betreuung und nehme Ihnen gerne den Weg und die Mühe ab, unser Einkaufsfahrzeug einzuparken. Unentgeltlich, versteht sich, das ist ein kleiner Service unseres Hauses. Sie müssen sich um nichts kümmern, wir bringen den Wagen für Sie zurück. Und beim nächsten Mal kommen Sie einfach auf mich oder auf einen meiner Kollegen zu« – ich zeigte auf einen rüstigen Rentner in schäbigem Lodenmantel, der gerade sechs oder sieben gelbe Säcke gefüllt mit Plastikflaschen in einem Einkaufskarren zum Supermarkt schob – »und holen sich einen Wagen ab.«

»Das ist aber nett von Ihnen, junger Mann, dass es so etwas noch gibt, in der heutigen Zeit«, sagte sie ungläubig und überließ mir den Karren.

Ich unterdrückte mein schlechtes Gewissen und schob das Gefährt Richtung Eingang. Der Rentner hatte beide Pfandrückgabeautomaten durch Querparken seines Wagens blockiert und packte seine gelben Säcke aus. Schmatzend und quetschend fraßen die Maschinen die Pfandflaschen.

Ich ignorierte ihn und hielt auf die Regalreihen zu, um das Nötigste für meinen leeren Kühlschrank einzukaufen.

Während sich mein Wagen langsam – die Preise verglich ich bei jedem Einkauf penibel – mit Wodka, Gerstenkaltschale, Chipstüten und Blutwurstbüchsen für Kurt füllte, verlor ich ihn aus den Augen. Gerade, als ich in einem Moment höchster Konzentration dabei war, die Flaschen meines teuren Lieblingsbiers in einen Kasten des billigeren Sonderangebots zu schmuggeln und diesen in meinen Karren zu laden (bis auf eine Flasche, die ich der Kassiererin dann an den Scanner hielt), tauchte der Lodenmantelrentner wieder auf.

Es war meiner Aufmerksamkeit entgangen, dass er sich – inzwischen sicher im Besitz einer dreistelligen Gutschrift für seine Pfandflaschenaktion – mit seinem leeren Wagen von hinten an mich herangepirscht hatte. Zwei Hände griffen nach dem von mir umgefüllten Kasten und drückten ihn zu Boden. Ich erstarrte und blickte in sein stoppelbärtiges Gesicht.

»Eieiei, Briederchen«, hörte ich seine Stimme an meinem Ohr, »chaben wir da aus Versechen das falsche Bierchen eingepackt?«

Er hatte eine sonore Bassbaritonstimme und einen Akzent, der mich sofort an einen russischen Agenten aus einem alten James-Bond-Streifen denken ließ.

»Keine Sorge, Briederchen, gechen wir zu Kasse, bezahlen alles ordentlich und chaben wir Zeit, um zu plaudern ein bisschen …«

Er nickte mir zu, und seine Augen zeigten in Richtung der Schlangen, die sich an zwei geöffneten, von 14 vorhandenen, Kassen gebildet hatten. Gleichzeitig spürte ich in Hüfthöhe einen leichten Druck und hatte das ungute Gefühl, als bohre sich unter seinem Lodenmantel der Lauf eines russischen Nagant-Trommelrevolvers in meinen Rücken.

Wir stellten uns in die Schlange, ich bezahlte – natürlich für mein teures Lieblingsbier den Preis der billigeren Sonderangebotskästen – und er kassierte für den Pfandbon 113,80 Euro.

Ich schob den voll beladenen Einkaufswagen nach draußen, die Knarre des russischen Rentners im Kreuz.

»Da chinieber«, raunte es an meinem Ohr und er zeigte hinüber auf einen verbeulten, weißen, rostigen Sprinter, wie sie an Sperrmüllterminen zu Dutzenden durch mein Dorf pilgern, um die Straßenränder zu reinigen.

»In meinem Wagen kennen wir uns ungesteert unterchalten«, erklärte er und schob mich in Richtung Fahrertür.

»Und was passiert mit meinem Bier und den Büchsen?«, fragte ich und deutete auf meinen Einkaufswagen.

»Wir passen auf Bierchen und Bixenwurst auf. Chelga wird sich kiimmern.«

Einigermaßen beruhigt stieg ich ein und vertraute meine Einkaufsausbeute *Helga* an, die sich kümmern sollte. Der russische Rentner bedeutete mir, auf den Beifahrersitz durchzurutschen, und nahm neben mir hinter dem Lenkrad Platz. Er zog die Tür zu, nahm den russischen Nagant aus der Manteltasche und hielt sie so in seiner linken Hand, dass ihr Lauf zischen meine Beine zielte.

»Was soll das?«, fragte ich, »was wollen Sie von mir? Ich habe kein Geld, meine letzten Euronen liegen da draußen im Einkaufswagen!«

»Wir wissen das«, kommentierte er, »und darum sind wir chier. Wir mechten dir chelfen, dass du chast bald Geld. Viel Geld. Fünfzigtausend Euro …«

50.000 Euro …?

Er ließ die Zahl einfach so stehen und machte eine Pause, in der auch ich nichts sagte. Ich lauschte auf die kratzenden und scharrenden Geräusche, die aus dem Laderaum des Sprinters kamen.

»Ich cheiße Eriwan. Eriwan Eriwanowitsch Dubisdoow. Nimmst du Wodka?«, fragte er und hielt plötzlich eine Flasche in der Hand. Er schraubte den Verschluss ab und reichte sie mir.

Ich nickte verwirrt und setzte an. Dass ich noch an den Bodensee fahren wollte, hatte ich ausgeblendet. Während das russische Elixier, angezogen durch die Erdanziehungskraft, über meine Kehle talwärts Richtung Magen gurgelte, schaukelte das Fahrzeug, als ob sich dort jemand von der einen auf die andere Seite bewegte.

»Das ist Chelga«, beruhigte mich Eriwan Eriwanowitsch. »Sie muss noch aufräumen.«

Die Geräusche aus dem Laderaum vermischten sich, wohl auch unter der Wirkung des Wodkas, mit dem Nachklang der 50.000 Euro in meinem Kopf zu einer Art russischem Choral. Es schepperte und dröhnte in meinem Schädel wie das »Lied der Wolgaschlepper« vom legendären Don Kosaken Chor Serge Jaroff auf dem Dual-Plattenspieler meiner Großmutter mütterlicherseits.

Ich setzte ab und gab Eriwan Eriwanowitsch die Flasche zurück.

»Wir sind chier«, begann er, »weil dein Briederchen in Russland braucht deine Chilfe.«

»Aber«, widersprach ich, »ich habe keinen Bruder in Russland!«

»Doch, chast du«, widersprach nun er und reichte mir einen Zeitungsausschnitt. Er schien aus der »Prawda« zu sein, denn ich erkannte nur kyrillische Buchstaben, die ich zwar in meiner Schulzeit während der zweijährigen Russisch-AG mal gelernt, aber in der Zwischenzeit so gut wie vergessen hatte. Das Foto in dem Zeitungsausschnitt hingegen machte mich sprachlos. Das Bild zeigte einen Fußballspieler im Trikot. Er hielt den Ball unter dem Arm festgeklemmt und lächelte siegessicher in die Kamera, während die Menschenmenge im Stadion hinter ihm zu jubeln schien. Und der Fußballspieler war ich!

Ich starrte auf das Foto, wischte mir über die Augen, schrieb die Halluzination dem Wodka zu und schüttelte den Kopf.

»Das ist eine Fotomontage«, entrüstete ich mich. »Ihr habt mein Gesicht fotogeshopt und hineinmontiert, das ist doch heutzutage ein Kinderspiel!«

»Njet«, sagte Eriwan Eriwanowitsch. »Das chier bist nicht du. Das chier ist dein Briederchen! Zwillingsbriederchen, wie man sechen kann.«

Ja, das konnte man wirklich sehen, der Mann auf dem Foto sah wirklich aus wie mein Zwillingsbruder.

»Kann ich noch mal einen Wodka haben?«, fragte ich und nahm einen tiefen Schluck. »Aber mein Zwillingsbruder ist doch tot«, erklärte ich, während sich der Wodka wohltuend in meinen Innereien ausbreitete.

»Jakob überlebte seine Geburt leider nicht.« Ich dachte einmal mehr mit Schrecken an die Horrorgeschichte, die mir meine Mutter erzählt hatte.

»Njet. Jakob chat Geburt ieberlebt. Jakob chatte Glick.«

Was sagte Eriwan Eriwanowitsch da? Bruder Jakob lebte? Er war weder von mir mit der Nabelschnur stranguliert noch mit der Nachgeburt entsorgt worden? Welcher Jubel, welche Freude stellte sich da bei mir ein!

Ich nahm gleich noch mal einen Schluck. Ich hatte einen Bruder, einen echten Bruder, ja sogar einen Zwillingsbruder! Der russische Choral in meinem Kopf verwandelte sich in einen rasanten Kasatschok: »Ras, twa, tri!«

Doch halt! Konnte ich diesem Eriwan Eriwanowitsch Dubisdoow, der neben mir mit einem russischen Nagant auf die Stelle zwischen meinen Beinen zielte, trauen? Nur wegen dieses Fotos in der russischen Zeitung?

»Beweise!«, forderte ich daher. »Gibt es Beweise?«

»Kennst du dein Väterchen?«, fragte er.

Ich schüttelte den Kopf.

»Ich habe meinen leiblichen Vater nicht gekannt. Ich weiß nur, er war …«, ich zögerte, und auf einmal fiel es mir wie Schuppen aus den Haaren. »Er … war … Russe …«, sagte ich, mehr zur mir selbst als zu Eriwan Eriwanowitsch.

Er nickte bedeutungsvoll. »Da! Dein Väterchen war Russe. Und dein Väterchen chat einen von seinen beiden Seehnen mitgenommen zu sich nach Russland. Chat sich ausgesucht den Kräftigeren und Stärkeren. Dein Briederchen Jakob. Den Schwächling chat er bei Mietterchen gelassen.«

Er ließ das so stehen und auf mich wirken.

Bruder Jakob lebte!

Bruder Jakob war bei seinem Vater in Russland aufgewachsen.

Bruder Jakob brauchte meine Hilfe. *Chilfe*, wie Eriwan Eriwanowitsch gesagt hatte. Er hatte inzwischen den russischen Nagant-Revolver beiseitegelegt und der Kasatschok in meinem Schädel verwandelte sich in eine rasante Kosakenpatrouille.

»Briederchen Jakob cheißt jetzt Jakob Sergejewitsch Machbalrin.«

»Und wo ist er?«

»Jakob ist aufgewachsen in Krasnojarsk in Sibirien. Ist dort in Schule gegangen mit Chelene Fischer. Jakob ist cheute beriehmter Fußballspieler in russischer Sbornaja, in Nationalmannschaft!«

Ich war sprachlos, doch Eriwan Eriwanowitsch ließ mir keine Zeit, über die Neuigkeiten nachzudenken. Er betonte jedes Wort, als er sagte:

»Jakob Sergejewitsch Machbalrin chat große Probleme. 50.000 Euro, wenn deinem Briederchen chilfst, Briederchen. Ich choffe, du enttäuschst Jakob Sergejewitsch Machbalrin nicht!«

»Und was für Probleme sind das?«

»Problem cheißt Doping.«

»Und wie kann ich ihm da helfen?«

»Mit deiner Fliissigkeit bei Dopingkontrolle.«

Fast hätte ich laut aufgelacht. Für mein berühmtes Brüderchen zu pinkeln konnte ja wohl kein unlösbares Problem sein. Doch was er dann sagte, machte aus meinen Adern Eiskanäle:

»Briederchens Blut!«

Ich hielt den Atem an. Was sollte das heißen: mein Blut? Ich hatte bisher bei Doping immer Urinproben vor Augen gehabt, aber doch kein Blut? Mir wurde zunehmend unwohl in meiner Haut. Nicht nur, dass ich auf einmal mit meinem lebenden Zwillingsbruder konfrontiert wurde, der in der russischen Nationalmannschaft kickte und Probleme mit der Dopingkontrolle hatte? Ich fragte mich, warum er damit ausgerechnet jetzt zu mir kam, und weshalb ihm das die für mich unvorstellbare Summe von 50.000 Euro wert war?

Eriwan Eriwanowitsch gab mir die Antwort, ohne dass ich die Frage gestellt hatte:

»Problem ist dringend. Chat zu tun mit Doping-Verdacht gegen 34 Spieler bei Weltmeisterschaft 2014, chast du vielleicht gecheert davon. World Anti-Doping Agency chat jetzt vor, Kontrollen fiir Tschimpionát míra pa futbólu, also fiir Fußballweltmeisterschaft 2018 in Russland zu verschärfen. Mit Unterstiitzung von ›Rossijski Futbolny Sojus‹, von dem russischen Fußballbund.«

»Und was habe ich damit zu tun? Ich kann ja nicht mal kicken, geschweige denn Russisch!«

»Leesung ist ganz einfach: Du gehst fiir dein Briederchen zur Dopingkontrolle. Du siehst aus wie dein Briederchen und keiner wird Schwindel bemerken! Briederchen kann dopen und kicken!«

»Aber dann müsste ich ja in Russland sein!«

»Da. Chaben wir schon Visum fiir dich vorbereitet. Chelga wird sich kiimmern. Chelga iibernimmt perseenliche Betreuung fiir dich. Wir fliegen nach Sankt Petersburg, wo fiir Russkijy Sbornaja Nationalmannschaft beginnt Konfeederations-Cup. Dort chast du Zeit, dir alles anzusehen und dich vorzubereiten auf Tschimpionát 2018. Auf unsere Kosten, versteht sich.«

Oha, sogar all inclusive, dachte ich und begann schon, mich auf einen kostengünstigen Pauschalurlaub in Russland zu freuen. War vielleicht ja auch mal was Anderes als immer nur Camping in Jesolo und Hüttenwandern im Tannheimer Tal. Trotzdem, so ganz überzeugte mich die Sache – trotz der fortgeschrittenen Wirkung des Wodkas – noch nicht. Vorsichtig fragte ich daher:

»Und was wäre – nur rein theoretisch mal angenommen – wenn ich keine Lust hätte?«

»Dann chätten wir – rein theoretisch mal angenommen – kein Problem, unter deinem kleinen netten Chäuschen auf Rädern ein kleines Feuerchen zu machen.«

Er schnippte seinen Daumen über den Zeigefinger und entfachte so ein imaginäres Feuerzeug. Ich sah im Geiste meinen Ausschankwagen in Flammen aufgehen.

»Du chast Bedenkzeit bis Morgen früh. Wir kommen um chalb acht und cholen dich ab. 50.000 bringen wir gleich mit. Flieger geht am Abend in Frankfurt nach Sankt Petersburg. Erstes Spiel von russische Mannschaft ist am Samstag in einer Woche gegen Neiseeland im Stadion von Sankt Petersburg. Du begleitest Briederchen deines bis Ende von Weltmeisterschaft in Russland. Wenn gewinnt, du bekommst noch einmal 3.624.857 Rubel und 65 Kopeken Prämie.«

»Aber so schnell kann ich nicht weg. Ich arbeite an einem aktuellen Fall, den ich zuerst noch lösen muss.«

»Dann sagst du deinem Auftraggeber ab!«

Ich verschwieg wohlweislich, dass es gar keinen Auftraggeber gab. Die 50.000 hingegen schienen mir leicht verdientes Geld. Trotzdem wollte ich versuchen, Zeit zu schinden.

»Wie viel Rubel zusätzlich?«

»3.624.857 Rubel und 65 Kopeken. Das sind noch einmal 50.000 Euro!«

»Machen wir einen Kompromiss«, schlug ich daher vor. »Ihr gebt mir eine Woche Zeit, um meinen Fall zu lösen. Bis zum Beginn dieses Konföderationen-Pokals haben wir ja auch noch ein paar Tage Luft. Wir fliegen am Freitag, ihr lasst mir meinen Ausschankwagen und dafür mach ich bei der russischen Blutsbrüderschaft mit.«

»Das kann ich chier nicht entscheiden. Wir werden dich anrufen. Morgen frih! Und bitte kein Wort zu keinem Menschen und keine Tricks! Sonst …!« Er wiederholte die Feuerzeugbewegung seiner Finger und hielt mir die imaginäre Flamme unter die Nase.

»Kann ich jetzt gehen?«, fragte ich, »ich habe noch einen Termin am Bodensee.«

»Da«, sagte er, was russisch war und »ja« bedeutete, und stieg ebenfalls aus, als ich aus dem Sprinter kletterte. Ich suchte mit den Augen meinen Einkaufswagen und entdeckte ihn zwischen den geöffneten Hecktüren des Sprinters. Er war leer geräumt.

»Wo sind meine Einkäufe?«, fragte ich Eriwan Eriwanowitsch, der gerade von der anderen Seite um das Heck des Sprinters bog.

»Chelga chat alles eingeräumt«, sagte er und deutet in das Wageninnere, wo eine Frau in gebückter Haltung meine Sachen in Kisten lud, die sie aufeinanderstapelte. Jetzt kam sie rückwärts ans Licht und sagte mit einem Lächeln:

»Sie dürfen gerne Ihren Einkaufswagen wieder einparken und mir dann meinen Euro zurückerstatten, junger Mann.«

Ich starrte in das Gesicht der rüstigen, weißhaarigen, älteren Dame, die vor wenigen Minuten den kostenlosen Service meiner Oldi-Kunden-Betreuung in Anspruch genommen hatte.

»Das ist Helga?«, fragte ich Eriwan Eriwanowitsch.

»Das ist Chelga«, bestätigte er. »Chelga Chäfele. War sie vercheiratet mit schwäbischem Chausmeister Cherbert Chäfele.«

»Helga Häfele«, stellte sich die rüstige Rentnerin vor und streckte mir die Hand entgegen.

»Frieher sie war Security-Chefin beim Russischen Gecheimdienst und chat sie sich jetzt als Spezialagentin bei staatstragenden Aufgaben selbstständig gemacht«, erklärte Eriwan weiter und ergänzte: »Außerdem sie kümmert sich um Resozialisierung von verarmte oder straffällig gewordene ehemalige Fußballfunktionäre von FC Bayern Miinchen.«

»Und was passiert mit meinen Lebensmitteln?«, fragte ich.

»Die brauchst du nicht in Russland. Und fiir die eine Woche bis zu deinem Abflug musst du chalt noch einmal einkaufen!«

DAS FUSSBALL-WM

In einer kleinen Nebenstraße, die unterhalb des Friedhofs an einem Kreisverkehr in das Industriegebiet der Zeppelinstadt am Bodensee führt, leuchtete ein Schild an einem baufälligen, barackenartigen Bau. Die ehemals goldene Farbe der Buchstaben blätterte ähnlich ab wie der Putz an der Wand des Gebäudes, doch »Leichen-Smrt & Co« ließ sich ohne Probleme entziffern, und darunter lasen die Kunden, so sie denn noch lebten, den Slogan des Bestattungsunternehmens von Dr. James Smrt: »*Heute gestorben, begraben schon morgen*«.

Sein schwarzer Smart mit dem Blechsarg auf dem Dachgepäckträger stand auf dem einzigen Parkplatz vor der Baracke. Ich parkte auf dem Nachbargrundstück, einer Fischfutterfabrik. Ein kleines, silbernes Schild mit den Öffnungszeiten hing neben dem Klingelknopf und gab Auskunft, dass es sich bei Smrts Unternehmen nicht nur um ein gewöhnliches Beerdigungsinstitut handelte, sondern auch um eine *pathologische Praxis* und das Institut für Morbidität und Siechtum der Universität Tübingen, Außenstelle Friedrichshafen«.

Ich drückte auf den schwarzen Klingelknopf. Von drinnen ertönte ein Totenglöckchen. Danach blieb es still. Es vergingen mehrere Minuten, dann hörte ich näherkommende Schritte hinter der verschlossenen Tür. Endlich wurde geöffnet, und er stand in voller Lebensgröße vor mir: Dürr, hager und glatzköpfig, das Gesicht der Piratenflagge John Silvers aus der »Schatzinsel«, die Nickelbrille betonte seinen wissenschaftlichen Auftrag: mein Freund Dr. James Smrt!

»Oh, der Fußball-Wm-Assistent!«, begrüßte er mich, klopfte mir freundschaftlich auf die Schulter und bat mich, einzutreten. Ich folgte ihm durch den langen, dunklen, fensterlosen Gang, an dem hinter verschlossenen Glastüren rechts und links verschiedene Räume lagen, deren Bestimmung und Zweck mir Dr. Smrt schon bei meinem ersten Besuch im Vorbeigehen erläutert hatte.

Für diejenigen unter meinen geneigten Lesern, die noch nicht das Vergnügen hatten, das Institut von »Leichen-Smrt & Co« kennenzulernen, wiederhole ich gerne noch einmal seine Ausführungen, die er bei meinem ersten Besuch mit dem Aufstoßen der ersten Tür links begann:

»Der Verkaufsraum. Urnen und Aschenbecher.«

Nächste Tür, rechts:

»Särge in allen Größen und Ausführungen. Eine Stunde Probeliegen gratis. Haben Sie Lust?«

Ich schüttelte dankend den Kopf.

Dritte Tür.

»Die Teeküche für Mitarbeiter, Kunden und zukünftige Klienten. Darf ich Ihnen etwas anbieten? Sahneschnittchen oder Fleischsalat?«

»Nein, danke, ich muss noch fahren.«

»Oder etwas zu trinken?« Er sah zur Uhr. Zehn vor zehn. »Wir könnten den Zehnuhrzug noch schaffen!«

»Ich verstehe nicht?«

Er grinste, öffnete die Kühlschranktür und zog einen kühlen Müller-Thurgau heraus.

»Wo wir doch schon am Bahnsteig stehen!«, fügte er hinzu und öffnete eine Schublade.

»Ich muss nur noch die Weiche stellen«, sagte er und setzte den Korkenzieher an. »Da drüben gibt's die Fahrkarte!« Er deutet auf die Gläser, die auf dem Spültisch standen. Ich nahm zwei davon und stellte fest, dass sich noch verkrustete Rotweinreste darin befanden.

»Ach herrje«, sagte er, »ich hab vergessen, das Signal von Rot auf Weiß umzustellen!«

Rasch gab er zwei Schlucke Weißwein in die Gläser und leerte sie. Dann füllte er nach und reichte mir einen der Bembel.

»Zur Einfahrt auf Gleis eins gelangt der Regionalexpress aus Hagnau! Prösterchen! Auf den Zehnuhrzug! Hätte nicht gedacht, dass ich den heute noch schaffe!«

Er leerte sein Glas und schob mich weiter zur vierten Tür.

»Der Kühlraum für die Langzeitlagerung.«

Ich kam mir vor wie im Eishotel.

Fünf und sechs.

»Die Waschküche für die Neuzugänge. Das Badezimmer mit Dampfstrahler und Moorbad.«

»Moorbad?«, fragte ich nach und erspähte die große Wanne mit schwarzer, zäh fließender Matschepampe.

»Reine Werbemaßnahme«, erläuterte Smrt, »damit sich die Klienten an das Liegen in feuchter Erde gewöhnen können.«

Die siebte Tür flog auf.

»Der Aufwachraum. Steht fast immer leer.«

Acht.

»Das Labor. Die Sezierstube. Und hier, am Ende des Gangs, mein Allerheiligstes.«

Die neunte Tür flog auf.

»Bitte treten Sie ein, mein Wertester!«

Ich betrat heute wie damals den Raum am Ende des Flurs und kam mir wieder vor wie in der Schaltzentrale eines Raumschiffs. Modernste Computer, meterbreite Bildschirme, riesige Mikroskope, ein Blinken und Leuchten von Lämpchen und Dioden, medizinische Instrumente, Skalpelle, Pinzetten und anderes metallisch glänzendes Werkzeug.

Auf einem blanken Tisch wölbten sich heute unter einem grünen, vom Strahlen der Leuchte erhellten Leichentuch die sterblichen Überreste von Nationalkeeper Gutwart Pfost. Die Körperform des Fußballers zeichnete sich in scharfen Konturen unter dem Tuch ab, Füße, O-Beine, die Kniescheiben, Waschbrettbauch und muskulöser Oberkörper.

Dr. Smrt hatte das Tuch nur vom Kopf an bis zum Hals zurückgeschlagen und die Farben des russischen WM-Fußballs ragten wie die Knospen einer seltsamen Blume aus dem Grün heraus.

Seine Assistentin Sezilia Stumpf trat mit einer kleinen, braunen Ledertasche, in der es metallisch klimperte, auf den Pathologen zu.

»Wir schreiten jetzt zum Fußball-Wm, junger Freund. Ich gebe zu, dass ich mit dem Sezieren von Fußbällen bislang nur unzulängliche Erfahrung habe. Auch wissen wir nicht, was sich unter der Oberfläche des Leders wirklich verbirgt. Wobei Leder ja das falsche Wort ist.

So ein Profifußball, habe ich mir sagen lassen, ist aus bis zu vier bis fünf unterschiedlichen Schichten hochwertiger synthetischer Materialien zusammengesetzt. Alles in allem etwa fünf Millimeter dick.«

Er schritt einmal um das Kopfende der Solarliege herum und schüttelte den Kopf, offensichtlich uneinig, ob er *das Fußball-Wm*, wie er es genannt hatte, in ostwestlichem oder nordsüdlichem Kurs durchführen sollte.

»Das Problem ist, dass ein Fußball immer rund ist und im Innern mit Luft gefüllt. Nur der hier nicht. Der ist schon ziemlich deformiert und im Innern mit einem Kopf gefüllt.«

Er betaste mit seinen behandschuhten Fingern behutsam die Oberfläche des Balls. Fingerabdrücke, so hatte eine erste Untersuchung ergeben, fanden sich dort tatsächlich keine. Der Mörder hatte offensichtlich Handschuhe getragen. Auch Bodenpartikel oder Pflanzenreste, die Auskunft darüber geben konnten, wo der Ball vielleicht schon mal gespielt wurde, fanden sich nicht. Im Gegenteil, der Ball hatte neu gerochen, wie Dr. Smrt festgestellt hatte.

»Darf ich mal fragen, Doc, warum Sie ihm nicht einfach den Ball von hinten nach vorne vom Kopf ziehen?«, fragte ich.

»Weil ich«, antwortete er, »nicht weiß, was sich darunter verbirgt. Beim Abziehen des Balls könnte ich Spuren verwischen, daher möchte ich erst mal einen Blick auf das Gesicht werfen, bevor ich den Ball entferne.«

»Welches Messer darf's denn sein?«, fragte Sezilia Stumpf mit Blick in die Ledertasche.

»Hm. Gute Frage. Wir haben es mit mehreren Schichten längs- und quer gestreifter Gewebelagen und Kunststofffolie zu tun, die warm gepresst und mit Latex verklebt sind. Dazu die moderne Oberflächenstruktur von dreidimensional geformten und verschweißten Panels. Gar nicht leicht zu schneiden, fürchte ich.«

Der Doc warf einen Blick in die Ledertasche, die Sezilia Stumpf ihm geöffnet entgegenhielt.

»Wissen Sie übrigens, Kollege Zufall, was Sie und so ein Fußball gemeinsam haben?«, fragte er und lächelte süffisant.

»Die raue Oberfläche?«, vermutete ich. »Und die Wölbung?« Ich deutete auf meinen Airbag.

»Auch das, auch das«, bestätigte der Doc, »aber das meinte ich nicht. In Ihrem Innern, wie in dem des Balles, wohnt eine Blase. Sie sorgt für seine pralle Rundung, wohingegen bei Ihnen dafür der Konsum von zu viel Bier zuständig sein dürfte!«

Haha, dachte ich, der hatte gut reden mit seiner Magerquarkfigur. Tatsächlich spürte ich aber an meinen trockenen Zähnen, dass Durst in mir aufkeimte. Ich unterdrückte jedoch das Verlangen und erinnerte mich mit Schrecken an meinen ersten Besuch in Smrts Labor, als mich der Doc auf einen Williams eingeladen hatte …

Damals hatten sich auf dem blanken Tisch unter dem sonnenhellen Strahl einer überdimensionalen Lampe nackt die menschlichen Umrisse einer Frau auf einem weißen Laken abgezeichnet. Offensichtlich die Leiche, mit der Dr. Smrt gerade beschäftigt gewesen war, bevor ihn mein Klingeln unterbrochen hatte.

Als Privatdetektiv war ich schon damals den Anblick von Leichen durchaus gewöhnt, jedoch hier, in dieser seltsam technischen Umgebung, kurz bevor der Doc mit dem Sezieren begonnen hatte, hatte mir die nackte Tote leichtes Unwohlsein in der Magengegend verursacht.

»Ist Ihnen nicht gut, junger Freund?«, hatte Dr. Smrt freundschaftlich besorgt gefragt, »einen Williams vielleicht?«

Ich hatte dankbar genickt.

»Da trinke ich doch einen mit, ich hol ihn nur aus dem Kühlraum, kleinen Augenblick.«

Er hatte sich zum Gehen gewandt, und ich hatte mich Hilfe suchend umgesehen, da ich wenig Lust gehabt hatte, in der unheimlichen Umgebung mit einer weiblichen Leiche allein auf den Schnaps zu warten.

»Das heißt, warten Sie!«, hatte Smrt gesagt, sich umgedreht, war auf die Leiche zugegangen und hatte sie vorsichtig an ihrer Schulter gerüttelt.

»Sezilia, könntest du rasch? Einen Williams für meinen jungen Freund und mich?«

Ich war erstarrt, als die nackte, weibliche Leiche plötzlich zu sich gekommen war, den Kopf gehoben hatte, etwas wie »Ist die halbe Stunde schon um?«, gefaselt hatte, von dem blanken Tisch heruntergeglitten, in einen weißen Arztkittel geschlüpft war, der über der Stuhllehne vor dem mischpultähnlichen Tisch gehangen hatte, ihre Füße in weiße Crocs geschoben und mit eleganten Schritten im Gang verschwunden war.

»Meine Assistentin Sezilia Stumpf«, hatte sie mir der Doc vorgestellt und gleichzeitig mit einem Druck auf

einen Knopf an der Wand die helle Leuchtlampe ausgeschaltet.

»Jeden Tag eine halbe Stunde Solarium, man gönnt sich ja sonst nichts«, hatte er lachend gemeint, als auch seine Assistentin schon wieder zurückgekommen war und ihm eine Literflasche mit einer klaren Flüssigkeit und zwei Gläser gereicht hatte.

»Ich zieh mich noch fertig an und zerlege dann den jungen Bock!«, hatte sie noch gesagt und war wieder verschwunden.

Der Doc hatte uns einen eingeschenkt und mein verdutztes Gesicht bemerkt.

»Sie ist ein wenig unwirsch in ihrer Ausdrucksweise, aber das ist halt die Jugend von heute«, hatte er sie entschuldigt und mir zugeprostet. »Wir haben einen Autounfall mit Todesfolge reinbekommen, und fanden beide, dass es zu schade wäre, das überfahrene Reh verkommen zu lassen. Sezilia hat zwei Semester Veterinärmedizin studiert und ihr Vater ist Metzgermeister. Wir teilen uns den Rehbock für Weihnachten.«

Die Gläser hatten geklirrt, und ich hatte dankbar registriert, wie der Williams meine Magennerven wieder beruhigt hatte.

»Verdammt, Sezilia!«, hatte Dr. Smrt gebrüllt, nachdem er sein Glas geleert hatte, »pass doch auf! Du hast schon wieder den Desinfektionsalkohol mit dem Williams verwechselt!«

Und leise hatte er hinzugefügt: »Ich hab' ihr schon 100 Mal gesagt, sie soll den Willi nicht neben den Reinigungsmitteln aufbewahren! Na ja, was soll's! Die paar Prozent mehr, das härtet ab!«

»Die Ballblase ist übrigens auch aus Latexfolie«, unterbrach der Doc meine Erinnerungen, »und dadurch luftundurchlässig. Daher ist es durchaus möglich, dass das Mordopfer hier erstickt ist.«

Ich blickte schaudernd auf die Leiche. Wie war es möglich, einem durchtrainierten Sportler einen Fußball über den Kopf zu stülpen und ihn so lange dort zu belassen, bis der Mann erstickt war? Warum hatte er sich nicht gewehrt, um sich geschlagen, sich den Ball vom Kopf gerissen? Ich hoffte, dass der Doc gleich die Antworten auf diese Fragen geben konnte.

»Ich habe mir trotzdem einen Werkzeugsatz vom Sattler meines Vertrauens ausgeliehen«, sagte Dr. Smrt jetzt. »Sattlermesser haben super Klingen. Ich würde gerne am Ventilloch beginnen, aber diese Idee hatte der Mörder offensichtlich auch. Der Ball ist nämlich am Hinterkopf des Opfers genau dort aufgeschnitten worden.«

»Geben Sie mir mal das dicke Ding, das wie ein metallischer Kugelschreiber aussieht, Sezilia!«

»Hier, Sir!«

Sie reichte ihm das gewünschte Werkzeug.

»Ein Qualitätsknopflochstanzer«, erklärte er. »Damit stanzt man runde Löcher in das dickste Leder. Mal sehen, ob's funktioniert!«

Er setzte den Metallstift an, und stanzte ein kleines, kreisrundes Loch in den Fußball, dort, wo ich die linke Wange des Toten vermutete.

»Den Ledercutter, Sezilia!«, rief er und sie reichte ihm ein Schneidewerkzeug mit Abbruchklinge, wie ich es auch zu Hause in meinem Ausschankwagen verwende, um Salami oder Schwarzwälder Schinken zu schneiden.

»Bitte, Sir!«

Er setzte das Messer an und arbeitete sich im Halbkreis zu Gutwarts rechter Wange vor.

»Den Tilman, Sezilia!«

Die Assistentin zögerte, und auch ich fragte mich, was um Himmels willen der Doc damit meinte.

»Den Riemenschneider!«, setzte er nach und lachte. »Kleiner Scherz. Obwohl ich mir bei dieser Demaskierung fast auch ein bisschen wie ein spätgotischer Bildhauer vorkomme!«

Sezilia Stumpf klapperte in der Ledertasche und brachte ein seltsames Werkzeug ans Tageslicht, das wie eine Miniarmbrust mit einer seitlich angebrachten Klinge aussah.

»Der Riemen ... Sir!«, kicherte Sezilia.

»Damit schneidet der Sattler seine Riemen für Gürtel«, erklärte der Doc. »Mal sehen, ob's auch bei einem Fußball klappt!«

Er stellte eine Breite von drei Zentimetern ein und setzte den Riemenschneider parallel zum ersten Schnitt im Fußball an.

»Gar nicht so leicht«, stöhnte er, doch dann griff das Schneidewerkzeug und arbeitete sich scheinbar mühelos durch die Fußballhaut. Zwei rasche Querschnitte mit dem Ledercutter am Ende der beiden Rillen, und der Doc hielt den Fußballstreifen in den Händen.

»Jetzt wird's spannend«, sagte er und näherte sich mit Augen und Nase vorsichtig der Öffnung.

»Die Taschenlampe, Sezilia«, forderte er und schrie im selben Augenblick, noch bevor ihm seine Assistentin mit dem gewohnten *Sir!* das Gewünschte reichen konnte: »Ach du meine Fresse!«

»Was ist?«, fuhr ich auf.

»Das stinkt wie im Abflussrohr einer Schweinemast!«, keuchte er und richtete sich auf.

»Die Gasmaske, Sezilia!«

Seine Assistentin huschte zur Garderobe, wo über den weißen Arztkitteln neben einem Bundeswehr-Stahlhelm auch eine Taucherbrille mit Schnorchel an einem der Haken hing.

»Kommt schon, Sir!«

Dr. Smrt setzte die Tauchmaske auf und steckte sich den Schnorchel in den Mund, ehe er sich wieder an den aufgeschnittenen Fußball heranwagte, über der Öffnung abtauchte und mit dem hellen Strahl der LED-Lampe hineinleuchtete.

»Ds st snst ncht szhltn, dsr Gstnk!«, hörte ich ihn durch den Schnorchel schimpfen. Er tauchte wieder auf, nahm den Schnorchel aus dem Mund und übersetzte:

»Das ist sonst nicht auszuhalten, dieser Gestank! Kommen Sie her!«

Ich näherte mich vorsichtig der Solarliege und roch schon nach wenigen Zentimetern, was den Doc so entsetzt hatte. Der Gestank war in der Tat gottserbärmlich und ich hielt mir reflexartig die Nase zu.

»Was ist das? Verwesungsgeruch?«

»Eher nicht.«

»Aber dieser Geruch unter der Fußballmaske … der muss doch von den Ausdünstungen des Toten herrühren.«

»Genau. Hm. Seltsam.«

»Was?«

»Der Geruch erinnert mich an etwas. Sezilia?«

»Ja, Sir?«

»Haben wir noch die Probe dieses neu entwickelten Elixiers von Professor Dr. von Dohbingh im Haus?«

»Ich glaube schon. Soll ich …?«

»Später, Sezilia, später. Erst mal sehen, was uns noch erwartet.«

Dr. Smrt steckte sich wieder den Schnorchel in den Mund.

»Ich mache jetzt den Fußball weg, das Gesicht sieht unversehrt aus, zumindest das, was ich durch die Öffnung erkennen konnte.«

Er bewaffnete sich erneut mit dem Schnorchel, machte Sezilia und mir Zeichen, zurückzutreten, hob den Kopf des Toten beherzt an und zog mit einer kräftigen Bewegung den aufgeschnittenen Fußball nach vorne Richtung Gesicht. Dabei wölbte der Ball sein Inneres nach außen und ich meinte, rote Farbe zu erkennen.

Mit lautem Gummischmatzen rutschte der verformte Ball über die Ohren und die Stirn, dann hielt der Doc den Polyester-Latex-Klumpen in der Hand.

»So, das hätten wir.«

Wir blickten in das Gesicht eines jungen Mannes, der seltsam zu lächeln schien.

»Jetzt können wir den jungen Mann erst mal identifizieren. Sezilia, den Laptop, bitte!«, forderte Smrt.

»Si, Sir!«

»Ich muss gestehen, dass mir der Name Gutwart Pfost nichts sagt, aber wenn er tatsächlich Torwart im erweiterten Kader der deutschen Nationalmannschaft ist, finden wir sicher sein Konterfei im Netz. Wollen Sie es einmal googeln?«, fragte er mich und ich nahm vor dem Laptop Platz, der gerade hochfuhr.

In wenigen Augenblick würden wir wissen, ob der ehemalige Wetten-dass-Kandidat Alberich Zwuggel, genannt Shorty, die richtige Vorhersage getroffen hatte.

Ich gab Pfost und den Anfangsbuchstaben seines Vornamens ein und stieß zunächst auf eine unbekannte Politikerin namens Pfost, eine Veröffentlichung der Deutschen Post zu neuen »Pfostentgelten«, die sich mittels Druckfehler in diese Recherche verirrt hatte und einen Feuerwehrabsperrpfostenschlüssel, der gar nichts mit unserem Torwart zu tun hatte. Ich wechselte zur Recherche nach Bildern und da: Erste Reihe, zweites Bild von links hatte ich ihn! Schmales, ovales Gesicht, spärlicher Bartwuchs an Kinn und Oberlippe, braune Haare, seitlich gescheitelt, das aufgesetzte Lächeln eines angehenden Fußballprofis in die Kamera.

»Tor!«, schrie ich, und: »Er ist es!«

Dr. Smrt blickte nun ebenfalls auf den Bildschirm und stimmte mir zu:

»Da haben Sie wohl recht! Keine Zweifel. Der Tote ist Gutwart Pfost. Tragisch, tragisch. Und sehen Sie mal, was ich hier gefunden habe. Er hielt mir den übel riechenden Polyester-Latex-Klumpen unter die Nase.

Während ich die roten Spritzer auf der Innenfläche der zerschnittenen Ballblase anstarrte, zeigte Dr. Smrt auch schon auf die Stirn des toten Torwarts.

»Hab ich mir's doch gedacht«, murmelte er. »Er ist nicht unter dem Fußball erstickt, trotz des üblen Geruchs. Hier!« Er deutete auf einen dunklen Punkt an Gutwarts Stirn.

»Ein Schuss?«, fragte ich.

Dr. Smrt nickte.

»Exakt! Keine Kratzer, kein Pulver, keine Rußpartikel. Muss wohl ein Schuss aus größerer Entfernung gewesen sein.«

Er sah mich an, doch ich starrte wieder auf die blutroten Flecken auf der Ballbeschichtung.

»Man hat ihm den Ball nach Art der Mongaren übergestülpt, gleich, nachdem er tot war. Die Wunde hat noch geblutet.«

Er hob Gutwarts Kopf an und betrachtete die Hinterseite.

»Hier. Die Kugel ist wieder ausgetreten. Sehen Sie die große und unförmige Wunde am Hinterkopf? Sezilia, den Meterstab!«

Sie reichte ihm das Gewünschte.

»Bei der Größe des Einschusslochs und der Austrittswunde tippe ich auf eine 7,62 Millimeter-Waffe. Hm.«

»Was, hm?«

»Winchester? Präzisionsschützengewehr von Heckler & Koch? Oder ein altes russisches Simonow?«

Ich verstand nur Bahnhof.

»Wäre schön, wenn wir die Patrone finden würden. Würde mich nicht wundern, wenn es sich um eine Kurzpatrone handelt.«

Ich verstand immer noch Bahnhof. Hauptbahnhof.

»Kaliber 7,62 × 39 Millimeter!«

Stuttgarter Hauptbahnhof.

»M43.«

»S21«, sagte ich.

»Wie bitte?«, meinte er.

»Sie sprechen in Rätseln. Woher kennen Sie sich überhaupt so gut mit Waffen aus?«

»Nun ja, man hat so seine Hobbys. Und in meinem Beruf schadet es ja nicht. Die Kurzpatrone M43«, erklärte er, »mit dem Kaliber 7,62 x 39 Millimeter passt genau in diesen Schusskanal. Und passend zum Fußball der WM 2018 in Russland gehört diese Patrone zur Standardmunition der russischen Streitkräfte!«

Ich schwieg verblüfft.

»Glauben Sie an einen Zufall, Herr Zufall?«, fragte er süffisant. »Nun, ich nicht. Vielleicht haben wir ja Glück und die Kollegen von diesem Donnerkommissar haben das Kügelchen gefunden.«

»Sie meinen, man hat ihn an Ort und Stelle erschossen?«

»Nun, viel Zeit blieb nicht, um ihm den Fußball überzustülpen, da die Wunde ja noch geblutet haben muss. Und Schleifspuren haben wir auch keine gefunden. Außerdem kann ich mir nicht vorstellen, dass der Täter sich die Mühe gemacht hat, die präparierte Leiche extra dorthin zu schaffen. Wozu auch?«

Ich musste ihm recht geben und dachte über all das nach, was ich gerade erfahren hatte. Dank meiner guten Beziehungen zu Dr. Smrt wusste ich mehr, als Hauptkommissar Donner und es sollte mir eigentlich möglich sein, dieses Wissen für meine Karriere zu nutzen.

»Wer bekommt Ihre Untersuchungsergebnisse?«, fragte ich den Doc.

»Nun, Hauptkommissar Sepp Donner wartet sicher schon sehnsüchtig auf meinen Bericht.«

»Und wann haben Sie den fertig?«

»Morgen Früh?«

»Aber morgen ist Sonntag.«

»Und Sie meinen, da arbeitet der Donner nicht?«, fragte er schmunzelnd.

»Na ja«, gab ich zu, »ich frage mich, ob der Bericht ihn nicht erst am Montag erreichen könnte …«

»Damit Sie einen kleinen Vorsprung haben?«, mutmaßte der schlaue Pathologe, dem der Gedanke, dem oft so schnippischen Hauptkommissar eins auszuwischen, zu gefallen schien. »Sie könnten ja vorher eine PK machen!«, schlug er vor.

Eine PK? Eine Pressekonferenz? Kein dummer Gedanke, musste ich zugeben, und doch wäre ich selbst nie darauf gekommen. Ich hatte noch nie an einer teilgenommen, geschweige denn selbst eine abgehalten.

»Eine PK?«, fragte ich deshalb nach. »Und wie sollte ich die einberufen?«

»Ganz einfach, über Donners Presseverteiler. Sie laden ein, und alle kommen. Sie verkünden, was Sie hier so mitbekommen haben.«

»Und Donner? Würde der nicht sauer sein, wenn Sie ihn übergehen?«

»Warum übergehen? Er bekommt seinen Bericht natürlich trotzdem per Mail. Aber er wird kaum auf die Idee kommen, noch am Sonntag eine PK zu machen, ohne Rücksprache mit der Staatsanwaltschaft. Diesen kleinen Vorsprung könnten Sie ausnützen!«

»Sie meinen, ich soll morgen, am Sonntag, eine Pressekonferenz einberufen?«

»Ja, ganz genau. Und da verkünden Sie alles, was Sie heute als mein Assistent aufgeschnappt haben. Oder zumindest das, was Sie für nötig befinden. Ein bisschen was können Sie ja auch für sich behalten, um einen Ermittlungsvorsprung zu haben.«

»Aber darf ich das denn? Ich meine, ich bin doch nur Privatdetektiv?«

»Na und? Damit kämen Sie endlich mal groß raus. Denken Sie mal an die Schlagzeilen!«

Da hatte er wohl recht! Ich sah vor meinem geistigen Auge schon die dicken schwarzen Buchstaben vor mir: »Gutwarts letzte Party – Kommissar Zufall deckt auf«, oder »Kommissar Zufall beweist: aus für Nationalkeeper nach Pfostenschuss«. Und mehr als die Rote Karte konnte mir auch Hauptkommissar Donner nicht zeigen.

»Und wie komme ich an den Presseverteiler?«, fragte ich.

»Nun, da könnte ich Ihnen aushelfen. Ich werde auch immer zu Donners PKs eingeladen. Sezilia kann Ihnen das raussuchen. Sie kopieren die Daten und laden für morgen 11.00 Uhr – das ist auch für Journalisten eine christliche Zeit – zur PK ein. Und schreiben Sie noch, dass es sich bei dem unbekannten Toten um einen bekannten Fußballspieler handelt, dann haben Sie die Bude voll!«

»Bude voll, Sie sind gut! Wo soll ich das Ding denn bitte veranstalten? Ich habe ja nicht die Räumlichkeiten der Kripo und wohne derzeit in einem Ausschankwagen.«

»Gehen Sie ins Sportheim. Dort, wo wir die Leiche gefunden haben. Das ist authentisch und die haben sonntags eh offen, wenn draußen gekickt wird. Der Wirt freut sich sicher über Umsatz.«

Und so verfasste ich meine erste Einladung zu einer eigenen PK. Ich fand, es las sich schon ziemlich professionell:

Einladung zur Pressekonferenz – Sportheim Letzter FCKW – Verdacht eines tödlichen Fouls – Fußballleiche tot aufgefunden – Rote Karte für unbekannten Täter – starker Vorwärtsdrall in den Ermittlungen durch Kommissar Zufall.

Nachdem am Samstagnachmittag eine zunächst unbekannte Fußballleiche tot auf dem Kickplatz zwischen Wurmlingen und Hirschau aufgefunden wurde, nahm Kommissar Zufall vor Ort als Erster die Ermittlungen auf.

Die Untersuchungen in den angenehm temperierten Räumlichkeiten der pathologischen Praxis von »Leichen-Smrt & Co«, zugleich Institut für Morbidität und Siechtum der Universität Tübingen, Außenstelle Friedrichshafen nach dem Motto »Heute gestorben, begraben schon morgen«, ergab unwahrscheinliche Erkenntnisse, die auch auf den Seiten Ihres Blattes nicht ungedruckt, in den Wellen Ihres Radioprogramms nicht ungesendet, und in den Nachrichtensendungen Ihres Fernsehers nicht ungesehen bleiben sollten.

Weitere Einzelheiten und den Stand der Ermittlungen möchte Ihnen Herr Kommissar Zufall, Ihr Spezialist für ungelöste Todesfälle aller Art, Ermittlungen nach Maß und Auftrag, diskret, erfolgreich, undercover, in der Pressekonferenz persönlich auf das Herzlichste mitteilen.

Morgen, Sonntag, 11. Juni 2017, 11.00 Uhr, Sportheim des Letzten FCKW beim Kickplatz zwischen Wurmlingen und Hirschau.

Nachdem ich die Zeilen mit Sezilias Hilfe an Donners Presseverteiler versandt hatte, fuhr Dr. Smrt mit seinen Überlegungen fort:

»Kommen wir zurück auf unseren verblichenen Gutwart. Dieser üble Geruch, den ich unter dem Fußball festgestellt habe, macht mich stutzig. Er entströmte dem Mund des Toten. Wenn es stimmt, was ich vermute, haben wir es hier mit einem richtig dicken Fisch zu tun, und der stinkt vom Kopf«, meinte er. »Sezilia, bitte holen Sie jetzt doch dieses Elixier von Professor Dr. von Dohbingh.«

»Jawoll, Sir!«

Schon huschte sie nach draußen und Dr. Smrt wandte sich mir zu.

»Professor Dr. von Dohbingh ist Optometrist und Leiter des Instituts für Zoologische Optometrie, Navigation und Kinematik an der Universität Tübingen.«

»Hä?«

»Für Nichtakademiker: Er beschäftigt sich mit Sehschärfe, Zielfindung und der geometrischen Bewegung im Tierreich.«

»Und was bringt uns das?«

»Seine Arbeit über die Kinematik von Tapirrüsseln hat für weltweites Aufsehen gesorgt.«

»Schön.«

»Jetzt kommt der sportliche Aspekt: Im Mittelpunkt seiner aktuellen Forschung stehen die Zielsicherheit von Schützenfischen in den Ästuaren philippinischer Mangrovenwälder und die Zungennavigation im Jagdverhalten frei lebender Chamäleons in den Usambarabergen von Tanzania.«

»Und was hat das alles mit unserem toten Fußballer zu tun?«, fragte ich, etwas genervt und ungeduldig.

»Ganz einfach: Wenn ein Fußballspieler dieselbe Zielsicherheit und Trefferquote eines frei lebenden Chamäleons in den Usambarabergen von Tanzania hätte, wäre jeder Schuss ein Tor.«

Sezilia Stumpf war inzwischen mit einem kleinen Flakon zurückgekehrt, in dem eine urinfarbige Flüssigkeit schimmerte.

»Voilà, Sir!«

»Verbindlichsten Dank, Sezilia«, verbeugte sich Dr. Smrt galant und nahm das Fläschchen entgegen.

»Dieses Elixier enthält laut Professor Dr. von Dohbingh sozusagen die Quintessenz seiner Forschungsergebnisse. Er bat mich, es zu testen, aber ich kam noch nicht dazu, vielleicht auch deshalb, weil mich der üble Geruch des Wässerchens davor abgehalten hat. Derselbe Geruch, der sich unter dem übergestülpten Fußball des verblichenen Torhüters angesammelt hatte.«

»Und Sie glauben jetzt …?«

»Dass unser Torhüter vielleicht vor seinem Ableben davon gekostet haben könnte. Hier, riechen Sie selbst. Aber vorsichtig!«

Er entkorkte den Flakon mit dem fachmännischen Griff des geschulten Whiskytrinkers und hielt mir das Fläschchen entgegen.

Entsetzt fuhr ich zurück. Der Gestank, der aus dem aufgeschlitzten Fußball entwichen war, waberte mir entgegen und ich unterdrückte einen plötzlich in mir aufkeimenden Kotzreiz.

»Bingo!«, kommentierte Dr. Smrt. »Da haben wir den Salat.«

»Was genau bewirkt dieses ›Zielwasser‹, wenn es von einem Menschen eingenommen wird?«, fragte ich.

»Das, fürchte ich, wird Ihnen nur Professor Doktor von Dohbingh selbst beantworten können. Fragen Sie ihn.«

»Das werde ich tun. Haben Sie seine Adresse?«

»Sein Institut ist in Tübingen oben auf dem Sand, falls Sie die Gegend kennen. Er selbst wohnt in einer der alten

Villen auf dem Österberg. Sezilia, suchen Sie doch bitte dem werten Herrn Zufall die Adresse heraus.«

»Yes, Sir!«

Sezilia zischte davon und der Doc hielt mir noch immer den geöffneten Flakon mit der herzallerliebst duftenden Flüssigkeit entgegen.

»Möchten Sie ein bisschen davon für die Pressekonferenz mitnehmen?«

Ich nickte und zog meinen Flachmann aus der Jacke.

»Allerdings bin ich mir nicht sicher, ob ich damit gleich an die Öffentlichkeit gehe«, wandte ich jedoch ein, »einen kleinen Trumpf sollte ich vielleicht noch im Ärmel behalten?«

Jetzt nickte der Doc.

»Da haben Sie recht. Und haben ja genügend Tatsachen, mit denen Sie die hungrige Journalistenmeute füttern können.«

»Dann bleibt das unter uns, abgemacht?«

»Abgemacht!«

Ich schraubte den Verschluss meines Flachmanns ab und reichte ihn dem Doc.

»Whisky?«, fragte er, als er an der Öffnung roch.

»Nein«, sagte ich. »Seitdem der mal mit Zyanid verdünnt war, fülle ich nur noch Birnensaft ab!«

Er nahm einen kräftigen Schluck und nickte anerkennend.

»Feines Birnchen. Williams.«

»Machen Sie leer, ich muss ja noch fahren«, forderte ich ihn auf. Smrt ließ sich das nicht zweimal sagen.

»Und jetzt das ›Zielwasser‹ in meinen Flachmann, bitteschön!«

Der Doc schüttelte den Kopf.

»Zu offensichtlich. Nennen wir es besser ›Wasser des Treffens‹, *Aqua collineandi*, Prösterchen!«

Der letzte Rest Williams floss über seine Gurgel, dann fischte er aus einer der Besteckschubladen seines Labors einen kleinen grünen Trichter und füllte mir etwas von der urinfarbigen und ähnlich intensiv duftenden Flüssigkeit in meinen Flachmann ab.

»Man weiß ja nie, wozu man es brauchen kann«, sagte Dr. Smrt mit leichtem Zungenschlag und hickste.

DA SIND WIR DAHEIM

Es war schon dunkel, als ich an jenem Samstagabend endlich an meinem Ausschankwagen anlangte, nicht ahnend, dass mich dort ein unangemeldeter Besucher mit einem höchst brisanten Angebot erwartete.

»Da sind wir daheim!«, prangte auf dem kleinen Holzschild, das ich an dem amerikanischen Briefkasten befestigt hatte, sonst wäre sicher weder die Zeitungsfrau noch der Briefträger auf die Idee gekommen, dass in dem Wagen einer wohnte. Es sah einfach aus, als habe die Brauerei beim letzten Zeltfest ihren Wagen auf der Wiese stehen lassen, und genau genommen war es auch so.

Nun für mich, als alleinziehender und glücklich geschiedener Privatdetektiv, war dieser Ausschankwagen genau das richtige Zuhause, nachdem mir meine ehemalige Wohnung nebst Garage in unserem hübschen Mehrfamilienhäuschen nicht mehr zur Verfügung stand.

Charlotte, meine Ex, und Horst-Udo, ihr alter Neuer und seines Zeichens Fachanwalt für Scheidungsopfer, hatten mittels Umsetzung unseres Ehevertrags zu ihren Gunsten dafür gesorgt, dass ich eines schönen Tages ganz aus dem Häuschen war und auf der Straße saß. Ohne Wohnung, ohne Garage, ohne Dach überm Kopf. Und, dass ich monatlich an sie zu zahlen hatte.

Unsummen.

Drei Nächte campierte ich im Gewächshaus eines verwilderten Gartens, bis mir das Fehlen von Sanitäranlagen auf den Geist ging und ich des Waschens mit eiskaltem Wasser aus einer verrosteten Gießkanne überdrüssig geworden war. So machte ich mich auf die Suche und stieß auf einer kleinen, von Holzbeigen eingerahmten Wiese, auf einer abgelegenen unbenutzten Braunviehweide bei meinem oberschwäbischen Heimatort Sankt Agath-Christi am Stein auf den abgestellten Acht-Eck-Ausschankwagen der regionalen Brauerei »Fahrnie Schwofbräu«.

Ein Anruf beim Braumeister Klaus Thaler genügte, um mich – gegen eine geringe Summe – in den Besitz dieses Gefährts zu bringen. Ich hatte ihn vor Jahren durch unentgeltliche Beschattung seiner Gattin und Nachweis ihres Liebhabers von ihr befreien können, was mir nun zugutekam. Da der TÜV des Ausschankwagens der »Fahrni Schwofbräu« abgelaufen und das süffige Edelweißbier ausgelaufen war, stand das Gefährt für einen Spottpreis zum Verkauf.

Erich Öxle, Braunviehlandwirt und Besitzer der kleinen, von Holzbeigen eingerahmten Wiese, überließ mir das Grundstück mit der Auflage, das Wiesle zu mähen, die Obstbäume zu schneiden und das Holz trocken zu lagern.

Möbel hatte ich ohnehin so gut wie keine mehr, die hatte fast alle Charlotte mit in die Ehe gebracht. Schon am Tag, als sie ausgezogen war, hatte ich bei einem der Agrarökonomen in unserem Dorf einen Traktor mit Fahrer und Anhänger be- und alle Möbel vor das Haus gestellt.

Kurz nachdem die aus Pressspan und Furnierholz geschnitzten Objekte wie in einem Ikea-Freilichtmodellzimmer den schmalen Gehsteig vor unserem Mehrfamilienhaus bevölkerten, hatte der Wolkenbruch eingesetzt und Bretter, Seitenwände und Zierleisten in Wellpappe ähnliches, aufgedunsenes Schwemmholz verwandelt. Bauer Sauberle, der als Traktorfahrer fungiert hatte, hatte geflucht, als er zusammen mit seinen beiden Söhnen die regenschweren, vollgesogenen Stücke auf den Hänger gehievt hatte.

Ich hatte ihm Charlottes neue Adresse genannt und Anweisung gegeben, meiner damals noch zukünftigen Ex ihr Eigentum direkt vor die geschlossene Garage ihrer neuen Behausung zu kippen.

Ich hatte gewusst, dass ihr Alfa Romeo um diese Tageszeit im Pferch war, und mir schmunzelnd ihr Gesicht vorgestellt, wie sie ihn ausparken wollte und durch die Masse ihrer gesammelten Möbel daran gehindert wurde.

Mein Pech war gewesen, dass in Charlottes Viertel just an jenem Tag Holzabfuhr angesagt war, und das komplette Holzhorrorszenario vor ihrem Haus schon nach einer Viertelstunde im Schlund eines Müllschluckers gelandet war.

Mich hatte allein der Spaß mit Traktor, Fahrer, Helfern und Schlechtwetterzulage einen Tausender gekostet, abgesehen vom körpereigenen Schweiß beim Heraustragen der Vierzimmereinrichtung. Charlotte hatte nichts davon mitbekommen und sie hatte mir zusätzlich die verschwundenen Möbel durch unseren gemeinsamen Scheidungsanwalt – und Charlottes nächstes Opfer – in Rechnung gestellt.

So lebte ich – bis auf ein halbiertes Doppelbett und einen eineinhalbtürigen Kleiderschrank im Schlafzimmer – quasi möbelfrei, stapelte meine Wäsche in alten Obstkisten, lagerte mein gebrauchtes Geschirr bis zur erneuten Verwendung in warmem Wasser und spülte den Kaffeesatz durch Aufgießen mit Grauburgunder aus der Tasse. Natürlich über meine Gurgel.

Der Rest meiner verbliebenen Besitztümer stapelte sich großzügig verteilt in den beiden leeren Zimmern und in der Garage, wo – wie in den meisten Garagen – statt des Autos, Rasenmäher, Schneeschippe, Tischtennisplatte und Winterreifen zwischengelagert waren und ein großes Regal all jenes enthielt, was ich sonst als nutzlos und somit für in Kürze entsorgbar, ansah. Neben dem Hochzeitsalbum, einigen gläsernen Salatschüsseln und einer Sammlung Altmetall, einem wasserdurchlässigen Sprudelbad und einer Heizdecke ohne Stromkabel, befand sich hier auch mein Zweihundertliterwarmwasseraquarium in bester Gesellschaft. Allerdings ohne Fische.

Bis auf das Zweihundertliterwarmwasseraquarium und den Rasenmäher, den ich für Erichs Wiesle benötigte, fiel die komplette Garageneinrichtung nebst halbiertem Doppelbett und eineinhalbtürigem Kleiderschrank dem nächsten Sperrmüll zum Opfer, oder besser gesagt: Landete in einem der rostigen rumänisch-polnischen Sprinter, die alles Entbehrliche kostengünstig einsammelten, wenn man es nur wie Sperrmüll an die Straße stellte.

Am dritten Advent des vergangenen Jahres zog ich so mit drei Obstkisten voll Klamotten, vier Bierkästen und einem Weinregal in mein neues Domizil ein. Mehr Einrichtungsgegenstände hätten in dem nur sieben Meter (mit Zugeinrichtung) langen und 2,55 Meter breiten Gefährt auch keinen Platz. Doch mit etwas Köpfchen und Know-how bekommt man auch in beengten Verhältnissen alles unter, was man zum Leben braucht. Immerhin war die Grundausstattung nicht schlecht und verfügte neben dem einem ausreichend großen Kühlraum, der auch als Abstellkammer für kälteunempfindliche Dinge diente, über eine einfache Raumheizung, eine bühnenreife Beleuchtung, integrierte Musikanlage für coole Partys, vier Zapfstellen und als Glanzstück der Inneneinrichtung über eine 12,6 Meter lange Theke. Diese diente mir als Regal für meine Obstkisten, in denen ich meine Wäsche, getrennt nach schmutzig und schon länger schmutzig, lagerte, als Esstisch, als Schreibtisch für meinen Laptop, als Standort für mein Zweihundertliterwarmwasseraquarium und über eine Restlänge von 7,33 Metern behielt sie ihren ursprünglichen Zweck bei.

Die Zapfstellen waren ideal, um sich zu waschen, zu rasieren und Zähne zu putzen, wobei ich zwei der Zapfhähne mithilfe des Wasseranschlusses zu Warm- und Kaltwasserhähnen umfunktioniert hatte und aus den beiden anderen Hefe hell und feinherbes Pilsner troff.

Die Küche bestand aus dem eingebauten Würstchengrill und einer Pommes-Fritteuse – was auch meinen Kochkünsten und meinem Ernährungsplan entsprach – und als Schlafzimmer hatte ich die Matratze aus meinem halbierten Doppelbett auf den Boden in den Gang zwischen Ausschankwagenaußenwand und Theke gequetscht.

Jetzt, wo die Temperaturen angenehm warm wurden, öffnete ich tagsüber das ringsum aufklappbare Dach und würde im Sommer auch darunter in einer Hängematte schlafen.

Auch die Toilettenfrage hatte ich übrigens gelöst: Nachdem die Anschaffung eines Dixi-Klos aus Kostengründen nicht zur Debatte stand, verlegte ich mich auf die südafrikanische preiswertere Variante einer Buschtoilette, die aus Klappspaten, Klopapier und Streichhölzern besteht. Im Schatten von Erichs Holzbergen habe ich so eine reichhaltige Auswahl an stillen Örtchen und kann mittels kleinem Feuerchen in der Grube geruchsneutral entsorgen, was ich hinterlassen habe.

Mehr brauche ich – so ich die Fantasie meiner Leser richtig einschätze – nicht auszuführen und kehre zurück in meinen Acht-Eck-Ausschankwagen an jenem Abend.

DER KAISER FRANZ VOM DEH EFF BEH

Ich parkte meinen Kadett neben Erichs größter Holzbeige und schritt auf mein Domizil zu. Ich hatte Dach und Theke meiner Behausung zugeklappt, wie ich es immer tat, wenn ich längere Zeit außer Haus war. Die spärliche Beleuchtung auf den Weiden und Wiesen am Ortsrand meines kleinen Heimatdorfs schottete meinen Wohnort in absoluter Dunkelheit gegen die Außenwelt ab und ich benötigte den Schein meiner LED-Taschenlampe, um die Tür zum Ausschankwagen zu finden. Ich stutzte zweimal, als ich den Schlüssel ins Schloss steckte. Zum ersten Mal, als ich im Innern des Wagens einen diffusen Lichtschein durch das Schloss auf meinen Schlüssel treffen sah. Nun ja, ich konnte vergessen haben, die Partybeleuchtung der Zapfanlage auszuschalten.

Zum zweiten Mal, als ich feststellte, dass die Tür nicht abgeschlossen war! Vorsichtig öffnete ich und starrte ins Innere. Ich erschrak und hätte die Tür fast wieder zugeschlagen, als ich die Gestalt an der Theke lehnen sah, diffus durch die orange-rot-gelbe Partybeleuchtung der Zapfanlage angestrahlt und mit einem frisch gezapften 0,5-Liter-Weißbierglas in der Hand!

Ein Fremder in meinem Domizil!

»Kommen Sie rein, Kommissar, es besteht kein Grund zur Aufregung, sondern Grund zur Freude! Ich habe einen Auftrag für Sie!«, sagte eine tiefe, sonore Bassbaritonstimme mit unüberhörbarem bayerischem Akzent.

Noch immer stand ich vor meinem Ausschankwagen an der halb geöffneten Tür und starrte ins Innere. Meine Hand tastete zum Lichtschalter und die Leuchtstoffröhren knackten, blinkten und tauchten nach kurzen Spackungen das Interieur in ungemütlich helles Licht. Ich stieg in den Wagen und schloss die Tür.

»Wer sind Sie, wie kommen Sie hier herein und was wollen Sie?« ratterte ich los, während ich den Fremden von oben bis unten scannte. Auf seinem Kopf saß ein dunkler, bayrischer Trachtenhut mit zweireihiger, grüner Kordel, geschmückt mit der Flügelfeder des typisch bayrischen, indischen Schlangenhalsvogels. Er trug ein elfenbeinfarbenes Leinenhemd mit Hirschhornknöpfen, darüber eine offene, grüne Filzweste und eine dunkelgraue Joppe. Die lederne, mit saftigem Brathendlfett eingeölte Kniebundhose mit Latz und Messertasche ging in ebenfalls graue Wollsocken über, und die strammen Wadln des Buam führten in schwarze Haferlschuhe mit seitlichen, silbernen Schnallen. Fesch stand er vor mir, der ungebetene bayrische Gast.

»Jo mei!«, sagte der und nahm einen tiefen Zug vom frisch gezapften, von einer herrlich schimmernden, perfekten Schaumhaube gekrönten Weißbier, »do lässt sich's fei aushalten, do herin! Derf i Eahna a Weißbier anbieten, aa?«

Stand an meiner Theke. Trank aus einem meiner Gläser mein Weißbier, das er sich aus meiner Zapfanlage gezapft hatte, und bot freundlicherweise aa (auch) mir eines an!

Ich schüttelte den Kopf, nahm den Flachmann aus der Jackentasche und wollte schon einen Schuss Zielwasser einwerfen, um dem Typen bei meiner Ohrfeige, die ich ihm zu geben gedachte, nicht zu verfehlen, als mein Blick auf einen schmalen Aktenkoffer fiel, den er neben sich auf die Theke gelegt hatte.

Meine Neugier verschonte den »Buam« vom Ansinnen einer Ohrfeige. Ich tarnte dies durch Strenge in meiner Stimme und fragte noch einmal:

»Wer sind Sie, wie kommen Sie hier herein und was wollen Sie?«

»Fangen wir von hinten an«, sagte der Bua und versuchte jetzt, seinen bajuwarischen Akzent zu verstecken. Das Schöne ist ja, dass wir Schwaben zwar alles können, außer Hochdeutsch, aber die Bayern können dafür vieles nicht, außer Bayrisch.

»Was ich will, ist no a Weiße!«, leerte sein Glas und zapfte sich ein Neues. Jetzt nickte ich, und er zapfte noch ein Zweites.

Für mich.

»Wohlsein!«

»Prost!«

Er wischte sein Weißbierglas auf dem krachledernen Oberschenkel ab, was auf der Hose einen kreisrunden Weißbierschaumfleck hinterließ. Lässig wischte er mit der Hand darüber.

»Lederpflege«, kommentierte er. »Du nimmst Weißbierschaum und Fett von an frischn Brathendl und die Hosn glänzt wie neu!«

Er wischte mit dem feuchten Handrücken über das andere Hosenbein und nahm meine Frage auf:

»… und wie ich reinkommen bin? Also wer, wie ich, im Schwammerlfinger Forst aufgewachsen ist, wo die bayrische Braukunst – wie jeder weiß – zur höchsten Blüte kultiviert wurde, der kann die Ausschankwagen aller 626 bayerischen Brauereien durch Hypnose öffnen. Kinderspiel. Damit!«

Er zog seinen Hirschfänger aus der Messertasche seiner Lederhosn und rammte die Spitze des Messers in das Thekenbrett, dass der Hirschhorngriff zitterte.

»… und wer i bin? Also i bin der Kaiser Tony. Anti-Vitaminspritzen-Gremium vom Deh Eff Beh, wenn S' wissen, was ich meine.«

Ich schüttelte den Kopf. Irgendwie war ich nach dem langen Tag und den Analysen im Labor von Dr. Smrt nicht mehr aufnahmefähig.

»Also gut. Deh Eff Beh. Deutscher Fußballbund. Und statt Anti-Vitaminspritzen-Gremium könnte ich auch Anti-Doping-Kommission sagen. Capito?

Jetzt nickte ich. Er reichte mir ein Kärtchen, das eine Art Ausweis darstellte.

Anton Franziskus Kaiser.
ADK des DFB. Ihr Spezialist für ungelöste Dopingfälle aller Art. Sonderbeauftragter Russland 2018. Ermittlungen nach Maß und Auftrag. Diskret, erfolgreich, undercover.

»… und was wollen Sie wirklich von mir – also, außer Weißbier?«, fragte ich, nachdem auch ich mein Glas fast leer getrunken hatte.

»Weißwürscht!«, sagte er. »Hab'n S' Weißwürscht?

Und a Brezn? Sie müssen wissen, dass ich sofort nach dem Eingang Ihrer Einladung zu dieser Pressekonferenz in München-Hasenbergl losgefahren bin und seither nichts gegessen habe.«

Klar hatte ich Weißwürste im Tiefkühlfach meines Kühlraums. Genauer gesagt: ein Paar. Notration für Tage wie heute, wenn einem der Einkauf von russischen Spezialagenten konfisziert wird. Aber ich hatte wenig Lust, mein letztes Paar echt Münchener Weißwürste dem Vertreter des Deutschen-Fußballbund-Anti-Vitaminspritzen-Gremiums auszugeben, statt es selbst zu vertilgen. Zumal keine Brezn im Haus war und der süße Senf nur noch für das eine Paar reichte.

»Ich dachte, Weißwürste dürfen das Zwölfuhrläuten nicht hören?«, wandte ich daher ein und brüstete mich mit meinem Fachwissen, das ich mir bei einer Exkursion ins Valentin-Musäum in der bayerischen Landeshauptstadt im vergangenen Herbst angeeignet hatte.

»Das ist schon richtig«, stimmte mir der Kaiser Tony zu, »und wenn wir uns beeilen, schaffen wir das auch noch vor Mitternacht!«, ergänzte er mit Blick zu meiner Schwarzwälder Kuckucksuhr, die neben dem leeren Schwarzwälder Schinkenräucherhaken an der Wand hing und deren Kuckuck ich die Tür zugenagelt hatte, sodass das Uhrviech nur noch stumm von innen gegen die Tür schlagen und die Uhrzeit statt durch »Kuckuck-aus-dem-Wald-Rufen« nur noch durch »Ka-ka-von-hinten-aus-dem-Uhrinnern-Hämmern« anzeigen konnte. Gerade hatte es zweimal – halb zwölf – gekakakt, und so konnte ich dem Buam nicht widersprechen.

So kam es, dass ich mit dem letzten Rest warmen Wassers aus der Wärmflasche das letzte Paar Weißwürste auftaute und sie mit dem letzten Teelöffel süßen Senfs ohne Brezn servierte, wobei der Kaiser Tony sein halbes Paar fachgerecht ausnahm und die Haut zwischen der Lücke seiner Schneidezähne aus dem Mund zog, während ich die Wurst scheibchenweise mit Haut und ohne Senf vertilgte.

Zuzelnd und schmatzend erklärte mir Anton Franziskus Kaiser, Spezialist für ungelöste Dopingfälle aller Art und Sonderbeauftragter Russland 2018 dabei den Grund seines Besuchs, wobei ich hierbei die ins Hochdeutsche übersetzte Version wiedergebe:

»Über die Pressestelle des DFB bekam ich die Einladung zu Ihrer PK auf mein Smartphone. Sie müssen wissen, dass wir gut vernetzt agieren, und bei Schlagworten wie Fußballleiche, Foul oder Rote Karte sofort alarmiert werden. Seit der andere Kaiser im aktuellen Sportstudio vor vier Jahren die Frage stellte, was denn Doping sei, haben wir Alarmstufe dunkelrot. Und mir scheint, dass Sie, werter Kommissar Zufall, morgen auf dieser PK Dinge zu verkünden haben, von denen wir unbedingt vorher Kenntnis haben sollten!«

»Aha. Das scheint Ihnen also. Und deshalb maßen Sie sich an, des nächtens in meinen Ausschankwagen einzudringen, mir mein Weißbier wegzusaufen und mein letztes halbes Paar Weißwürste wegzufressen?«, wollte ich schon sagen, doch ich schwieg und ließ ihn weiterreden.

»Wir vermissen seit einigen Tagen einen unserer Spieler. Ein junger, talentierter Kerl, neu im erweiterten Kader unserer Elf. Kommt hier aus der Gegend. Wir dachten zunächst, unser badischer Bundestrainer wollte nur mal wieder einen Schwaben in den Kader holen, um ein Zeichen gegen den Zwist von Gelbfüßler und Schwobaseggl zu setzen, aber dann hat der Junge alle überzeugt. Hat im Torwarttraining nicht einen Ball reingelassen, das war schon sensationell. Hat sogar alle Schüsse aus kurzer Distanz gehalten. Egal, wohin der Ball flog: Seine Hände waren schon da.«

Er machte eine kurze Pause und zuzelte weiter an der Wursthaut seines halben Paars Weißwürste.

»Er war so offensichtlich perfekt, dass einige Beobachter am Spielfeldrand sofort witzelten, der müsse ja wohl gedopt sein. Das hat bei uns alle Alarmglocken schrillen lassen. Da is ja eh grad die Kacke am Dampfen, mit dem russischen Kader von 2014! Wir haben mit dem Buam geredet und er hat uns eröffnet, dass er ein Medikament ausprobiert habe, das wie ein Wunder wirke. Er wolle das aber nicht, und aus dem ›Sumpf‹, wie er es nannte, aussteigen.«

Er spülte den letzten Bissen seines halben Paars Weißwürste mit Weißbier hinunter und fuhr fort:

»Er sollte gestern Abend zur Vorbereitungsphase für den Confed Cup in München eintreffen, aber er ist wie vom Erdboden verschluckt. Keine WhatsApp, keine SMS, kein Telefonkontakt. Da er gestern Nachmittag noch seinen Heimclub am Spitzberg besuchen wollte, keimte in mir sofort der schlimme Verdacht, dass es sich bei der von Ihnen beschriebenen Fußballleiche um Gutwart Pfost handeln könnte. Ist das richtig?«

Er fragte das mit einer Sicherheit, die mir keine Wahl ließ, und ich nickte.

»Also doch! Und haben Sie irgendetwas entdeckt, was einen Dopingverdacht erhärten könnte?«

Ich beschloss, das Geheimnis des *Aqua collineandi*, das ich auch auf der PK nicht preisgeben wollte, noch für mich zu behalten, und verneinte.

»Wie dem auch sei«, fuhr er fort, »ich bin hier, um Ihnen einen Auftrag zu erteilen. Denn dass Sie Privatdetektiv sind und nicht gerade in Aufträgen schwimmen, war nicht schwer herauszufinden.«

Ich lächelte nicht zurück und verschwieg meinen russischen Auftraggeber Eriwan Eriwanowitsch und seine schwäbische Geheimagentin Helga Häfele.

»Und damit Sie keinen Grund haben, an der Ernsthaftigkeit meines Angebots zu zweifeln«, er deutete auf den schwarzen Koffer, »hier!«

Seine Daumen fuhren über die Zahlenschlösser und wie einst das Sandmännchen im öffentlich-rechtlichen Werbefernsehen murmelte er: »Du lieber Kommissar Zufall, gib fein acht, ich hab dir etwas mitgebracht!«

Flups sprang der Deckel auf und ein grüner Glanz erfüllte mein Herz.

Nun bin ich nicht gerade den Anblick von größeren Geldbeträgen gewöhnt, doch das grüne Leuchten der Hunderteuroscheine machte mir klar, dass es eine mindestens fünfstellige Summe war, die mich hier anlachte.

»50.000 Euro. Bar auf die Hand, für Ihre Zusage!«, kommentierte der Kaiser Tony den Anblick.

Im Kopfrechnen war ich schnell. Zusammen mit dem Angebot von Eriwan Eriwanowitsch hatte ich heute lockere 100.000 Euro eingenommen. Ich versuchte, meine Überraschung zu verbergen, und fragte betont sachlich: »Zusage wofür? Womit kann ich mir das verdienen?«

»Ganz einfach. Sie halten für uns die Augen auf. Wir wollen wissen, ob es außer Gutwart Pfost noch weitere Verdachtsfälle gibt. Ich habe das Gefühl, dass Sie Informationen besitzen, die Sie noch nicht preisgeben wollen?«

»Und wenn das so wäre?«

»Hätten wir damit kein Problem! Solange Sie es für sich behalten!«

»Aha. Und was soll ich konkret tun?«

»Nun, zunächst einmal sagen Sie die Pressekonferenz für morgen ab. Und zwar jetzt gleich. Lassen Sie sich irgendetwas Nettes einfallen.«

»Und dann?«

»Bekommen Sie hier diese Anzahlung, ein Visum und die Flugtickets.«

»Anzahlung?«

»Ja. Die restlichen 50.000 gibt's dann bei Vertragsende.«

»Und Flugtickets?«

»Ja. Sie fliegen nach Sotschi am Schwarzen Meer, wo am Montag in einer Woche für die deutsche Nationalmannschaft der Confed Cup in Russland beginnt.«

»Confed Cup?«

»Ja. Ein total unnötiges Turnier. Sagen zumindest die, die was davon verstehen. Braucht kein Mensch. Ein Auslaufmodell.«

»Und warum macht unsere Elf dann da mit?«

»Pflichttermin als Weltmeister. Und so ein Confed Cup Sieg wäre ja trotz aller Unkenrufe keine so schlechte Sache. Stellen Sie sich vor, es würde mal in der Zeitung stehen: ›Jetzt sind wir (fast) alles! Weltmeister! U21-Europameister! Confed-Champions!‹«

»Und wer kickt da sonst noch bei diesem Confed Cup?«, fragte ich.

»Naja«, meinte er abschätzig. »Lauter Sieger. Asienmeister, Ozeanienmeister, Afrikameister…«

»Kfz-Meister?« vermutete ich, doch er fuhr fort:

»Der Sieger des CONCACAF Cups…«

»Was für'n Cup?«

»Man kann auch Gold Cup sagen: Kontinentalmeisterschaft für Nord- Mittelamerika und der Karibik…«

»Und wo bleibt Südamerika?«

»Der Sieger vom Copa América ist auch dabei.«

»Das ist dann die Kontinentalmeisterschaft für Südamerika?«, riet ich.

»Richtig. Dazu kommen noch der WM Gastgeber, also Russland und Europameister und Weltmeister…«

»Also wir?«

»Eben!«

»Also eine echte Meisterschaft?«

»Wie man's nimmt. Acht Mannschaften, die alle was gewonnen haben.«

»Und die kicken jetzt in Russland?«

»Eine Art Generalprobe für die WM. Heißes Pflaster, wie Sie sich vielleicht denken können. Ich sag nur: Dopingverdacht! Dort haben Sie jetzt Zeit, sich alles anzusehen und Ihren Einsatz für die WM 2018 vorzubereiten. Auf unsere Kosten, versteht sich.«

»Und was wäre – nur rein theoretisch mal angenommen – wenn ich keine Lust auf russischen Fußball hätte?«

»Dann hätten wir – rein theoretisch mal angenommen – kein Problem, mit Ihnen russisches Roulette zu spielen.«

Er zog ein Gewehr aus seiner Lederhose, dessen Kolben er unter seinem Janker versteckt und dessen Lauf bis unter den Wollstrumpf gereicht hatte. Deshalb hatte der Bua in seiner Tracht so steif dagestanden.

»Das ist ein 7,62 Millimeter russischer Simonow Selbstladekarabiner. Mit einer Kugel daraus in der Stirn würden Sie in Sotschi keinem auffallen. Und hierzulande könnte man das ja tarnen!«

Unter einem aufgeschlitzten und über das Gesicht gestülpten Fußball zum Beispiel, kam es mir siedend heiß in den Sinn, und ich fühlte den Schweißausbruch, als ich sagte:

»Quatsch! Natürlich habe ich Lust auf russischen Fußball! Und ich wollte schon immer mal nach Sotschi. Soll ja eine ganz wunderbare Landschaft sein, da, am Schwarzen Meer …«

Er wieherte vor Lachen und schlug sich mit der flachen Hand lautstark auf die weißbierschaumglänzende Krachlederne.

»Schmarrn! Das ist ein 77 Zentimeter knickbares bayrisches Kinder-Apatschengewehr für den Fasching, mit Schreckschusspatronen, kriegst du für fünf Euro bei Amazon!«

Ein Käpselegewehr! Und damit hatte er mir einen solchen Schrecken eingejagt!

»Sie haben Bedenkzeit bis morgen früh. Ihr Flieger geht am Freitag ab Frankfurt über Moskau nach Sotschi. Das erste Spiel der deutschen Mannschaft ist dann am Montag gegen Australien im Fisht-Stadion. So, und jetzt trink ma no oas!«

Er legte das bayrische Schreckschusspatronen-Kinder-Apatschengewehr für den Fasching auf den Tresen, leerte sein zweites Glas und zapfte sich ein Drittes.

Ich hatte auch ausgetrunken und er füllte nach. Herrlich glänzte das flüssige Gold schaumgekrönt im Glas, als wir uns erneut zuprosteten.

»Wohlsein! Aufs Doping! Ex!«, rief er aus und schaltete die Gurgel auf Durchzug. Wie durch die Wasserspülung im Klo wurde das Weißbier nach unten gesogen und verließ goldglänzend sein Glas.

»Prost! Auf die Apatschen!«, ergänzte ich spaßig und bemühte mich, mein Glas ebenfalls zu leeren. Schluckweise. Unterdessen hielt der Kaiser Tony seines schon wieder unter den Zapfhahn.

»Müssen Sie nicht mehr fahren?«, fragte ich besorgt.

»Doch«, antwortete er, »aber ich hab' ja bloß oa Weißwurst gess'n!« Lachend hieb er sich auf den Oberschenkel und wischte abermals die Weißbierglasunterseite auf dem Leder ab. Ein dunkler Striemen zog sich bis zum Knie, und er verteilte die Soße gleichmäßig mit der Hand.

»Wohlsein! Auf Sotschi! Ex!« Sprach's und trank aus.

»Prost! Auf Nscho-tschi!«, ergänzte ich und nuckelte an meinem Glas, während der Kaiser Tony den Zapfhahn betätigte.

»I bin der Anton Franziskus«, sagte der Kaiser Tony jetzt, leicht lallend, als unsere Gläser erneut klirrten. »Aber du derfst Kaiser Franz zu mir sagn!«

»Ich bin der Rainer. Großes R und kleiner Hai ohne ›H‹. Prost!«

»Wohlsein! Auf Rainer in Russland!«

»Apropos Russland. Eine Frage«, wandte ich noch ein, nachdem Kaiser Franz Anstalten machte, schwankend meinen Ausschankwagen zu verlassen und dabei nach Klappspaten und Streichhölzern griff. »Könnte ich bitte über Sankt Petersburg fliegen?«

»Du kannst über Staroturukhansk fliegen oder über Yubileynyy und Nischni Nowgorod, Hauptsache, du bist am Montag in Sotschi!«

Kaiser Franz machte sich auf den Weg zu dem Ort, wo der Kaiser zu Fuß hingeht, und ich setzte mich an den Laptop und sagte die PK ab. Wie es aussah, musste ich mir meine Popularität auf anderem Wege erarbeiten.

Wohlsein!

LÖFFELLISTE

Am nächsten Morgen war ich schon um 6.00 Uhr wach, nachdem mich mein Handy aus dem weißbiergeträufelten Tiefschlaf gerissen hatte.

»Challo, Briederchen von Jakob?«, meldete sich Eriwan Eriwanowitsch und ich war auf einen Schlag putzmunter.

»Chast du dir iibergelegt die Sache mit Flug nach Sankt Petersburg?«

»Da«, sagte ich, um meinen russischen Wortschatz zu gebrauchen. »Abflug Freitag wäre für mich okay.«

Immerhin hatte mir der Kaiser Franz ja zugestanden, den Flug nach Sotschi über Sankt Petersburg zu buchen, was mir die Möglichkeit gab, am Samstag dem Spiel der russischen Nationalmannschaft beizuwohnen, bevor ich mich am Montag zum Spiel der deutschen Nationalmannschaft in Sotschi begab. Logisch, dass ich diese Pläne vor Eriwan Eriwanowitsch geheim hielt.

»Charascho!«, freute sich Eriwan Eriwanowitsch. »In zwei Tagen chast du die Flugtickets nach Sankt Petersburg und Visum fiir Russland. Chelga wird mit dir fliegen und dich betreien.«

»Helga fliegt mit? Und warum betreuen? Ich kann selbst auf mich aufpassen!«, wandte ich ein.

»Chelga ist dein Schatten, Briederchen. Sie wird weichen nicht von deiner Seite, außer nachts in Zimmer. Russland ist groß und Moskwa ist gefährlich bei Nacht.«

»Moskau? Warum Moskau?«

»Weil du chast Zwischenlandung mit Aeroflot in Moskwa. Mit Wechsel von internationalem Flugchafen Sheremetyevo im Norden zu Flugchafen Domodedovo im Siden du fährst einmal quer durch Moskwa. Und wir chaben Aufentchalt in Restaurant bei Kreml fiir dich geplant. Damit du kennenlernst russische Seele.«

Okay, dachte ich. Sightseeing in Moskau, warum nicht. Wenn Helga sich um alles kümmerte, konnte ich mich zurücklehnen und die oberschwäbische Seele in Russland baumeln lassen.

Wir beendeten das Gespräch und ich rief meinen wertgeschätzten Kollegen Dr. James Smrt an. Mit wenigen Sätzen informierte ich ihn über meine Reisepläne nach Sotschi, da diese ja unmittelbar mit dem toten Gutwart und dem Dopingverdacht zusammenhingen. Über die Reise nach Sankt Petersburg zu meinem Bruder Jakob hatte ich Stillschweigen vereinbart und verschwieg es auch gegenüber Smrt. Die Gesamtplanung meines Russlandaufenthalts würde sich aufgrund der unterschiedlichen Interessen meiner beiden Auftraggeber ein wenig kompliziert gestalten.

Ich hatte mir die Spiele des Konföderationen Cups ausgedruckt und einen Flugplan erstellt, der für die ersten Tage wie folgt aussah: Freitag, Anreise nach Sankt Petersburg mit Helga. Sonntag, Weiterflug nach Sotschi zum Deutschlandspiel, am Mittwoch nach Moskau, wo die russische Mannschaft ihr nächstes Spiel hatte. Am Donnerstag würde es nach Kasan gehen, wo Deutschland gegen Chile kickte und am Freitag Russland sein letztes Gruppenspiel gegen Mexiko absolvierte, caramba! Zum letzten Deutschland-Gruppenspiel wäre ich dann noch einmal in Sotschi.

Je nachdem, wie lange ich nach dem Willen meiner Auftraggeber diesem Fußballturnier beiwohnen sollte – und vor allem, wie lange sich die beiden Mannschaften im Turnier hielten, waren noch weitere Spiele in Kasan und Sotschi zu betreuen und – bei Finaleinzug – sogar Moskau und noch mal Sankt Petersburg. Ich würde Russland so richtig kennenlernen – und Russland mich!

Ich plante, mir die Flüge sowohl von Eriwan Eriwanowitsch als auch von Kaiser Franz buchen zu lassen, zwei Sitzplätze nebeneinander. Dann konnte ich es mir auf dem Flug so richtig gemütlich machen und auch die Verpflegung gleich doppelt genießen.

Genialer Gedanke!

Smrt klang begeistert, wie ein kleines Kind, das zum ersten Mal mit seinen Eltern Campingurlaub machen darf. Spitze! Super! Toll! Cool! Lol! Waren nur ein paar der Jubellaute, die ich am Telefon hörte. Schließlich sagte er im Brustton der Überzeugung:

»Ich glaub, ich komme mit! Bislang sind für den fraglichen Zeitraum noch keine Gruftjobs geplant, und bis der Gutwart freigegeben wird, sind wir wieder zurück!«

»Für die Einreise nach Russland brauchen Sie aber ein Visum!«, erklärte ich, im Bewusstsein, dass das für mich von meinen beiden Auftraggebern erledigt wurde, die über ihre internationalen Kontakte da sicher ganz einfach drankamen.

»Das ist kein Problem«, meinte Dr. Smrt. »Ich verfüge durch den DFB, das ist die Tourismuszentrale unseres internationalen Berufsverbands, »Dienstreisen für Bestatter«, über Ganzjahresvisa und Transportgenehmigungen für die meisten Länder, in denen es Erdbestattungen gibt. Man weiß ja nie, wohin man kurzfristig Leichen liefern muss und kann sich da nicht erst noch mit Visa-Anträgen aufhalten. Zumal die für die Kunden posthum schwer zu bekommen sind.«

»Aber den Flug nach Sotschi müssten Sie sich schon selbst buchen!«, warf ich ein, da ich nicht die Absicht hatte, ihm den etwas prekären Abstecher nach Sankt Petersburg erklären zu müssen.

»Sotschi!«, jubilierte Dr. Smrt, »welch ein Zufall, werter Kommissar Zufall! Wussten Sie, dass Sotschi auf meiner Löffelliste Rang sechs einnimmt? Und jetzt darf ich einfach so dorthin!«

»Rang sechs auf der Löffelliste?«, echote ich.

»Ja! Die Liste aller Ziele, die ich noch erreichen will, bevor ich meinen Löffel abgebe und sozusagen mein eigener Kunde werde. Sotschi!«

»Und was bitte ist so wunderbar an Sotschi, dass man es unbedingt noch gesehen haben muss?«

»Wie, Sie kennen den berühmtesten Friedhof in Sotschi nicht?!«

Ich schüttelte den Kopf und der begeisterte Bestatter erklärte:

»Der liegt traumhaft schön im olympischen Quartier, von den Spielen verschont und durch eine hohe Blechwand von ihnen getrennt. Zwischen umgestürzten Bäumen kann man bei den eingezäunten Gräbern auf Bänken und Tischen picknicken, wenn man die Verwandtschaft besucht, eine Tradition, die ich hierzulande doch sehr vermisse. Auch sonst scheint dieser Ort eine Idylle des Lebens zu sein, ein neuer Abwasserkanal hat einen Teil des Friedhofs überflutet, und wo die Grabsteine jetzt aus dem Schlamm ragen, könnte man sogar Seebestattungen ermöglichen.«

»Aha«, kommentierte ich trocken. »Und was sind die Ränge eins bis fünf auf Ihrer Löffelliste?«

»Nun, da wäre die Friedhofsinsel San Michele in Venedig. Müsste dort allerdings meinen Smart verkaufen, denn auf den Friedhof kommt man nur per Boot, ob als Leiche oder als Bestatter.«

»Feuchte Angelegenheit!«, bemerkte ich trocken.

»In New Orleans ist das noch schlimmer! Da ist der Boden so feucht, dass man überirdisch richtige Mausoleen errichtet hat. Meine Traum-City of the Dead wäre da der Saint Louis Cemetery No. 1!«

Dr. Smrt bekam beim Schwärmen feuchte Augen und wischte sie sich mit einem Taschentuch trocken.

»Wenn Sie es lieber furztrocken haben, bleiben wir in Italien: In der Kapuzinergruft in Palermo liegen über 2000 Mumien …«

»Können wir bitte das Thema wechseln?«, bat ich, »sonst brauche ich jetzt einen Whisky!«

»Gutes Stichwort!«, freute er sich, »in Schottland gibt es in Glasgow eine echte Nekropolis! Eine Totenstadt mit 50.000 Einwohnern. Liegt auf einem Hügel mit wunderbarem Blick auf die Destillerien der Umgebung!«

Wieder und wieder wunderte ich mich über den seltsamen schwarzen Humor des Pathologen und Bestatters.

Noch ehe ich einen weiteren Einwand anbringen konnte, führte er auch noch das letzte Ziel seiner Löffelliste aus:

»Und dann noch Accra in Ghana. Die Sargmacher dort sind ein Hammer! Die Schreiner schnitzen Ihnen Holzsärge in allen Modellen auf Wunsch, die sehen aus wie ein Flugzeug, wenn Sie ein abgestürzter Pilot sind, oder wie ein LKW für den überfahrenen Trucker! Für unseren Gutwart würden die sicher einen Fußball schnitzen!«

»Das heißt, ich könnte mich da in einer Glenfiddich-Flasche zur letzten Ruhe betten lassen?«, fragte ich.

»Na klar! In Accra kein Problem. Und ich lass mir meinen Smart nachschnitzen, eins zu eins. Nur, Accra liegt leider nicht auf dem Weg nach Sotschi«, bedauerte er.

»Sie haben also allen Ernstes vor, auch nach Sotschi zu fliegen?«

»Ja, aber wieso fliegen?«

»Das sind über 3000 Kilometer! Sotschi liegt am Schwarzen Meer!«

»Kein Problem! Ich fahr mit dem schwarzen Smart. Müsste sonst ja meinen Sarg zu Hause lassen, und wie ich uns beide kenne, gibt es Kundschaft für die Rückreise!«

»Mit dem Auto?«, fragte ich, entsetzt über diesen abstrusen Gedanken. »Und wie wollen Sie da fahren?«

»Über Kempten!«

»Ach, und was glauben Sie, wie lange Sie da unterwegs sind?«

»Eineinhalb Stunden.«

»Wie bitte?«

»Bis Kempten. Und dann noch mal 40 Stunden bis Sotschi. Über Germering, Pilsen, Prag, Brünn, alles Autobahn. Dann über Polen direkt in die schöne Ukraine. Letzter Tankstopp in Krasnoperekops'k auf der nördlichen Krim und dann noch 13 läppische Stunden bis Sotschi. Wo ist das Problem?«

Ich hatte kein Gegenargument außer:

»Aber Fliegen ist doch viel entspannter und sicher auch preiswerter!«

»Papperlapapp! Doch nicht für drei Personen!«

»Wieso? Wer kommt noch mit?«

»Na, wer wohl? Wallander und Kurt natürlich!«

»Das ist nicht Ihr Ernst!«, protestierte ich, »Sie wollen mit einem Geier und einer Hyäne im Gepäck im Auto nach Russland fahren?«

»Im Smart! Und nicht im Gepäck, sondern Kurt schnallt sich vorschriftsmäßig auf dem Beifahrersitz an und Wallander dient mir auf der Rückenlehne des Fahrersitzes als flaumige Nackenstütze. So waren wir auch schon in Weil im Schönbuch, warum also nicht Sotschi?«

»Und wann wollen Sie los?«, fragte ich, nachdem es mir offensichtlich nicht gelingen wollte, den Verrückten zur Vernunft zu bringen.

»Sie fliegen am Freitag, sagten Sie?«

»In fünf Tagen, ja.«

»Dann rausche ich am Montag los. Und da Prag auf dem direkten Weg nach Sotschi liegt, muss ich dort einen Stopover einlegen und könnte gleich noch ein entferntes Löffellistenziel abhaken: Der kleinste Friedhof hat da grade einen Hektar, aber 12.000 Grabsteine. Wüsste zu gerne, wie meine Kollegen bei den beengten Verhältnissen da arbeiten!«

KANADA, KAP, KRIM

Bis zu der von mir abgeblasenen Pressekonferenz hatte ich noch eine halbe Stunde Zeit und so machte ich mich in aller Gemütlichkeit auf den Weg zum Sportheim des Letzten FCKW.

Ich hatte die von Kaiser Franz geforderte sofortige Absage der PK an denselben Mailverteiler geschickt, an den ich auch die Einladung rausgehauen hatte, doch wollte ich sicher sein, dass nicht doch irgendein Pressevertreter jetzt einsam von dem FCKW-Heim stand und vergebens wartete. Doch meine Befürchtung war umsonst. Nur ein einsamer, kantiger, schwarzer VAN stand auf dem Parkplatz.

Die Tür zum Sportheim war angelehnt und ich trat ein. An der Theke saß ein einsamer Gast und drehte mir den Rücken zu. Die Stimme und vor allem die Worte, mit denen er seine Bestellung aufgab, ließen keinen Zweifel, wer hier die Absage der PK nicht gelesen hatte:

»Eine falte Fola«, sagte die Stimme zu dem Wirt, der eifrig Gläser trocken wischte, und murmelte dann, mit einem Blick auf die Armbanduhr: »Fann es sein, dass dieser Scheiß-Zufall seine fomische Pressefonferenz abgesagt hat?«

»Da hast du ins Schwarze getroffen, mein heiß geliebter Kriminalhauptkommissar Donner«, antwortete ich und griff das *Du* wieder auf, das er bei unserer gestrigen Begegnung so offensichtlich übergangen hatte.

»Servus, Sepp!«, grüßte ich noch und klopfte ihm jovial auf die Schulter, als er auch schon herumfuhr und mich anstarrte.

»Du hast die PeFa abgesagt?«

»Ich habe die PK abgesagt«, bestätigte ich, hocherfreut, dass er es diesmal wieder beim Du beließ.

»Und wieso weiß ich nichts davon?«, blaffte er.

Ich zuckte mit den Schultern und hielt ihm einen Ausdruck meiner Mail unter die Nase.

»Hast du die nicht bekommen? Ging doch letzte Nacht an alle raus!«

»Letzte Nacht? Hallo, gestern war Samstag. Ich bin Beamter, meinst du, ich sitze Tag und Nacht vor dem Computer und warte auf Absagen?«

»Drum bin ich ja trotzdem extra gekommen, um es dir persönlich zu sagen«, sagte ich mit verständnisvollem Unterton in der Stimme. »Hier, lies selbst!«

Ich hielt ihm den Ausdruck unter die Nase:

Ausladung zur Pressekonferenz.
Aus ermittlungstaktischen Gründen wird die für Sonntag, 11. Juni 2017, 11.00 Uhr im Sportheim des FCKW beim Kickplatz zwischen Wurmlingen und Hirschau anberaumte PK hiermit mit sofortiger Wirkung abberaumt. Weitere Einzelheiten und den aktuellen Stand der Ermittlungen wird Ihnen der Leiter der ersten Mordkommission, Kriminalhauptkommissar Sepp Donner, demnächst persönlich auf das Herzlichste mitteilen.

Donner las und wurde rot.

»Was werde ich?«, ereiferte er sich, »demnächst persönlich?«

»Auf das Herzlichste«, ergänzte ich.

»Einen Scheiß werd ich!«, brüllte er. »Was erlauben Sie – du – sich – dir da eigentlich? Bin ich dein Hiwi, oder was? Ich glaub's ja nicht!«

Er war tomatenrot angelaufen, zerknäulte die Mail und knallte sie hinter die Theke, wo der Wirt besorgt in Deckung ging. Donner schnaubte, rutschte unruhig auf dem Barhocker herum und schlug lautstark mit der Faust auf den Tresen.

»Du Fnaller! Heute Morgen rief mich der Polizeipräsident an und hat mir Schweigen verordnet, und jetzt steht in der Mail, ich würde ›Einzelheiten und den aktuellen Stand der Ermittlungen demnächst persönlich auf das Herzlichste mitteilen‹! Wenn der das liest, bin ich die längste Zeit Friminalfommissar gewesen!«

Jetzt verstand ich die Erregung Donners.

»Mensch, Sepp, das konnte ich doch nicht wissen! Aber mir ist die Sache echt zu heiß geworden, bei allem, was mir Smrt nach der Untersuchung der Leiche erzählt hat«, flunkerte ich.

»Ich weiß. Er hat mich ja angerufen«, berichtete Donner, der sich wieder etwas gefangen hatte.

»Und was hat er dir gesagt?«

»Dass der Tote ein Fußballer ist. Torwart im deutschen Fader. Und dass er erschossen wurde und vielleicht gedopt hat.«

»Mehr nicht?«

Donner schüttelte den Kopf. Fein, dachte ich, dann

hatte Dr. Smrt sich also an unsere Abmachung gehalten und das *Aqua collineandi* aus dem Spiel gelassen.

»Freundlicherweise hattest du auch Dr. Brüllvogel in deinem Verteiler«, fuhr Donner fort.

»Dr. Brüllvogel?«, fragte ich.

»Den Polizeipräsidenten, du Hasenhirn!«

»Hallo!«, protestierte ich, »das war immerhin dein Mailverteiler!«

»Na ja, egal. Jedenfalls hat mich Brüllvogel heute Morgen schon in aller Frühe ins Polizeipräsidium nach Reutlingen abfommandiert, und das am Sonntag!«

Er holte Luft und berichtete weiter:

»Flare Dienstanweisung im Fall des toten Fußballers: feine Presse, feine Öffentlichkeit. Da scheint die Faffe ganz schön am Dampfen zu sein, das sag ich dir!«

»Na, dann passt es doch, dass ich die PK abgesagt habe, wenn es keine Presse und keine Öffentlichkeit geben soll«, versuchte ich, ihn zu beruhigen.

»Das schon, aber gleichzeitig schreibst du, dass ich demnächst den aftuellen Stand mitteile!«

»Na und? Dann ist der aktuelle Stand eben der, dass du aus ermittlungstaktischen Gründen nichts sagst!«

»Genau das werde ich auch tun«, er senkte seine Stimme fast zu einem Flüstern und raunte mir zu:

»Faft ist, dass sich die Schwerpunftstaatsanwaltschaft für Doping in München eingeschaltet hat. Mit dem neuen Anti-Doping-Gesetz hat sich für uns Ermittler da einiges verändert. Wer dopt, hat jetzt ruff-zuff mal den Staatsanwalt auf dem Hals. Sobald die Nationale Anti-Doping-Agentur, die Nada, ein positives Fontrollergebnis meldet, legen die los. Im Fall von Gutwart

Pfost standen die furz davor, und daher bin ich den Fall jetzt erst mal los.«

»Na dann!«, sagte ich aufmunternd.

»Und wenn du jetzt einen auf dufte machst und den großen Zampano spielst, nur weil der alte Smrt aus dem Nähfästchen geplaudert hat, fönnte mich das meinen Fopf fosten! Also: Fein Wort mehr nach draußen, sonst fannst du was erleben!«

»Da musst du dir keine Gedanken machen«, beruhigte ich ihn. »Ich schweige wie ein Grab auf dem Saint Louis Cemetery No. 1 in New Orleans!«

»Hä?«

»Ich mach Urlaub! Eine Woche raus. Keine Leichen, keine Pressekonferenz, einfach nur Ruhe und Erholung!«

»Hoffentlich weit weg! Fanada oder Fap! Dann wärst du aus der Schusslinie.«

Ich nickte und schwieg. Was sollte ich ihm auch auf die Nase binden, dass ich mit zwei lukrativen Aufträgen in der Tasche nach Russland flog, um für die soeben von ihm zitierte Nada zu recherchieren? Sollte er ruhig glauben, ich sei in Kanada oder am Kap. Doch da kannte ich Donner wohl schlecht. Seine Neugier trieb ihn zur nächsten Frage:

»Na sag schon, wo geht's denn hin? Zum Flettern in die Berge oder eher zum Faulenzen an die Füste?«

»Küste passt schon«, gab ich zu. »Frim!«

»Frim?«, fragte er nach. »Kenn ich nicht. Wo liegt das?«

»Am Schwarzen Meer. Krimhalbinsel!«

»Ach so, Frim!«

»Sag ich doch. Frim.«

MISS MARPLES TOCHTER

Die Villa des Professors lag hoch über dem Neckar auf der Südflanke des Österbergs zwischen zwei alten Verbindungshäusern. Viele der alten Villen hier oben gehörten heute studentischen Verbindungen und atmeten noch den Geist jener Zeit, als in der ehrwürdigen Universitätsstadt Tübingen die reichen Professoren in ihren prächtigen Häusern oben auf den sonnenbeschienenen Hügeln rund um die Stadt wohnten, und unten zwischen Neckar und Ammer die alteingesessenen Tübinger Weingärtner, die »Wengerter« oder »Gôgen« ihr Wohnviertel in der »Unterstadt« hatten.

Ich hatte beschlossen, meine Zeit bis zum Abflug noch ein bisschen zu nutzen, und fuhr am Montagvormittag über die Doblerstraße, die als einzige Verkehrsstraße von der Stadt zur Wohngegend auf dem Österberg führt, die Kurven bergauf, an Landgericht und Gefängnis vorbei und parkte meinen Kadett auf dem Parkplatz des SWR Studios Tübingen.

Von dort war es ein kurzer Weg über die Stauffenbergstraße bis zur Zufahrt der Villa, die von einem braunen Holztor versperrt war. Ein Namensschild aus Messing hing neben dem Tor an einem Mauerpfeiler. Schwarze Großbuchstaben zeigten mir, dass ich an der richtigen Adresse war: PROF. DR. DAGOBERT VON DOHBINGH.

Ich läutete an der Glocke, die über dem gusseisernen Briefkasten ins Mauerwerk eingelassen war und wartete. Es dauerte fast zwei Minuten, bis sich eine Frauenstimme meldete, sicher die werte Gattin des Professors.

»Ja, bitte?«, hörte ich ein zartes Stimmchen flöten.

»Kommissar Zufall mein Name«, sagte ich mit der geübt sonoren Columbostimme.

»Kommissar?«, fragte sie zurück. »Ich erwarte doch einen Privatdetektiv.«

Ich schaltete schnell, wie gedopt.

»Ja, ich bin Privatdetektiv, von der Detektei ›Kommissar Zufall und Co‹.«

»Ich mache Ihnen auf«, hallte es durch den Lautsprecher und schon schob sich das Holztor in einer im Boden eingelassenen Metallschiene zur Seite und machte den Weg frei, der über einen kurvigen Kiespfad zur Haustreppe führte. Rechts bog die Zufahrt zur Garage ab, die offen stand und leer war. Offensichtlich war jemand mit dem Wagen des Professors ausgeflogen.

Zwischen alten Bäumen hindurch, wie sie in vielen der parkähnlichen Gärten auf dem Österberg zu finden waren, erreichte ich die breite Steintreppe, die unter einem runden Tuffbogen zu einer wuchtigen Haustür aus dunklem Holz führte. Ich fühlte mich an eines der Herrenhäuser aus den alten Miss-Marple-Krimis erinnert und hatte das Gefühl, dass mir jeden Augenblick die schrullige Margaret Rutherford die Tür öffnen müsste.

Die Villa musste alt sein, wahrscheinlich aus der Zeit vor dem Ersten Weltkrieg, die grauen Steinmauern waren an den Ecken abgeschlagen und breite Flächen von dichten Efeuranken überwuchert. Die Fensteröffnungen hatten runde Giebel und erinnerten mich an den Kreuzgang im Kloster Bebenhausen.

Ich hörte von drinnen Schritte und das Knarren von Dielen. Dann drehte sich ein Schlüssel laut im Schloss und die Tür ging langsam auf. Doch statt in das faltige Gesicht Margaret Rutherfords blickte ich in das ihrer Enkelin, so zumindest schien es mir. Der Anblick der Frau, die mich lächelnd unter der geöffneten Tür empfing, verschlug mir die Sprache.

Sie als eine Mischung aus Deutschlands »Next Topmodell« und Miss World zu beschreiben, kann nur unzureichend das wiedergeben, was mir den Atem raubte. Sie war – zumindest in meinen Augen – die schönste Frau, der ich je begegnet bin.

Abgesehen natürlich von meinen bisherigen Gespielinnen, die allesamt auch nicht von schlechten Eltern waren und mir zu ihrem jeweiligen Zeitpunkt ebenfalls als die schönsten Frauen, denen ich je begegnet war, erschienen waren. Jede von ihnen hatte – für sich gesehen – auf ihre Art diesen Superlativ verdient. Und doch, im Heute und hier war ich jetzt und an diesem Ort hin und weg von dieser Helene Fischer Tübingens.

Die Sanftheit ihrer Gesichtszüge wurde von schulterlangen, blonden Haaren mit einem sanften Bronzehauch eingerahmt, ihre Haut war glatt und ebenmäßig wie die Oberfläche eines weich gekochten Eis einer Freilandhenne, die Lippen voll und sinnlich und unter den ebenmäßig geschwungenen, und feinst gezupften Augenbrauen, schauten mich hellblaue Augen an, die die Konkurrenz zu den goldenen Augen einer Erdkröte nicht zu scheuen brauchten.

»Ist ja toll, dass Sie doch schon kommen konnten«, begrüßte sie mich mit einer Stimme, die Zärtlichkeit und Charme ausdrückte, »nach unserem Telefonat hatte ich Sie erst in einer Stunde erwartet.«

Es war offensichtlich, dass sie mich verwechselte, doch ich war so schlau, sie das nicht merken zu lassen. Sie erwartete einen Privatdetektiv, und da war ich! Fast war ich beim Anblick dieser Prinzessin versucht, den alten Song der »EAV« zu trällern: »Ich bin der Märchenprinz«, doch die Vernunft obsiegte und ich versuchte nun, durch geschickte Wortwahl und Fragestellung herauszufinden, weshalb das schöne Kind in den alten Mauern seines Märchenschlosses auf einen Privatdetektiv wartete.

»Ach«, erwiderte ich daher, »ich steuere meine Termine – wenn es meine kostbare Zeit erlaubt – nach der Dringlichkeit des Auftrags. Und in Ihrem Fall scheint das ja gegeben zu sein, wie mir scheint. Leider war die Telefonverbindung nicht so gut, dass ich alles hundertprozentig verstanden hätte …«

»Na ja«, sagt sie jetzt trocken und Charme und Zärtlichkeit machten Strenge und Härte Platz, »allzu viel hatte ich Ihnen ja auch gar nicht erzählt, so kurz angebunden, wie Sie am Telefon waren. Ich hatte fast den Eindruck, Ihre Detektei arbeitet nach dem Motto: *Vorsicht, Kunde droht mit Auftrag!*«

»Das war … ähm … Detlef Mangold-Wirsingfrisch, mein Kompagnon«, strickte ich mit heißer Nadel eine Entschuldigung. »Er hat's immer etwas eilig und …«

»Ach, das waren Sie gar nicht, am Telefon?«

»Nein, wie gesagt … ich hab' nur mitgehört.«

»Na dann! Ich bin Daisy von Dohbingh-Fährdacht, die Tochter des Vermissten. Aber jetzt kommen Sie bitte erst mal rein.«

Mir verschlug es abermals die Sprache. Hatte ich da eben einen Doppelnamen gehört? War das schöne Kind am Ende verheiratet und schon vergeben?

Ich stolperte ins Haus, folgte ihr durch dunkle Gänge in einen schummrigen Raum, der eine Mischung aus Bibliothek, Wohnzimmer und Büro zu sein schien. Deckenhoch ragten die Bücherregale an drei Wänden empor, eine Deckenlampe aus den 1950er Jahren hing über einem wuchtigen Wohnzimmertisch, der mit seinen acht Stühlen den Raum dominierte. Vor dem Fenster an der vierten Wand stand ein von zahlreichen Papierstapeln zugemüllter Schreibtisch, der Stuhl dahinter war zum Fenster gedreht, als ob ein unsichtbarer Besucher von dort aus die Vögel im Garten der Villa beobachten wolle. Die Düsternis des Raums wurde noch durch die zur Hälfte heruntergelassenen Jalousien verstärkt.

Ein ideales Plätzchen für ein Rendezvous, zumal vor dem Kuschelsofa noch die letzte Glut des Vorabends im offenen Kamin glomm. Doch dafür war jetzt keine Zeit, wie mir Daisy von Dohbingh-Fährdacht unmissverständlich klarmachte, indem sie ohne weitere Umschweife auf den Grund meines Besuchs zu sprechen kam. Sie bot mir Platz an, auf einem unbequemen Stuhl mit senkrechter Lehne, nicht auf dem Kuschelsofa, und setzte sich auf einen anderen Stuhl auf der gegenüberliegenden Seite des Wohnzimmertischs.

»Wie ich Ihrem Kollegen – wie war noch mal sein Name?«

»Detlef Mangold-Wirsingfrisch«, erinnerte ich mich spontan.

»Wie ich dem Herrn schon sagte, geht es um meinen Vater. Professor Dr. Dagobert von Dohbingh. Er ist Freitagabend nicht aus dem Institut nach Hause gekommen, was äußerst ungewöhnlich ist. Sein Handy ist tot und sein Wagen verschwunden. Ich möchte, dass Sie ihn finden!«

Hoppla! Das klang verdammt klar nach einem Auftrag! Das, worauf ich seit Langem vergeblich gewartet hatte!

»Meine Spezialität«, erwiderte ich, und das war nicht mal gelogen, hatte ich doch in einem alten Fall einen verschwundenen Trompeter lebend aus einer Höhle der Schwäbischen Alb geborgen.

»Ich nehme an, dass Sie sich in seinem Institut schon nach ihm erkundigt haben?«, fragte ich.

»Natürlich. Ich habe noch am späten Freitagabend angerufen. Er arbeitet unter Zeitdruck an einer neuen Studie und bleibt nicht selten über Nacht im Institut.«

»Aber nicht am vergangenen Freitag?«

Sie schüttelte den Kopf und die blonden Haare mit ihrem sanften Bronzehauch umwehten ihre Schultern.

»Nein. Da war er schon am frühen Abend zu einem Termin aufgebrochen. Und genau das kommt mir verdächtig vor. Hätte mein Vater an dem Abend noch einen Termin, eine Verabredung gehabt, hätte er mir das gesagt, zumal wir an dem Abend noch ins Kino wollten.«

»Ins Kino?«

»Ja. ›Kong – Skull Island‹. Das ist Teil seiner Arbeit. Mein Vater ist Optometrist und leitet das Institut für

Zoologische Optometrie, Navigation und Kinematik an der Universität Tübingen.«

»Ja«, bestätigte ich und leierte herunter, was ich auswendig gelernt hatte: »Er beschäftigt sich mit Sehschärfe, Zielfindung und der geometrischen Bewegung im Tierreich.«

Sie sah mich beeindruckt an.

»Genau. Er war als wissenschaftlicher Berater für die Ausgestaltung der Bewegungsabläufe der animierten Filmfiguren tätig und wir wollten uns das Ergebnis in 3D ansehen.«

»Sie riefen also im Institut an?«

»Ja. Einer seiner Doktoranden erzählte mir, dass er das Institut schon verlassen habe. Er war wohl abgeholt worden, um nach Stuttgart zu einem Kinematik-Kongress zu fahren, wo er einen Vortrag halten sollte. Doch der war meines Wissens erst am Samstag.«

»Sein Wagen?«

»War ebenfalls nicht mehr da.«

»Hm. Was für ein Auto fährt Ihr Vater?«

»Einen blauen Corsa.« Ich notierte mir das Kennzeichen.

»Von ihm selbst fehlte jede Spur. Ich habe in Stuttgart angerufen, doch auf dem Kongress wurde er wirklich erst am Samstag erwartet. Ich habe natürlich auch versucht, ihn zu erreichen, doch sein Handy ist tot. Und in Stuttgart ist er nie aufgetaucht.«

Ihre Stimme erstarb in einem Schluchzen und zwei Tränen kullerten aus ihren hellblauen Augen am Näschen entlang und verfingen sich in den Mundwinkeln. Wie gerne hätte ich sie getröstet, ihr Mut gemacht und Hoffnung zugesprochen. Stattdessen sagte ich:

»Und ich soll nun herausfinden, ob er das Schicksal seines Handys teilt?«

Sie nickte tapfer.

»Finden Sie heraus, was ihm zugestoßen ist. Ob er entführt oder Opfer eines Verbrechens wurde.«

Sie sagte das so sicher und bestimmt, dass meine Frage mir mehr als folgerichtig erschien:

»Haben Sie einen Verdacht?«

»Sein letztes Projekt war ein heißes Eisen. Ich darf nur leider nicht darüber sprechen.«

»Geht es dabei um die Zielsicherheit von Schützenfischen in den Ästuaren philippinischer Mangrovenwälder und die Zungennavigation im Jagdverhalten frei lebender Chamäleons in den Usambarabergen von Tanzania?«, fragte ich.

Sie sah mich erstaunt an.

»Woher wissen Sie …?«

»Ich pflege zu recherchieren, bevor ich einen Fall übernehme«, antwortete ich im Brustton der Überzeugung.

»Ihr Vater hat eine Essenz geschaffen, die diese Zielsicherheit auf andere Lebewesen überträgt.«

»Ja«, gab sie zu und ihre Stimme drückte Erstaunen und Bewunderung aus. »Wie immer Sie das herausgefunden haben, es stimmt. Es ist ihm gelungen, das entsprechende Genmaterial dieser Tiere und des Sibirischen Uhus, der das zielsichere Zustoßen aus größerer Entfernung selbst bei vollkommender Dunkelheit beherrscht, zu extrahieren und zu konzentrieren. Das Ergebnis ist eine wissenschaftliche Sensation!«

»Die in bestimmten Bereichen von allergrößtem Interesse sein könnte …«, fügte ich hinzu.

Sie nickte.

»Ich habe mit ihm darüber gesprochen. Das Elixier darf auf keinen Fall in falsche Hände geraten, habe ich ihn gewarnt. Ein militärischer Einsatz wäre eine Katastrophe, und in manchen Sportarten wie Biathlon oder Dart würde es nur noch Sieger geben. Jeder Schuss ein Treffer!«

»Und im Fußball nur noch Tore«, fügte ich hinzu. »Wer wusste alles von dem Elixier?«

Sie dachte nach.

»Die Mitarbeiter am Institut. Einige Kollegen und Fachleute, die er aus wissenschaftlichen Gründen ins Boot holen musste.«

Ich dachte an Dr. Smrt.

»Er hat das nicht so geheim gehalten, leider.«

»Also denken Sie, dass sein Verschwinden etwas mit diesem *Elixier* zu tun haben könnte?«

»Ich bin mir ziemlich sicher. Zumindest habe ich sonst keine Idee. Mein Vater ist nicht der Typ, der sich einfach mal so in seinen Wagen setzt und für ein Wochenende in die Toskana fährt, falls Sie wissen, was ich meine.«

»Olivenplantage mit Damen, die beim Pflücken helfen.«

»Würden Sie den Auftrag denn annehmen?«

»Haben Sie mit meinem Kompagnon über das Honorar gesprochen?«, fragte ich vorsichtig.

Sie schüttelte den Kopf.

»Geld spielt keine Rolle. Wie sieht Ihr Honorar aus?«

Ich nannte meinen Tagessatz und sie meinte: »Kein Problem.«

»Plus Fahrtkosten.«

Sie nickte.

»Plus Spesen.«

»Selbstverständlich.«

»Tagesspesen«, ergänzte ich. »Plus Gefahrenzulage.«

»Kein Problem.«

»Und bei Erfolg das Doppelte.«

»Als Prämie?«

»Nein«, sagte ich mit leichtem Zögern, dankbar für die Idee. »Die Prämie kommt noch dazu, wenn ich ihn finde. Tot oder lebendig.«

Ich biss mir auf die Zunge, doch sie nickte abermals und streckte mir die Hand entgegen.

Ich schlug ein und stellte erfreut fest, dass sie keinen Ehering trug.

»Wer außer Ihnen weiß noch, dass Sie mich engagieren?«, fragte ich.

»Niemand«, antwortete sie.

»Ihr Mann?«

»Ich bin nicht verheiratet«, sagte sie. »Nicht mehr«, fügte sie hinzu. »Mein Mann verstarb unter unglücklichen Umständen.«

Ich jubilierte innerlich. Ich hatte nicht nur den lukrativsten Auftrag meiner Karriere an Land gezogen, sondern auch noch eine äußerst attraktive und nicht verheiratete Auftraggeberin! Dazu die Prämien von Eriwan Eriwanowitsch und die meines neuen Freundes Kaiser Franz, wenn's läuft, dann läuft's!

DAPHNE BARONESSE VON DOHBINGH, AUS DEM GESCHLECHT DER SCHENKEN VON UND ZU SCHELMENBURG

Ich reichte ihr meine Visitenkarte.

»Bitte kontaktieren Sie mich nur unter dieser Nummer. Ich will mich ohnehin von meinem Kompagnon trennen, und was Sie mir heute sagten, bestätigt meine Absicht.«

»Ich danke Ihnen, Kommissar Zufall. Und Sie melden sich, wenn Sie etwas herausgefunden haben.«

»Was ich noch brauche, ist ein Foto Ihres Vaters.«

»Oh, natürlich. Ich werde gleich eines suchen. Dauert einen Augenblick. Sie warten hier und machen es sich bequem, ja?«

Sie verließ den Raum und ich sah mich um. Die Bibliothek schien die Werke aller literarischen Größen und Epochen zu enthalten, ich fand Komplettausgaben von Schiller und Hauff, den »Rulaman« und »Rumpelstilzchen«, aber auch Tolstoi und Fontane. Abenteuerklassiker wie Verne, Twain und May fehlten ebenso wenig wie die Krimis von Wallace, Poe und Leix, dazu Mundartdichtung von Blau bis Bitterwolf.

Ich war gerade dabei, den Titel »I wünsch dir's Chrischtkendle ens Herz« zu enträtseln, als mich ein Geräusch aufschrecken ließ. Mir schien, als habe sich der Schreibtischstuhl vor dem Fenster bewegt. Langsam drehte ich mich um. Tatsächlich! Einem Schatten gleich schälten sich im Gegenlicht die Umrisse einer kleinen Gestalt aus dem dunklen Leder der Schreibtischstuhlrückenlehne. Geisterhaft saß sie da, ich registrierte zwei knöcherne Hände auf den Armlehnen des Stuhls und dürre Ärmchen, der Rest der Gestalt verschwamm im diffusen Licht des düsteren Raums.

Ich hatte meine dicke LED-Crashlight-Taschenlampe wie immer am Mann und ließ den Strahl auf die merkwürdige Erscheinung fallen. Das Licht wanderte über eine elegante rosarote Bluse mit Rüschenkragen, erfasste die Ansätze eines ebenso eleganten wie schicken, leichten Damenblousons, blieb für eine Sekunde an einer Taubenei großen, ovalen Bernsteinbrosche hängen und beleuchtete dann das Gesicht der Gestalt, in deren schwarzem Haar ein mit Glasimitationen besetztes Diadem funkelte. Oder sollten es am Ende echte Diamanten sein?

Vor mir saß die leibhaftige Margaret Rutherford dieses Herrenhauses, mit dem wachen Blick und dem runzligen Gesicht der bekannten Miss-Marple-Darstellerin. Oder zumindest ihre gelungene Kopie. Im Unterschied zum Original trug sie jedoch tiefschwarz gefärbte Haare, die zum Scheitel hin silbern schimmerten, und war stylish geschminkt. Ihre wachen Augen blinzelten geblendet unter hauchdünn nachgezeichneten, symmetrisch geschwungenen Brauen und ich schaltete die Taschenlampe aus.

»Sie sind mir sicher nicht böse, dass ich gelauscht habe«, entschuldigte sie sich. »Ich bin Daphne Baronesse von Dohbingh, aus dem Geschlecht der Schenken von und zu Schelmenburg.«

»Sehr wohl, gnädige Frau«, sagte ich artig, »dann habe ich wohl das Vergnügen, die jüngere Schwester der Baronesse Daisy von Dohbingh-Fährdacht vor mir zu sehen?«

Ich beugte mich über den Schreibtisch und deutete einen eleganten Handkuss an.

»Oh, Sie Schmeichler!«, antwortete sie. »Sie verstehen es, mit Frauen umzugehen. Nein, ich bin ihre Mutter und in Daisys Adern fließt das blaue Blut unserer adligen Ahnen. Mein Mann stammt aus der Dynastie des Grafen Eberhard im Barte, des späteren Herzogs von Württemberg.«

»Oh«, sagte ich und bemühte mich, mein Fachwissen regionaler Geschichte anzubringen: »Von welchem seiner unehelichen Kinder denn?«

Sie überging meine Bemerkung und ergänzte:

»Er entstammt der Stuttgarter, nicht der Uracher Linie der Grafen von Württemberg – einer seiner Urgroßvettern war ein Neffe des Cousins einer Nichte des Grafen.«

»Na dann«, sagte ich und nahm mir vor, bei nächster Gelegenheit auch mal den Stammbaum derer von Zufalls zu erforschen – und zwar die russische Linie! Die Baronesse hatte ihre Ausführungen noch nicht beendet:

»Ich hingegen bin direkte Nachfahrin des Grafen Schenk von Schelmenburg, der 1736 bis 1821 lebte und im Gefolge Herzog Karl Eugens von Württemberg nach Ludwigsburg kam und dabei war, als Napoleon Württemberg zum Königreich machte. 1812 war er als ältester Soldat auf dem Russland-Feldzug Napoleons dabei.

Seit damals wird in unserer Familie traditionell auch Russisch gesprochen. Meine Tochter unterschlägt Fremden gegenüber immer gerne ihren Titel, der Leichtsinn der Jugend.«

»Ach Mutter!«, hörten wir plötzlich Daisys Stimme, »erzählst du wieder die Geschichte deiner Abstammung?«

Sie war hinter mir in das Zimmer getreten und reichte mir ein Foto.

Während ich es betrachtete, sagte die Baronesse:

»Auch du wirst den Wert deiner Herkunft noch zu achten und zu schätzen wissen. Auch wenn wir nicht mehr wie zu der Zeit deines Urgroßvaters, des Freiherrn und Grafen von Dohbingh, über Besitztümer verfügen und uns die Dienerschaft der Schenken von und zu Schelmenburg bis auf den alten Leo verlassen hat, ist unsere Familie noch immer unser Allerheiligstes, und ich würde nie zulassen, dass unser Name beschmutzt und unsere Ehre geschändet werden. Hier!«, sagte sie und zeigte auf ein großes Wappen auf rot-weißem Grund, das über dem offenen Kamin hing, »das ist unser Familienwappen.«

Ich sah eine goldene Ähre, die das Wappen von rechts unten nach links oben teilte und einen Mann in mittelalterlichem Gewand, der ein Bauer, Jäger oder Handwerker sein konnte.

»Es symbolisiert die Reichtümer unserer Ländereien und die treue Anhänglichkeit unserer Dienerschaft: das Korn und der Mensch«, erklärte die Baronesse.

Der Korn und das Mensch wären mir lieber, dachte ich, und hatte dabei natürlich einen edlen Schnaps und die oberschwäbische Bezeichnung »a Mensch« für »ein hübsches Mädchen« im Kopf. Doch ich schwieg und wandte meinen Blick vom Wappen dem Foto zu.

Es zeigte einen glatt rasierten Mann Mitte 60 im weißen Laborkittel. Der Professor war also adliger Abstammung, seine Baronesse wachte wie ein bissiger Dobermann über die Familienehre und seiner Tochter war ihr Titel offensichtlich egal.

»Sie haben noch einen Diener?«, fragte ich jetzt Daisy.

»Meine Mutter hat einen Diener«, betonte sie.

»Leo ist schon in der vierten Generation im Dienste der Schenken von und zu Schelmenburg!«, protestierte die Baronesse. »Schon sein Urgroßvater diente deinem Ururgroßvater. Er ist als Faktotum der Familie treu und ergeben. Leo würde alles für mich tun. Alles!«

Die Art, wie sie das sagte und vor allem das letzte Wort betonte, jagte mir einen Schauer über den Rücken.

»Ja, Mutter, ich weiß«, antwortete ihre Tochter gelangweilt. Ich fühlte mich in dem Familienzwist etwas überflüssig und überlegte gerade, wie ich meinen Aufenthalt in der Nähe der Schönen dennoch verlängert konnte, als es an der Tür läutete.

Daisy eilte hinaus.

Hoffentlich nicht ihr Vater, dachte ich sorgenvoll und folgte ihr durch den düsteren Flur zur Haustür.

»Guten Tag«, hörte ich eine Männerstimme. »Frau von Dohbingh-Fährdacht? Wir hatten telefoniert: Ich komme von der Privatdetektei ›Därrigg & Co‹. Mein Name ist …«

»Vielen Dank«, fiel ich ihm ins Wort, nachdem ich mich an Daisy vorbei geschoben und an die Tür gedrängt hatte. »Ich bin Kommissar Zufall. Die Angelegenheit ist jetzt in den Händen der Polizei. Wir benötigen keine weiteren Schnüffler mehr!«

Ich ließ ihm keine Zeit, etwas zu entgegnen, und die schwere Tür fiel vor seiner Nase ins Schloss. Durch die Milchglasscheiben erkannte ich, dass er sich entfernte.

»Wer war das?«, fragte Daisy verwirrt.

»Das … ähm … war Detlef. Detlef Mangold-Wirsingfrisch. Mein Kompagnon«, log ich.

»Und wieso haben Sie sich ihm vorgestellt?«

»Reine Routine.«

»Und warum ist die Angelegenheit jetzt *in den Händen der Polizei*?«

»Das ist … ähm … Agentensprache unter Privatdetektiven. Heißt so viel wie: Ich hab den Auftrag, zisch ab!«

»Aha.«

»Hat doch geklappt. Den sind wir los! Es macht keinen Sinn, wenn zwei Leute einen Fall bearbeiten. Und wenn er noch mal anruft, sagen Sie ihm doch einfach, dass Sie sich für den Profi entschieden haben. Sie werden es nicht bereuen … Daisy …«

Ich verabschiedete mich, nicht ohne sie zu bitten, ihre Mutter noch einmal von mir zu grüßen.

RUSSISCHE DELEGATION

Auf dem Höhenrücken im Norden Tübingens, der den Namen »Sand« trägt, steht ein Komplex, der mit seiner gelben Fassade und dem kantigen Uhrturm ein wenig an ein Bahnhofsgebäude oder eine Kaserne erinnert. Tatsächlich war der Bau ehemals als Standortlazarett der deutschen Wehrmacht gebaut worden, später diente er den Franzosen und schließlich der Bundeswehr als Lazarett. Heute teilen sich das Wilhelm-Schickard-Institut für Informatik und die Institute für Astronomie und Kriminologie die verzweigten Gebäude und in einem der Seitenflügel hat das Institut für Zoologische Optometrie, Navigation und Kinematik seine Räumlichkeiten.

Ich stieg die Treppe nach oben in den ersten Stock und genoss aus einem Fenster im Gang den Blick auf die Höhenzüge der Schwäbischen Alb.

»Kennen wir uns nicht?«, fragte eine männliche Stimme und ich drehte mich um.

Vor mir stand Alberich Zwuggel, der Kandidat aus »Wetten-dass«, der auf dem Sportplatz des Letzten FCKW die Leiche identifiziert hatte. Sein Sumoringer-Bodybuilder-Körper steckte in einem weißen Kittel, unter dessen weiten Ärmeln die muskulösen Oberarme gar nicht mehr auffielen. Überhaupt sah der Gorilla heute ganz anders aus als vor zwei Tagen im lockeren

Fußballtrikot. Heute hatte er sich rasiert und machte in seiner Aufmachung – ganz in Weiß, mit weißen Sandaletten und Socken – ganz den Eindruck eines jungen Wissenschaftlers.

»Sie sind doch der Polizist von vorgestern?« Seine Stimme schwankte zwischen Frage und Behauptung.

»Privatdetektiv«, verbesserte ich und reichte ihm meine Visitenkarte.

»Und Sie?«, fragte ich jetzt, »arbeiten hier?«

»Ja«, sagte er. »Ich habe bei Professor von Dohbingh studiert und bereite meine Doktorarbeit vor.

»Oha. Und worüber schreiben Sie?«

»Akkommodation und Stereoskopie beim südostafrikanischen Elefantenohrchamäleon.«

»Oha«, sagte ich zum zweiten Mal.

»Man könnte auch stark vereinfacht sagen, ich erforsche das Sehvermögen einer Echse.«

»Klingt verständlicher. Und spannend.«

»Ist es auch.«

»Hat das mit den aktuellen Forschungen von Professor von Dohbingh zu tun?«

»Nicht direkt.«

»Ist der Professor da?«, fragte ich.

»Was … ääh … wollen Sie von ihm? Hat das etwas mit der Fußballleiche zu tun?«

»Das weiß ich noch nicht. Ist er hier?«

»Nein. Ich bin ihm heute noch nicht begegnet. Er war übers Wochenende bei einem Kongress in Stuttgart, zumindest wollte er dorthin.«

»Haben Sie diese Auskunft an seine Tochter weitergegeben?«

»Ja. Sie rief am Freitagabend noch spät an, weil er wohl mit ihr ins Kino wollte. Ich habe dann in seinem Kalender nachgesehen und den Termin in Stuttgart entdeckt. Er war ja auch am frühen Abend abgeholt worden.«

»Er wurde also am Freitagabend hier im Institut abgeholt?«

»Ja. Es kamen zwei Leute von einer russischen Delegation und fuhren mit ihm weg.«

»In seinem Wagen?«

»Er hat seinen Wagen genommen. Woher wissen Sie?«

»Daisy – ich meine, seine Tochter – hat mir erzählt, dass sein Wagen fehle. Vielleicht findet sich in dem Fahrzeug ja eine Spur ...«

»Moment«, sagte er, »heißt das, Professor von Dohbingh wird vermisst?«

Ich nickte und schwieg. In meinem Kopf summierten sich die Informationen von Daisy und Alberich zu einem Zeitgefüge. Demnach war der Professor bis Freitagabend in seinem Institut gewesen. War dann abgeholt worden und weggefahren, angeblich nach Stuttgart, wo er aber nie angekommen war, zumindest nicht auf dem Kongress. Seine Tochter hatte von einem Termin am Samstag gesprochen, Alberich vom Freitag.

»Diesen Eintrag in seinem Kalender – kann ich den mal sehen?«, fragte ich.

»Klar«, meinte er und ich folgte ihm zum Arbeitszimmer des Institutsleiters. Auf dem Schreibtisch zeigte er einen aufgeschlagenen Terminplaner, der noch in der Ansicht der vergangenen Woche geöffnet war. Freitag, der 9. Juni, war eingekringelt, und mit Kugelschreiber war ›S21‹ eingetragen worden.

»Der Professor benutzte immer solche Kürzel«, erklärte Alberich Zwuggel, »S steht für Stuttgart, 21 für die Uhrzeit. Und ganz unten hat er an allen drei Tagen den Kongress eingetragen, hier.«

Sein Finger fuhr über den Schriftzug, der am rechten Ende des 9. Juni begann und sich bis zum 11.6. hinzog: Kinematik-Kongress, rot geschrieben, schien also wichtig gewesen zu sein.

Ich blätterte durch den Kalender und stieß auf ein paar andere, ebenso in Kürzel vermerkte Termine wie ›RT18‹, ›SVO13‹ oder ›TÜ15‹. Ich schlug wieder die ursprüngliche Ansicht auf und sah den Kopierer stehen. Ohne Zwuggel zu fragen, kopierte ich die Seiten der letzten Kalenderwochen.

»Heißt das, Sie haben Professor von Dohbingh zuletzt gesehen, als er am Freitagabend das Institut verließ?«, fragte ich Alberich Zwuggel.

Der Gorilla nickte.

»Und die Personen, die ihn abholten, können Sie die beschreiben?«

»Ja, Augenblick.« Er überlegte. »Es war schon dunkel, wissen Sie. Ich habe noch gearbeitet und sah nur durchs Fenster, wie so ein rostiger, weißer Sprinter auf den Hof fuhr. Ein Mann und eine Frau stiegen aus. Was machen denn die hier, dachte ich noch.«

»Sie kannten sie nicht?«

»Nein. Aber dann kam Professor von Dohbingh nach draußen und begrüßte sie mit Handschlag.«

»Sie sagten vorhin etwas von einer ›russischen Delegation‹?«

»Ja. Der Professor hatte sein Handy liegen lassen und

ich brachte es ihm. Da hat er mir die Leute vorgestellt, aber die Namen habe ich vergessen.«

»Wo hatte er sein Handy vergessen?«

»Hier, es lag auf seinem Schreibtisch.«

»Und wo haben Sie gearbeitet?«

»Drüben in meinem Zimmer. Aber ich hörte sein Handy klingeln, fand es auf seinem Schreibtisch. Als ich bei ihm ankam, war eine WhatsApp eingegangen.«

»Kannten Sie die Nummer? Oder konnten Sie einen Namen erkennen?«

Er schüttelte den Kopf. »Ich habe nicht darauf geachtet.«

»Und diese russische Delegation. Sie wollten mir die Personen beschreiben«, hakte ich nach.

»Ein Paar. Beiderlei Geschlechts«, fügte er noch hinzu. »Ist ja heute nicht mehr selbstverständlich. Die Frau hatte weiße Haare, oder mindestens silbergrau. Älter als er. Er war eher der Typ rüstiger Rentner. Und sein Lodenmantel sah ziemlich heruntergekommen aus. Fast wie ein Soldaten-Wollmantel, graugrün. Mit Pelzkragen. Viel zu warm für diese Jahreszeit. Ach ja, und sie hatte so einen russischen Schal mit Fransen über den Schultern hängen.«

»Und weiter?«

»Ich bin wieder rein. Die beiden Fahrzeuge sind losgefahren, also der Professor in seinem Opel, einer von den beiden saß neben ihm, und der Sprinter hinterher. Mehr habe ich nicht gesehen.«

»Und Sie hatten auch nicht den Eindruck, dass man ihn entführt haben könnte?«

»Nein. Ganz sicher nicht. Die drei kannten sich. Hundertpro!«

Ich dankte ihm und verließ das Institut. Seine Worte gingen mir nicht aus dem Kopf und zeitgleich erschienen zwei Gestalten vor meinem geistigen Auge. *Die Frau hatte weiße Haare, oder mindestens silbergrau. Älter als er. Er war eher der Typ rüstiger Rentner …*

Chelga und Eriwan Eriwanowitsch!

AMMELESBRÜNNLE

Mein Handy blinkte, als ich in meinen Kadett stieg. Verpasster Anruf von Dr. Smrt. Der Alte war sicher schon auf dem Weg von Kempten nach Sotschi und ich rief ihn zurück.

»Dr. Smrt, wo stecken Sie?«, fragte ich, voll Erwartung.

»Irgendwo in der Pampa zwischen Haigerloch und Rottenburg«, krächzte er.

»Das ist aber doch ein Umweg nach Sotschi.«

»Ich fahr ja auch nicht nach Sotschi. Wallander hat beim Morgenspazierflug Witterung aufgenommen und jetzt suchen wir die Leiche!«

»Sie suchen – was?«

»Eine Leiche. Irgendwo in einem unzugänglichen Waldgebiet zwischen Bad Imnau und Starzach. Kennen Sie die Gegend?«

»Klar«, bestätigte ich, »ich komm da manchmal mit dem Fahrrad hin. Oben auf der Anhöhe überm Neckartal. Haben Sie schon irgendwas gefunden?«, fragte ich.

»Nein. Ich wollte abwarten, bis Sie hier sind. Ein bisschen sitzt uns ja die Zeit im Genick, denn ich sollte ja schon auf dem Weg nach Sotschi sein.«

»Wie kam's, dass Wallander des Wegs flog?«, fragte ich.

»Das ist ein bisschen meine Schuld. Ich vergesse immer wieder, dass er noch im Alter der Brunft ist. Seit man ihn damals von seinem Freund Wastl getrennt hat – Sie wissen, dem Gänsegeiermännchen, mit dem er wochenlang ergebnislos das unbefruchtete Waisenei bebrütete – ist er wieder auf Bräutigamschau. Irgendwann hat er aufgeschnappt, dass die im Vogelschutzzentrum Mössingen gerade einen abgestürzten Gänsegeier aufpäppeln, und jetzt macht er immer wieder Ausflüge zum Bergrutsch, wo der Gänsegeier gerade fliegen lernen soll. Für eine Geiernase ist das keine Entfernung. Jetzt hat der verrückte Leichenspürvogel über Funk Alarm geschlagen. Sein Landeplatz scheint irgendwo hier im Wald zu sein. Die Bilder seiner Kamera zeigen außerdem ziemlich viele Seerosen. Scheint also ein Gewässer in der Nähe zu sein.«

»Konnten Sie die Leiche schon orten?«

»Nein, aber so wie der Geier geifert, ist das mindestens eine Kuh, ein Pferd oder ein Mensch.«

»Ich dachte, Sie bekommen die Daten auch als GPS-Position?«

»Klar, das Geier-Positions-Signal habe ich schon über Bluetooth auf das Navi in meinem Smart gezogen, aber da ist selbst mit meinem geländegängigen Fahrzeug kein Durchkommen. Ich hab' jetzt grad am Ortsrand geparkt und Kurt von der Leine gelassen.«

»Die Hyäne ist los?«, fragte ich.

»Ja, er schnürt gerade Richtung Wald, Kurs Südsüdost. Und er hat Hunger!«

»Und wo sind Sie genau?«

»Das weiß ich doch nicht. Mein Navi hat sich verabschiedet. Es stehen keine Daten zur Verfügung. Aber das Ortsschild trug den wunderbaren Namen Bierlingen. Ich stehe an der Ausfahrt in Wallanders Richtung. Mich wundert's, dass das Handy funktioniert. Haben Sie was zu schreiben?«

»Ich fischte die Kopie von von Dohbinghs Kalender und einen Kugelschreiber aus der Jackentasche. Auf die Rückseite notierte ich die Koordinaten, die mir Dr. Smrt vom Geier-Positions-Signal durchgab: N48°24'45.254« – O8°48'13.574.«

»Gut«, sagte ich. »Ich kenne nur einen Seerosenteich in der Gegend dort oben. Heißt Ammelesbrünnle. Von Bierlingen aus führt ein Schotterweg direkt dorthin. Ich bin in einer dreiviertel Stunde da. Am Besten bleiben Sie, wo Sie sind!«

Das Ammelesbrünnle ist ein kleiner, über und über von Seerosen bedeckter Waldteich, die jetzt, um diese Jahreszeit, in voller weißer Blüte standen. Wir erreichten den sagenumwobenen, wildromantischen, kleinen und nur wenige Meter tiefen See gegen Mittag, nachdem ich am Ortsrand von Starzach-Bierlingen geparkt hatte und zu Dr. Smrt in seinen Smart umgestiegen war. Er hatte inzwischen Signale von Kurt empfangen und steckte voller Tatendrang.

»Das GPS von Wallander und das HSV von Kurt sind annähernd deckungsgleich!«, jubilierte er, während wir dem Schotterweg in Richtung Wald folgten. GPS war das Geier-Positions-Signal, wie ich inzwischen gelernt hatte, doch HSV sagte mir absolut nichts, und so fragte ich nach.

»Man merkt, dass Sie zoologisch wenig bewandert sind, sonst würden Sie sich mit tierischen Fachausdrücken wie HSV oder VFB besser auskennen. Nun, HSV ist, wie man eigentlich wissen sollte, die Abkürzung für Hyänisches Such-Verhalten, was in unserem Fall unabdingbar ist für das Aufspüren einer Leiche durch Kurt. Wenn wir jetzt das Bild in Kurts Senderkamera analysieren, entdecken wir dort, wo sich die Leichensuchhyäne niedergelassen hat, VFB, also Visuell Fressbares. In diesem Fall scheint es sich um die Leiche eines Mannes zu handeln, hier!«

Er deutete auf den kleinen Schwarz-weiss-Monitor auf dem Armaturenbrett seines Leichen-Smarts, der per Umschalttaste auch zur Überwachung des Dachsarginneren diente. Tatsächlich erkannte ich zwei Beine und zwei Arme, die unter Kurt hervorragten. Er selbst schien es sich auf dem Oberkörper seines Fundstücks bequem gemacht zu haben.

»Besteht nicht die Gefahr, dass er die Leiche annagt, bevor wir eintreffen?«, fragte ich.

»Es ist dem Erfolg meiner geduldigen Freiheitsdressur zu verdanken, dass Kurt meistens wartet, bis ich an Ort und Stelle bin. Er weiß, dass ich immer eine Büchsenblutwurst als Belohnung für ihn mitführe. Die knackt er mit seinem Hyänengebiss leidenschaftlich gern und schlabbert sie leer.«

»Was geschieht denn, wenn Kurt mal nichts findet?«, wollte ich wissen, während wir die letzten Meter bis zum Ammelesbrünnle zurücklegten.

»Das würde ja heißen, dass das HSV kein VFB ergeben hat und wir Wallanders GPS noch einmal überprüfen müssten.«

»Aha.«

Ich war bei meinen Radtouren einige Mal am Ammelesbrünnle gewesen und hatte den Weg spielend gefunden. Es zählt zu jenen landschaftlichen Kleinodien der Region, wie auch der Wendelsheimer Märchensee oder die Wurmlinger Kapelle, die man immer wieder aufsucht, um dort Erholung und Ruhe zu genießen, die Seele baumeln zu lassen und vielleicht eine Jause einzunehmen.

Genau dieser Tätigkeit wollte sich Hyäne Kurt soeben widmen, als wir auf ihn stießen. Gemütlich hatte er auf dem Rücken eines Rentners Platz genommen, der lang gestreckt im hohen Gras am Ufer des Ammelesbrünnles lag und offensichtlich tot war. Auf den Begriff Rentner kam ich aus zweierlei Gründen, waren doch Kleidung und Haartracht des Toten einem älteren Semester zuzuschreiben und wer aus der arbeitenden Bevölkerung hatte schon die Zeit, an einem gewöhnlichen Montag der Freizeit zu frönen und sich am Ammelesbrünnle zum Sterben auf einer Wiese auszubreiten?

Geier Wallander hatte seitlich auf der Rückenlehne einer gemütlichen Bank Platz genommen und streckte seine Flügel in mächtiger Spannweite aus.

Dr. Smrt sprang, einen Pottwalknochen aus dem Dachsarg des Smart in der Hand, auf Wallander zu, überreichte danach Kurt eine verschlossene Blutwurstbüchse, der sofort das Sabbern an seinem Fundstück beendete und seine Kiefer als Dosenöffner einsetzte.

Der Doc machte sich an die Untersuchung seines jüngsten Kunden. Wie lange mochte der Tote dort so gelegen haben? Waren keine Spaziergänger, Froschfreunde oder Seerosenbewunderinnen vorbeigekommen? Oder hatte man die Leiche erst vor Kurzem hier platziert und der Leichenspürgeier Wallander war wirklich der Erste gewesen, der sie mit feinem Näschen gewittert hatte?

»Wenn das so weitergeht, komme ich nie nach Sotschi. Leichen pflastern ja gerne meinen Weg, aber diese hier hat's mal wieder ins sich!«, jauchzte Dr. Smrt und winkte mich heran.

»Unser toter Freund hat sich ein schönes Plätzchen ausgesucht, aber erschrecken Sie nicht, wenn Sie seinen Hinterkopf sehen!«

Ich trat näher und betrachtete das Blut in den Haares des Toten.

»Seltsam, nicht wahr?«, unterbrach Dr. Smrt meine Gedanken, »die zweite Leiche mit Kopfschuss innerhalb von 48 Stunden!«

Er hielt die Nase Richtung See und sog die Luft ein. Auch ich roch jetzt den seltsam süßlichen und trotzdem widerwärtigen Geruch des Vergänglichen.

»Und nun?«, fragte ich. »Wie lange liegt der schon hier, was glauben Sie?«

»Ich denke, seit er erschossen wurde. Und so, wie der duftet, ist das schon ein paar Stunden her. Seltsam, dass man ihn noch nicht gefunden hat, aber dieser Teich hier scheint nicht sehr stark frequentiert zu sein, so abgelegen im Wald.«

»Spaziergänger«, meinte ich, »Radfahrer, Rentner, Förster?« Alles potenzielle Leichenfinder. Doch wer weiß, vielleicht hatte sich in den letzten Tagen wirklich niemand hierher verirrt?

»Sie können sich gerne in seinem Hinterkopf das Austrittsloch der Kugel näher ansehen. Und die Kugel selbst haben wir diesmal auch«, sagte Dr. Smrt jetzt und hielt mir einen durchsichtigen Plastikbeutel entgegen, in dem ein matt metallisch glänzender, unförmiger kleiner Gegenstand leuchtete.

»Hat Kurt gefunden. Musste ihm das Kügelchen aus den Lefzen ziehen, nachdem er eine Weile daran herumgelutscht hat. Aber das Kaliber passt zum Loch in der Stirn von Gutwart Pfost.

Die Kurzpatrone M43, Kaliber 7,62 × 39 Millimeter. Und jetzt wollen wir mal sehen, wem der Mörder hier sein Lebenslicht ausgeblasen hat! Helfen Sie mir, ihn auf den Rücken zu drehen!«

»Und was ist mit Spurensicherung und Kriminalhauptkommissar Donner?«

»Spurensicherung hier? Schauen Sie sich doch mal um! Der Waldboden ist voll von Spuren, und das hohe Gras ist von Wildschweinen niedergetrampelt. Wundert mich eh, dass die ihn nicht angeknabbert haben. Die Spusi findet hier gar nichts, und Donner hat ja eh Ermittlungsverbot in dem Fall, wie er mir zähneknirschend gestanden hat. Jetzt machen wir hier erst mal unseren Job, werter Kommissar Zufall und dann fahr ich nach Sotschi!«

Wir zogen hauchdünne Gummihandschuhe über und machten uns ans Werk. Kurz darauf blickten wir in das Einschussloch in der Stirn des Erschossenen. Dr. Smrt kommentierte:

»Komisch: wie bei der ersten Fußballleiche, nur der Ball fehlt. Spricht vielleicht für denselben Täter. Kennen Sie den Mann?«

Ich trat noch näher und blickte in das gepflegte Gesicht eines alten Herrn mit feinen Gesichtszügen, hoher Denkerstirn und glatten, grauen Haaren. Er lag da, als ob er schliefe, und ich hatte irgendwie den Eindruck, ihm schon einmal begegnet zu sein.

Doch wo?

Dr. Smrt machte seinen Job als Pathologe und untersuchte Kleidung, Haut und Beschaffenheit der Leiche.

»Hm«, sagte er schließlich. »Lag länger hier, als ich dachte. Vielleicht schon seit der Nacht auf Samstag.«

»Sie meinen, man hat ihn noch vor Gutwart Pfost umgebracht?«

»Da bin ich mir sogar ziemlich sicher. Und so wie es aussieht, wurde er ja hier erschossen!«

»Wegen der Kugel!«

»Ja. Vielleicht von dort drüben, über den See. Die Kugel lag hier im Gras. Kurze Schussdistanz. Ein russisches Simonow schafft das spielend. Und die Kugel passt auch. Standardmunition der russischen Streitkräfte. Wie bei Pfost.«

Ich schluckte trocken und versuchte in meinem Gedächtnis das Gesicht einer Person zuzuordnen, der ich schon einmal begegnet war. In den letzten Tagen begegnet war.

»Riecht er auch nach *Aqua collineandi*?«, fragte ich.

»Nein. Zumindest damit hat sich dieser Herr nicht gedopt. Und er sieht mir auch nicht wie ein Sportler aus. Eher ein Jurist. Oder ein Politiker. Oder Wissenschaftler. Seine Hände haben nicht viel körperlich gearbeitet. Pfui, Kurt, jetzt lass mal endlich die Füße in Ruh, du hast doch dein Leckerli!«

Irgendetwas irritierte mich. Und plötzlich fiel es mir ein: Das Bild, das ich vor mir hatte, war nicht das einer Person, der ich begegnet war, sondern das Bild eines Bildes! Als Dr. Smrt soeben das Wort *Wissenschaftler* ausgesprochen hatte, hatte es bei mir ›klick‹ gemacht. Hastig griff ich in die Innentasche meiner Jacke und zog das Foto heraus, das mir Daisy von Dohbingh-Fährdacht von ihrem Vater gegeben hatte.

Bingo!

Volltreffer!

»Ich hab' ihn«, rief ich, »der Tote ist unser Professor! Der Erfinder des Zaubertranks!«

»*Aqua collineandi*?«, hakte Dr. Smrt nach.

»Ja. Professor von Dohbingh. Seine Tochter vermisst ihn seit Freitagnacht. Vielleicht liegt er schon so lange hier?«

»Gut möglich«, meinte Smrt.

»Haben Sie was dagegen, wenn ich seine Tasche durchsuche?«, fragte ich. »Es wäre wichtig, sein Handy zu finden. Und vielleicht parkt ja auch sein Wagen in der Nähe.«

Ich kann vorwegnehmen, dass wir zwar den Wagen des Professors, jedoch nicht sein Handy fanden. Ebenso fehlte der Schlüssel des abgeschlossenen Fahrzeugs.

»Na, das nenn ich mal ganze Arbeit, Kommissar Zufall!«, lobte mich Dr. Smrt schließlich. »Jetzt können wir die Leiche konservieren und ab geht's nach Sotschi!«

»Ich würde diesmal nicht ins Labor mitkommen, sondern lieber die Hinterbliebene verständigen, wenn Ihnen das recht ist!«, wandte ich ein.

»Das können Sie gerne tun. Ich fahre ohnehin nicht in mein Labor, das wären ja mindestens 300 Kilometer Umweg.«

»Dann bringen wir den armen Prof nach Tübingen in die Pathologie?«

»Ach woher! Wer die Leiche hat geborgen, darf sie bis zur Gruft versorgen, sagt das bekannte Sprichwort. Am Ende reißt sie sich einer meiner Kollegen unter den Nagel, nö nö!«

»Und was haben Sie dann mit ihr vor?«, und meinte damit natürlich die Leiche.

»Ich hab' schon lange keine mehr aufs Dach gekriegt«, erklärte er und zeigte in Richtung seines schwarzen Smarts. »Sie kennen doch die Vorzüge meines Dachsargträgers. Die Innenausstattung ist wirklich vom Feinsten und garantiert komfortablen Transport mit genügend Beinfreiraum und moderner, bandscheibenschonender Liegefläche. Zudem sorgen ein ausgeklügeltes Kühlsystem und ein bordcomputergesteuertes Konservierungsmodul für problemlose Langzeitlagerung ohne körperliche Schäden.«

»Heißt das, Sie wollen sie nach Sotschi mitnehmen?«

»Ja, warum denn nicht? Was glauben Sie, was die Menschen heute alles in den Urlaub mitnehmen? Ich habe damit kein Problem.«

Wieder einmal sein seltsamer und gewöhnungsbedürftiger schwarzer Humor! Ich versuchte noch ein letztes Argument:

»Und was machen Sie bei Grenzkontrollen?«

»Abwarten«, sagte er. »Wenn die mich an der Grenze anhalten und sehen einen brunftigen Lämmergeier auf der Rückenlehne meines Fahrersitzes und eine bluttriefende Tüpfelhyäne auf dem Beifahrersitz, winken die mich durch!«

»Und Einfuhrvorschriften?«, versuchte ich noch.

»Da habe ich mich schon erkundigt. »Für Privatreisende nach Russland gibt es Einschränkungen bei der Ein- und Ausfuhr von Bargeld und Handys, Laptops, Alkohol, Tabak, Medikamenten, Lebensmittel und Kunstobjekte. Das war's. Leichen darf man haufenweise einführen.«

»Na, Sie müssen es ja wissen«, sagte ich nur, denn ich hatte ja eh keine Chance, ihn von seinen verrückten Reiseplänen abzubringen.

»Wir treffen uns also am 19. Juni in Sotschi«, sagte er. »Ecke Mezhdunarodnayastraße und Kazachyastraße. Das ist direkt am Parkplatz des Olympischen Parks in der Nähe des Fishtstadions. Sagen wir um 14.30 Uhr.«

»Und wie wollen Sie fahren?«

»Über Frommenhausen und dann über die B27 auf die A8«, antwortete er, »das sind grade mal 27 Kilometer mehr als über Kempten.«

DETEKTIV GLAVNYY

Ich hielt es für meine Pflicht, Daisy Dohbingh-Fährdacht die Nachricht vom Tod ihres Vaters persönlich zu überbringen, zumal mir jetzt ja zu dem vereinbarten Honorar auch noch die Prämie zustand. In weiser Voraussicht hatte ich die Abmachung ja im Sinne der erfahrenen Marshalls des Wilden Westens verfasst, auf deren Steckbriefen auch immer ausdrücklich vermerkt war: tot oder lebendig.

Nun, ich hatte ihn gefunden, und so betätigte ich in der mir eigenen Zuversicht die Glocke, die über dem gusseisernen Briefkasten ins Mauerwerk eingelassen war, und wartete abermals.

Diesmal war es eine Männerstimme, die Laut gab, und ich war mir sicher, es mit Leo, dem Faktotum derer von Dohbingh und von und zu Schelmenburg zu tun zu haben.

»Sie wünschen?«, fragte er formvollendet.

»Kommissar Zufall mein Name«, antwortete ich. »Ich hätte gerne die Witwe des Professors von Dohbingh, oder besser noch deren Tochter Daisy gesprochen.«

»Sehr wohl, mein Herr. Ich sehe nach, ob eine der beiden Damen zugegen ist«, antwortete das historische Faktotum und schlich sich von hinnen.

Ich wartete derer drei oder vier Minuten, als sich die Stimme Leos erneut meldete.

»Frau Daisy von Dohbingh-Fährdacht lässt bitten!«

Die Tür sprang auf, ich ging den gewohnten Weg zum Haus und wurde unter der Tür von der Tochter des Dahingegangenen erwartet.

Wie immer in solchen Situationen geziemt es sich, Pietät zu wahren, und die Angehörigen der Ermordeten schonend auf das Ableben des Nahestehenden vorzubereiten.

So sagte ich gefühlvoll, als ich Daisy die Hand reichte und galant einen stilvollendeten Handkuss andeutete:

»Es ist mir eine außerordentliche Ehre, Sie in diesem schmerzlichen Augenblick feierlich zur Halbwaise machen zu dürfen.«

Daisy trug die Nachricht vom Tod des Professors und dem Verbleib seiner Leiche an Bord des Transportsmarts der Firma »Leichen-Smrt & Co.« mit erstaunlicher Fassung, weniger aber meinen Verdacht, dass seine Ermordung etwas mit seinen Forschungen und den damit verbundenen Dopingmöglichkeiten im Profifußball zu tun haben könnte.

Wir saßen erneut in dem düsteren Wohnzimmer des Adelsgeschlechts und ich hatte vorsichtshalber den Schreibtischstuhl so gedreht, dass sich keine Baronesse im Schutz der hohen Rückenlehne dort verstecken konnte.

»Wo haben Sie meinen Vater gefunden?«, fragte Daisy schnäuzend.

»Kennen Sie das Ammelesbrünnle?«, frage ich zurück.

»Aber ja! Das ist … war einer seiner Lieblingsplätze. Wie kam er dorthin?«

»Höchstwahrscheinlich mit seinem Wagen. Wir haben ihn dort gefunden. Aber wir wissen nicht, ob er allein dorthin fuhr. Es gibt Grund zur Annahme, dass er in Begleitung war.«

Ich schilderte ihr die Schilderungen Alberich Zwuggels und die Beschreibung der russischen Delegation, die eindeutig auf Chelga und Eriwan passte. Ich konfrontierte sie auch mit dem Kaliber der Waffe, die ihren Vater und auch Gutwart Pfost getötet hatte.

»Gibt es Gewehre im Besitz Ihrer Familie?«, fragte ich.

»Wie kommen Sie darauf?«

Ich deutete auf die Schützenscheiben, die an den Wänden hingen und deren schwarze, runde Einschüsse in die Herzen von Großwild wie Auerhahn, Meerschweinchen und Kanadischer Kampfgans von guten Schützen zeugten.

»Das sind Trophäen aus meiner Jugend«, sagte Daisy, und in ihrer Stimme schwang Stolz. »Ich war mehrfache Schützenkönigin im Schützenverein ›Schwäbisch Halali & Co.‹ und bin bis heute dort Ehrenmitglied.«

»Oha«, gab ich ehrfurchtsvoll zurück. »Und wie kam es zu dieser Schießleidenschaft?«

»Mein Vater ist … war Jäger. Ich habe ihn oft begleitet. Sibirischer Rehbock, Elche in Kurgan, Waldschnepfen in Welikij Nowgorod.«

»Demnach waren Sie oft in Russland?«

»Mein Vater liebte die Jagd in Russland.«

»Und heute? Schießen Sie immer noch?«

»Ja«, sagte sie und ihre Augen funkelten kalt. »Aber nicht mehr auf Scheiben. Meine Ziele müssen sich bewegen!«

Ich fühlte einen kalten Schauer, fragte sie nach dem möglichen Verbleib des Handys ihres Vaters.

»Wenn wir wüssten, wer ihm – kurz vor seiner Abreise mit Chelga und Eriwan – noch eine WhatsApp geschrieben hat, und was ihm darin mitgeteilt wurde, wären wir vielleicht einen Schritt weiter.«

Doch Daisy hatte keine Idee, wo das Handy ihres Vaters zu finden war und auch der Verbleib seiner Autoschlüssel war ihr ein Rätsel.

»Wir müssen dann wohl davon ausgehen, dass sich beides noch im Besitz des Mörders befindet, oder aber in den Untiefen des Ammelesbrünnles entsorgt wurde, wo es die Polizeitaucher sicher bergen werden«, kommentierte ich.

»Ich habe nun ja Ihren Vater gefunden«, fuhr ich einfühlsam und vorsichtig fort, »ich sollte herausfinden, ob er entführt oder Opfer eines Verbrechens wurde. Leider scheint nun ja Letzteres als erwiesen.«

»Sie fragen wegen des Honorars?«

»Plus Fahrtkosten.«

Sie nickte.

»Plus Spesen.«

»Selbstverständlich.«

»Tagesspesen«, ergänzte ich. »Plus Gefahrenzulage. Die Bergung Ihres Vaters war nicht leicht.«

»Kein Problem.«

»Und bei Erfolg …«

»Das Doppelte. Ich weiß. Und die Prämie kommt noch dazu, wenn Sie ihn finden. Tot oder lebendig.«

Ich schwieg.

»Und wenn ich Sie nicht bezahle?«, fragte sie scharf.

Ich sah erschrocken auf.

»Das verstößt gegen unsere Abmachung!«

»Nein«, lachte sie. »Nicht, wie Sie meinen. Ich werde Sie nicht bezahlen, weil Ihre Aufgabe noch nicht beendet ist. Ich möchte, dass Sie seinen Mörder finden!«

Ihre Augen schleuderten mir Blitze entgegen und ich war mir sicher, nicht in der Haut des Mörders ihres Vaters stecken zu wollen. Diese Frau kennt keine Gnade, dachte ich bei mir.

»Wer, wenn nicht der berühmte Kommissar Zufall«, rief sie, »könnte das? Schlagen Sie ein!«

Sie reichte mir ihre Rechte und ich spürte einen eisernen Griff. Die schießfreudige Professorentochter hatte den Händedruck eines Bauarbeiters und konnte sicher, wie der einstige Seewolf und Kurier des Zaren Raimund Harmstorf selig, eine rohe Kartoffel mit der bloßen Hand zerquetschen! Ich fragte mich im Stillen, woran wohl ihr Mann gestorben war.

»Meinen Sie denn«, versuchte ich noch einen anderen Weg, »die Witwe Ihres Vaters könnte mir nicht auch eine Hilfe sein?«

Daisy schüttelte den Kopf.

»Leo wird der Baronesse die Nachricht schonend überbringen und Sie wird Zeit brauchen, um das alles zu verarbeiten«, sagte sie und ich gab mich zufrieden.

Ich eröffnete ihr, dass ich bereit sei, zur Aufklärung des Falles nach Sankt Petersburg und Sotschi zu fliegen, um weitere Spuren zu verfolgen und vor allem jeden Verdacht gegen ihren Vater, in einen womöglich aufzudeckenden Dopingskandal verstrickt zu sein, mit allen mir zur Verfügung stehenden Mitteln auszuräumen.

»Ich komme mit!«, rief sie.

Ich hatte keine Chance, sie davon abzubringen. Insgeheim freute ich mich sogar. Wer träumte nicht von weißen Nächten in der einstigen Zarenstadt – galt Sankt Petersburg doch sogar als Geheimtipp für Hochzeitsreisende …

Daisy bestand allerdings darauf, mit der Fähre nach Sankt Petersburg zu reisen. Mit der MS Transrussia bestand Verbindung von Lübeck nach Sankt Petersburg. Die Fähre legte am Mittwochabend ab und war am Samstagmorgen in Sankt Petersburg, wo wir uns am Abend zum Spiel der russischen Nationalmannschaft im Hotel treffen wollten.

Die nächsten Tage standen für mich ganz im Zeichen der Reiseplanung, wobei die Beschaffung von Reisedokumenten, Devisen und Flugtickets durch meine russischen und bayerischen Auftraggeber Eriwan Eriwanowitsch und Kaiser Franz – ohne voneinander zu wissen, – unbürokratisch erledigt wurde.

Mein Koffer war rasch gepackt, indem ich alle Wäschestücke, die nicht im Schmutzigregal lagerten, hineinwarf und es gerade mal auf dreieinhalb Kilogramm Reisegepäck brachte.

Nebenbei recherchierte ich, was »Kommissar Zufall« auf Russisch heißt. Dies war nicht unnötig, da im Russischen die Namen aus Vorname, Vatersname und Nachname bestehen. Mein Vatersname musste demnach derselbe sein wie bei meinem Bruder Jakob, also Sergejewitsch.

Somit hieße ich auf Russisch Rainer Sergejewitsch Avariya. Soweit war das noch ganz gut zu überblicken, da die Übersetzung meines Pseudonyms »Zufall« in »Avariya« ja noch relativ harmlos klingt.

»Kommissar« auf Russisch hingegen heißt »Upolnomochennyy«. Gesprochen ungefähr »Ubohnamoschennei«. Scheißwort!

»Hauptkommissar« hingegen heißt einfach »Glavnyy Inspektor«.

Und »Kriminalhauptkommissar« noch einfacher »Detektiv Glavnyy«.

Da ich ein pragmatisch denkender Mensch und ja auch tatsächlich im richtigen Leben ein echter Detektiv bin, entschloss ich mich zur Beförderung vom einfachen Kommissar zum russischen Kriminalhauptkommissar und änderte entsprechend meine Visitenkarte. Somit würde ich am Freitag, dem 16. Juni 2017 als »Kriminalhauptkommissar Rainer Sergejewitsch Zufall« nach Russland fliegen:

Detektiv Glavnyy Rainer Sergejewitsch Avariya!

RUSSISCHES TÄUBCHEN

Der gewöhnlichste Teil meiner Reise ins Fußballland Russland war der Flug von Frankfurt nach Moskau. Eriwan Eriwanowitsch hatte mir mitgeteilt, dass mich mein »Schatten« Helga am Aeroflotschalter in Terminal 2 erwarten würde.

Pünktlich zwei Stunden vor Abflug war ich – wie vereinbart – vor Ort und hielt vergebens nach ihr Ausschau.

Es waren überwiegend russische Fluggäste, die sich am Schalter einfanden und die Schlange aus Menschen, Koffern und riesigen Paketen wuchs von Minute zu Minute.

Ich war den Anblick russischer Touristen gewöhnt, aus den All-inklusive-Hotels am Roten und Mittelmeer, wo ich gewöhnlich meinen Sommerurlaub verbrachte. Aber auch beim Skifahren hatte ich in Zermatt Zareninvasionen erlebt und sie im »Kufsteiner Kuhstall« von Maria Hellwig selig Kasatschok tanzen sehen. Es schien fast so, als seien die Iwans, Olgas und Sergejs überall, vor allem aber an den Buffets – vom Wodka-aus-der-Flasche-Konsum an den All-inklusive-Tresen mal ganz zu schweigen.

Das Stalingradsturmtief aus Sibirien war schon da, sagte ein Schulfreund von mir mal scherzhaft, als wir beim Langschläferfrühstück in einem türkischen Clubhotel um halb zwölf nur noch die unteren Hälften der

Frühstücksbrötchen vorfanden und sich mehr Croissants, Rühreier und gebratener Speck in Abfallbergen auf den Tischen türmte, als in den ausgeräumten Kasserollen und leergebröselten Körbchen am Büffet.

Die Berge von Speisen, die eine einzige russische Familie, mit muskelprotzendem Väterchen in kurzer Hose und Netzhemdchen, und Mütterchen mit nichts an als putzigem Minihöschen unter transparentem, transpirierendem Strandkleidchen, beim Abendessen auf einem einzigen Teller anhäufte, würden bei uns im Schwäbischen eine ganze Dorfschule eine Woche lang satt machen.

Doch es war mir klar, dass das keine böse Absicht unserer rüpelnden, russischen Artgenossen war. Das Raffen lag im Blut, und schließlich mussten die gestählten Oberkörper der russischen Familienväter, die sich unter den eh zu engen T-Shirts wölbten, angemessen trainiert werden, da russische Sportarten wie Eishockey und Sambo gewöhnlich nicht zum Animationsprogramm der Hotels gehörten.

Doch die russischen Holiday-Athleten hatten bald Ersatz gefunden: Was uns Deutschen als Urlaubs-Lieblingssport nachgesagt wird, nämlich das frühmorgendliche Handtuchwerfen auf Liegestühle in der ersten Reihe am Pool, um diese für den ganzen Tag und die ganze Familie sowie die nette Urlaubsbekanntschaft, das Ehepaar Tranmeier-Teckelböck aus Traben-Tarbach, die man am Vortag kennengelernt hatte, zu blockieren, wandelten die Russen sportlich-elegant ab, indem sie die Liegestühle samt Sonnenschirme des Abends auf ihre Zimmer trugen, wo sie nachts im gebuchten, billigen Doppelzimmer als Betten für die sechs Kinder Wjacheslaw, War-

wara, Wasilij, Wera, Wjatscheslaw und Wladislawa dienten und am nächsten Morgen – nach dem sibirischen Stalingradfrühstück – wieder vor die, von den Deutschen frühmorgens blockierten, Liegestühle in der allerersten Reihe vor dem Pool aufgestellt wurden.

Alles Lügen! Vorurteile! Übertreibungen!

Schauen Sie sich doch mal die anderen Urlauber an, die sind auf ihre Art auch nicht besser, sobald sie im Rudel auftreten. Haben Sie schon mal überlegt, welcher Nationalität die alle angehören, die wie Großwildjäger in Tropenhelm und Kakikluft reisenden selbst ernannten Freizeittarzans in den klimatisierten Luxuslodges der Serengeti, die nicht mal Löwe von Tiger unterscheiden können? Die mit tonnenschweren nagelneuen Rucksäcken bepackten Backpacker, die sich auf Kosten der Ureinwohner wochenlang in deren Behausungen einnisten, ihnen das Fladenbrot wegfressen und das restliche saubere Wasser wegsaufen? Die sich aus Eimern betrinkenden und dabei dieterbewertete DSDS-Hits grölenden Frischfleisch-Zurschausteller an den Badestränden und in den Ballerlokalen einer gewissen, sich von Sauftourismus distanzierenden, Mittelmeerinsel? Oder die dauerknipsenden und ständig Selfies machenden, mit verspiegelter Sonnenbrille und Plastikatemschutzmaske ausgestatteten, fernöstlichen Europa-in-drei-Tagen-Reisenden vor der Tübinger Stocherkahn-Anlegestelle?

Na?!

Da lobe ich mir die weltoffene und aufgeschlossene Klientel fernreisender Russen, in deren Mitte ich jetzt am Terminal 2 des Frankfurt Airport am immer noch geschlossenen Schalter der Aeroflot auf Helga wartete.

Die Zeit verging und keine Helga kam. Dafür kam plötzlich Bewegung in die russische Warteschlange. Der Grund dafür war die Öffnung des Schalters. Ein Blick auf die Anzeigetafel zeigte mir, warum sich Helga hier nicht eingefunden hatte: Ich stand am Counter der American Airlines!

Aeroflot war um die Ecke – und schon bereits wieder geschlossen, nachdem ich die Gepäckaufgabe beim Sinnieren über die Reisegepflogenheiten des internationalen Tourismus verpasst hatte. Ich ging auf eine Stewardess zu, die in einem eng anliegenden, grauen Kostüm mit neckischem Käppi am Schalter lehnte, und fragte sie, wo ich denn mein Gepäck für den Flug nach Moskau loswerden könne.

»Da sind Sie ja endlich!«, sagte sie, als sie sich zu mir umdrehte und ich blickte in das Gesicht einer hübschen, jungen Brünetten, das mir entfernt bekannt vorkam. Hatte sich »Chelga« einer Verjüngungskur unterzogen, oder mir kurzerhand ihre Tochter vorbeigeschickt?

»Helga?«, fragte ich vorsichtig und versuchte angestrengt, in der adretten Stewardess die rüstige Einkaufswagenrentnerin vom Rottenburger Oldi zu erkennen.

»Na klar, wer sonst?«, antwortete sie und schenkte mir ein befreiendes Lachen. »Natürlich, Sie haben mich ja bisher nur in der Maske gesehen – heute bin ich echt!«, erklärte sie noch und ließ mir keine Zeit, meinem Erstaunen Ausdruck zu verleihen.

Die alte welke Primel vom schwäbischen Oldi-Parkplatz hatte sich in ein junges, aufblühendes Moosglöckchen der russischen Taiga verwandelt.

Mit dieser Blume an meiner Seite würde mein Auftrag

zum Vergnügen und ich freute mich schon auf die Zwischenlandung in Moskwa und den *Aufentchalt in Restaurant bei Kreml*, wie es Eriwan Eriwanowitsch angedeutet hatte. Doch wie hatte er noch gesagt: »Sie wird weichen nicht von deiner Seite, außer nachts in Zimmer.«

Nun, daran würde ich in den nächsten Stunden wohl noch schrauben müssen …

»Ist das Ihr ganzes Gepäck?«, fragte sie und deutete auf den kleinen 3,5 Kilogramm schweren Koffer auf Rädern, den ich wie einen Rollator vor mir herschob. »Den können Sie als Handgepäck mitnehmen.«

»Und wo ist Ihr Gepäck, Helga? Oder soll ich lieber Frau Häfele sagen?«

»Alles schon aufgegeben. Und nennen Sie mich gerne Helga. Oder besser noch Heljetschka, das ist der bei uns im Russischen übliche Kosename, wie wir ihn gerne in unserer Familie und bei sehr engen Freunden benutzen. Und da wir beide ja in einer Geheimmission unterwegs sind, und eng zusammenarbeiten …«

Wieder dieses entwaffnende Lächeln!

»Man nimmt den Kosenamen übrigens auch bei Verliebten«, fügte sich noch hinzu.

Mein Herz hüpfte.

»Sie klingen aber so gar nicht russisch«, sagte ich und versuchte, meine Verlegenheit und Neugier zu verbergen. »Eriwan sagte, sie seien mit einem deutschen Hausmeister verheiratet?«

»Ja, das war ich. Nachdem ich in Deutschland und die Heirat rechtskräftig war, habe ich mich sofort wieder scheiden lassen.«

Innerer Jubel brandete auf.

»Daher Helga Häfele. Ursprünglich hieß ich Helga Wolodjmjriwna Golubewa. Mein Vater war Wolodjmjr Golubew, das mit den Vatersnamen und Nachnamen ist bei uns in Russland etwas kompliziert. ›Golub‹ heißt übrigens ›Taube‹.«

Ja, meine Golubka, mein Täubchen!

»Offiziell heiße ich jetzt auf Russisch Helga Wolodjmjriwna Häfelewa. Aber das müssen Sie sich nicht merken.

»Ja, Heljetschka, Täubchen«, säuselte ich und trottete mit dem »Rollator« neben ihr her Richtung Abfluggate.

DAS IST ER!

Der Flug nach Moskau verlief unspektakulär. Wir landeten auf dem internationalen Flughafen Sheremetyevo im Norden der Stadt und nahmen ein Taxi. Mein Täubchen lud mich zu einem Spaziergang über den Roten Platz ein.

Es war Abend geworden und ich genoss die Atmosphäre mit Blick auf die rote Fassade des, wie eine Burg aufragenden, Historischen Museums mit seinen Türmen, Ornamenten und Bogenfenstern. Vom benachbarten Kreml leuchteten die fünfzackigen Sterne der Türme rot in den russischen Abendhimmel, als mich Heljetschka, bei mir untergehakt, über den Krasnaja Ploschtschad führte und mir erklärte, dass es Iwan der Schreckliche war, der das Wahrzeichen Moskaus, die Basilius-Kathedrale mit ihren heute grün-rot-weiß-blauen Kuppeln und goldenen Kreuzen, errichten ließ.

»Die Legende besagt«, flüsterte sie, »dass der Schreckliche den Architekten danach blenden ließ.«

»Das hat der beim ›Kurier des Zaren‹ abgekuckt!«, entrüstete ich mich, »warum das denn?«

»Er sollte nicht mehr in der Lage sein«, erklärte sie, »eine noch schönere Kathedrale zu bauen!«

Da hätte er ihm aber auch einfach einen Fußball überstülpen können, dachte ich und stellte mir den Kurier des Zaren mit einem Fußball auf dem Kopf vor.

Wir speisten in einem russischen Restaurant in nostalgischem Sowjetstil: Der Speisesaal war eine kahle, kalte Halle, in der die Metallstühle und die quadratischen Tische wie Spielzeugmöbel wirkten. Der *Duft* der Küche drang bis zu den Tischen, und der abgenutzte Fußboden und der Putz an den Wänden schienen seit Lenin nicht mehr gepflegt oder gar erneuert worden zu sein.

Doch ich genoss die Gesellschaft Heljetschkas und den russischen Borschtsch à la Babuschka, der ein bisschen aussah, wie gekotzte rote Grütze mit Sahnehäubchen und Dill, aber nach Rote Beete und Knoblauch schmeckte. Da ich ihn nach Heljetschkas Anleitung mit Wodka und Graubrot aß, hatte ich danach einen sitzen und hakte mich bei ihr unter, als wir durch eine schummrige Unterführung zu unserem Taxi zurückgingen.

Ich weiß nicht mehr genau, wie es kam, aber plötzlich hatte sich Heljetschka von meinem Arm gelöst und ich fand mich allein an einem Stand in der diffus beleuchteten Unterführung, an dem ein Verkäufer mit Uschaka, der warmen russischen Fellmütze und Offiziers-Wollmantel, Restbestände aus der russischen Armee zum Verkauf anbot. Ich blickte auf das Arsenal an Baretts und Schirmmützen, Fahnen und Wimpeln, Gasmasken und Bajonetten, Kalaschnikow-Magazinen und Warnschildern aus der Sperrzone von Tschernobyl. Mein Blick blieb an einem kleinen, feuerroten Mäppchen mit der Aufschrift КГБ hängen.

»Schto eto? Was ist das?«, fragte ich den Herrn in Fellmütze und brachte somit meine ersten, noch spärlich übriggebliebenen Russischkenntnisse aus der Russisch-AG der gymnasialen Oberstufe am Karl-Valentin-Gymnasium in Sankt Agath-Christi am Stein an.

»KGB-Ausweis«, antwortete er auf Deutsch mit russischem Akzent. Ich schlug den Umschlag auf und blickte auf kyrillische Buchstaben und Stempel.

»Chundert Rubel«, sagte er und ich zückte meinen Geldbeutel. Im selben Augenblick tauchte in meinem Rücken eine Gestalt auf, wie aus dem Boden gewachsen. Ich hörte ein metallisches Klicken, fuhr herum und starrte auf die stählerne Klinge eines Klappmessers, die mir der Kerl an die Brust setzte.

»Dengi! – Geld!«, hörte ich ihn sagen und er schielte nach meiner Börse.

»Eto yego!«, zischte eine weitere Stimme aus dem Hintergrund, deren Sprecher ich nicht sah, weil er im Schatten eines Pfeilers stand. Dann hörte ich noch »Ubit!« und rannte, was das Zeug hielt, in Richtung der Treppe, die zum Ausgang der Unterführung führte.

Einer oder zwei Kerle nahmen die Verfolgung auf. Wo – verdammt! – war Heljetschka?

Ich hörte die Stiefel rasant auf dem Tunnelboden klacken und das Keuchen der Verfolger, als sie mir näherkamen. Ich hechtete vorwärts, stolperte, fing mich und rannte weiter, als sei der Leibhaftige hinter mir her. Doch die Jungs – es waren definitiv zwei – waren durchtrainierte Sprinter und holten zügig auf. Der mit dem Klappmesser setzte zum Sprung an – wie ich im Augenwinkel erkennen konnte, um mich zu Fall zu bringen. Ich schlug einen Haken und er hechtete ins Leere, fiel und der Zweite half ihm nach oben. Dadurch verloren sie kostbare Zeit und gaben die Verfolgung auf. Ich hatte die Treppe erreicht und nahm drei Stufen auf einmal. Oben angekommen sah ich Heljetschka, die auf die Uhr blickte.

»Wo bleiben Sie?«, fragte sie, »wir müssen los! Es ist noch ein Stück bis zum Flugchafen Domodedovo.«

»Ich war einkaufen. Und wo waren Sie auf einmal?«

»Ich hasse Unterführungen. Ich musste da raus. Sie atmen so schwer, sind Sie gerannt?«

»Kann man so sagen. Was heißt auf Deutsch: ›Eto yego‹ – oder so ähnlich. Und ›Ubit‹, wenn ich es mir richtig gemerkt habe?«

Ich hatte den Klang der Laute noch genau im Ohr, denn sie klangen, so wie sie die beiden Männer ausgesprochen hatten, nicht gerade wie eine Liebkosung.

Wir gingen auf unser Taxi zu und Heljetschka blieb stehen, bevor wir einstiegen.

»Wer hat das gesagt?«, fragte sie.

»Zwei Herren, die ich in der Unterführung getroffen habe. KGB-Ausweisverkäufer. Ich glaube, sie wollten mein Geld.«

»Nein!«, sagte sie, und aus ihrer Stimme war jede Sanftheit verschwunden. »Die wollten nicht Ihr Geld!«

»Was dann?«, fragte ich arglos.

»Eto yego heißt ›Das ist er‹ und ›Ubit‹ …«, sie zögerte.

»Ja?«, bohrte ich.

»Kennen Sie Leute in Russland?«, fragte sie, statt zu antworten.

»Nein.«

»Komisch. Wenn jemand sagt, das ist er, muss er denjenigen doch kennen …«

»Vielleicht haben die mich verwechselt?«

»Das würde ich an Ihrer Stelle hoffen.«

»Warum? Was heißt denn das andere Wort? Ubit?«

»Im Zusammenhang mit ›Eto yego‹ hieße das ›Das ist er! Tötet ihn‹!«

Wir stiegen in das Taxi und fuhren los.

Meine Mörder standen am Ausgang der Unterführung und blickten uns nach. Ich hatte das verdammte Gefühl, dass man gerade versucht hatte, mich umzubringen.

Mitten in Moskau.

FROSTYFLOT SIBIJRSK

Ich hatte beschlossen, mein so gut wie nicht mehr vorhandenes Russisch aufzufrischen, um nicht nach jedem Angriff auf harmlose Touristen auf die Übersetzung Heljetschkas angewiesen zu sein. Das Internetangebot von »Russisch in drei Stunden« überzeugte mich, und so hatte ich schon nach kürzester Zeit die drei wichtigsten Worte für meinen aktuellen Aufenthalt auswendig gelernt: »ФИФА-Kubok-Konfederatsiy« hieß FIFA-Konföderationen-Pokal, »Tschimpionát míra pa futbólu« Fußball-Weltmeisterschaft und »секс« Seks, naja, das verstanden die Mädels von Nusplingen bis Nowosibirsk.

Doch zurück nach Moskau:

Der Flug mit der Billigfluglinie Aero-Frostyflot-Sibijrsk von Moskau-Domodedovo nach Sankt Petersburg-Pulkovo war ein Albtraum in doppelter Hinsicht, und auch Heljetschka war mir in ihrer neben mir sitzenden, schlafenden und schnarchenden körperlichen Anwesenheit keine wirkliche Hilfe.

Das Desaster begann schon beim Boarding in Moskau. Dunkel war's, der Mond schien helle, schneebedeckt war die russische Landebahn Gott sei Dank nicht, als wir, zusammen mit einem Dutzend weiterer Passagiere, zu Fuß vom Flughafengebäude über das Flugfeld zu unserer Maschine geführt wurden, eskortiert von zwei Damen der Frostyflot Sibijrsk.

Mein Blick streifte die Ruine eines russischen Flugzeugtyps mit sieben Buchstaben, den ich bisher nur aus den Kreuzworträtseln kannte, die schon längere Zeit nicht mehr im Einsatz gewesen zu sein schien und auf einer Abstellrollbahn vor sich hin rostete. Düster ragte der Rumpf in den Moskauer Abendhimmel, als wir schließlich fröstelnd unser Frostyflot-Sibijrsk-Flugzeug erreichten.

Die Maschine, ein Nachbau der legendären zweimotorigen Iljuschin Il-14, wartete mit ihren beiden brummend ratternden Propellern auf dem Rollfeld. Vor der Gangway, die als schräge Treppe in den hinteren Teil des Flugzeugs ragte, drängte sich eine Menschenmenge aus russischen, in Wollschals und Wollmützen gehüllten Babuschkas und Männern in langen, dicken Mänteln mit hochgeschlagenen Krägen, die mich angesichts des Fassungsvermögens des Flugzeugs nichts Gutes ahnen ließ. Die Szene erinnerte mich ein wenig an die ehemaligen Warteschlangen vor den Pforten des Vorzeigewarenhauses GUM gegenüber dem Lenin-Mausoleum während des früher eher dürftigen Angebots an Waren. Die Masse hatte eine Gasse gebildet, durch die wir – die offenbar fest gebuchten Passagiere des Flugs – in den Bauch der Maschine stiegen.

Diese schien etwas in die Jahre gekommen, was Möblierung und Ausstattung anging. Die Innenbeleuchtung war zu 50 Prozent ausgeschaltet und ich hatte Mühe über den Sitzen die Zahlen zu erkennen. Bei 11 sagte Helga »Tschityrnazat!« und schob mich auf einen Sitz in der Reihe 13. Sie selbst nahm neben mir Platz.

Ich suchte den Anschnallgurt, fand aber nur dessen

linke Hälfte, schlang mir das Band um die Hüfte und setzte mich auf dessen loses Ende. Dabei spürte ich unangenehm das rostige Metall einer losen Sitzfeder, das sich mir in die Arschbacke bohrte. Ich nahm den Leatherman aus der Hosentasche, den man bei der groben Leibesvisitation großzügig übersehen hatte – dafür hatten sie mir meinen KGB-Ausweis abgenommen – und sägte die Metallfeder ab.

Etwas müde von der Anstrengung des Tages und auch erschöpft von den Erlebnissen in der Unterführung am Roten Platz, lehnte ich mich in meinem Sitz zurück und fühlte die Feuchtigkeit in meinem Rücken. Ich beugte mich nach vorne, drehte meinen Kopf nach hinten und sah die nasse Lehne meines Stuhls. Vorsichtig blickte ich nach oben zur Decke, von wo aus das Kondenswasser nach unten tropfte und die Rücklehne durchnässte. Helga reichte mir einen modrig riechenden grauen Teppich, der von einem Fluggast des vorigen Flugs zwischen die Sitze gestopft worden war und ich deckte die Nässe ab, ehe ich mich zurücklehnte, und einzuschlafen versuchte.

Wie im Traum nahm ich wahr, wie sich die Menschenmenge aus russischen, in Wollschals und Wollmützen gehüllten Babuschkas und Männern in langen, dicken Mänteln mit hochgeschlagenen Krägen in das Flugzeug drängte, und in Ermangelung von Sitzplätzen wie in der Stuttgarter U-Bahn stehend den Gang verstopfte. Ein Typ in dunkelgrauer Uniform, aus dessen Manteltaschen rechts und links zwei Wodkaflaschen ragten, zwängte sich durch die Menge der gestauten Passagiere Richtung Cockpit und verschwand darin.

»Der Käpt'n ist an Bord«, flüsterte Helga beruhigt, »jetzt kann es losgehen!«

Sie packte das Geschenk-Set »Celebration-Limited-Edition-Original Russkijy Vodka 1 Liter« aus, das sie im Duty-free-Shop erstanden hatte, hielt mir eines der beiden im Preis inbegriffenen Gläser hin und öffnete die Flasche.

Die Gläser füllten sich, »na zdorov'ye!«, sagte sie und prostete mir zu.

»Nastrofje!«, übersetzte ich und leerte mein Glas. Der russische Wodka vermengte sich wohltuend mit dem russischen Borschtsch in meinen Magenwänden und ich fühlte eine angenehme Müdigkeit in mir aufsteigen. Das zweite Glas wirkte entspannend, das folgende dritte tiefenentspannt und ab dem vierten Glas Wodka fühlte ich nur noch das dumpfe Rütteln des Nachbaus der legendären zweimotorigen Iljuschin Il-14, als wir uns von der Landebahn des Moskau-Domodedovo-Flughafens verabschiedeten und Kurs auf Sankt Petersburg-Pulkovo nahmen. Ich zog mir den grauen Teppich der Aero Frostyflot Sibijrsk über den Kopf, meine Augen blieben geschlossen und ich taumelte in den Albtraum, der mich bis zur Landung begleitete.

Ich träumte von Geiern und Hyänen in der unendlichen Weite der russischen Tundra, wähnte mich in einer Liebesnacht mit Heljetschka, als plötzlich meine Mörder aus der russischen Unterführung auftauchten, sich mit einem KGB-Ausweis zu erkennen gaben und mich in Haft nahmen. Ich wurde beschuldigt, meinen toten Bruder Jakob ermordet und ihm die Hülle des offiziellen Spielballs der Fußball-Weltmeisterschaft 2018 in Russland über den Kopf gestülpt zu haben. Man machte mir den Prozess, stellte mich – wie einst den braven Soldaten Schwejk – an die Mauer und stülpte mir ebenfalls den offiziellen Spielball der Fußball-Weltmeisterschaft 2018 in Russland über den Kopf.

Ich hörte das Poltern des Schusses, fühlte den Einschlag auf meiner Stirn und fuhr hoch. Um mich herum war es stockfinster, das Poltern und Rumpeln fühlte sich an, wie die Fahrt in den Schacht einer Geisterbahn auf dem Cannstatter Wasen.

Ich riss mir den Teppich vom Kopf und starrte in die Atemmaske, die sich bei der unsanften Landung aus ihrer Halterung an der Decke gelöst hatte und mir gegen die Stirn geprallt war.

»My prizemlilis‹ – wir sind gelandet, Kommissar Zufall!«, rief Helga und lachte. »Dobro pozhalovat' v Sankt-Peterburge!«

Herzlich willkommen in Sankt Petersburg!

Ich sah durch das Kabinenfenster die Schneeflocken tanzen. Na prima! Neuschnee am 17. Juni 2017 – ehemals »Tag der Deutschen Einheit« – am ersten Tag des Confed Cup in Russland, und ich hatte nur meine Sommerklamotten mit!

BRUDER JAKOB

Mein Zeitplan war recht straff.

Im neu gebauten Krestowskij-Stadion von Sankt Petersburg fand heute Abend das Eröffnungsspiel mit der Partie Russland gegen Neuseeland statt. Ich hatte nur noch wenige Stunden Zeit, um meinen Bruder Jakob Sergejewitsch Machbalrin zu treffen und kennenzulernen.

Am Montag sollte ich dann im Auftrag von Kaiser Franz zum Deutschlandspiel in Sotschi aufschlagen.

Bis dahin musste es mir gelingen, meine Aufpasserin Heljetschka loszuwerden, und in Sankt Petersburg festzusetzen, so war zumindest mein Plan. Spätestens jetzt, mit der Landung auf dem Flughafen Pulkovo, begann mein Leben als Doppelagent …

Wir verließen die Ankunftshalle im Terminal 1 des modernen, südlich der Stadt gelegenen Flughafens, fuhren für 30 Rubel mit einem der Shuttlebusse zur Metro-Station Moskowskaja. Von dort erreichten wir in etwas mehr als eineinhalb Stunden, eingepfercht in der überfüllten Metro, den neu gebauten Fußballpalast auf der Krestowskij Insel an der Mündung der Newa.

Wir verließen die U-Bahn an der Haltestelle Krestowskij Ostrow und spazierten über eine Allee durch den Siegespark direkt auf das Stadion zu. Der Schneefall hatte inzwischen nachgelassen und ich genoss den Bummel im Schatten der alten Stieleichen an der Seite von Heljetschka, meinen kleinen Rollator-Trolley im Schlepptau. Sie hatte mir schon am Flughafen eröffnet, dass wir als Erstes zum Stadion fahren, um Eriwan Eriwanowitsch zu treffen, und erst danach im Hotel einchecken würden.

Wie eine gigantische fliegende Untertasse hoben sich die futuristisch anmutenden Formen des über 50 Meter hohen, kreisrunden Stadionbaus in den Himmel, acht spitzen Speeren gleich ragten die Pfeiler der verschließbaren Dachkonstruktion über die Spielstätte des russischen Fußballraumschiffs.

In irgendeiner Broschüre hatte ich gelesen, dass allein das Dach des neuen Stadions so viel wiege wie 473 russische Kampfpanzer, und dass man den mobilen Rasen per Knopfdruck unter der hohlen Tribüne einrollen könne.

Ich stellte mir gerade vor, wie man die ermordete Leiche eines Fußballspielers somit ganz einfach verschwinden lassen könnte, eingerollt und sauber verpackt im mobilen Fußballrasen unter der Tribüne des nigelnagelneuen Krestowskij-Stadions von Sankt Petersburg, als mich der Freudenschrei von Heljetschka in die Realität zurückholte:

»Eriwan Eriwanowitsch!«, rief sie und fiel dem Russen um den Hals.

»Chelga!«, hörte ich ihn noch rufen, bevor er in der Umarmung versank. Als er sich daraus befreit hatte, schritt er auf mich zu und streckte mir die Arme weit geöffnet entgegen.

»Briederchen, komm cher zu mir! Du bist wirklich chier, um zu chelfen deinem Bruder Jakob Sergejewitsch Machbalrin! Lass dich dricken!«

Ich stand wie angewurzelt, als er mich mit derselben Umarmung empfing, aus der ihn gerade Chelga entlassen hatte.

»Und jetzt kommt mit! Du sollst lernen kennen dein Briederchen! Dawai!«

Wir folgten ihm durch eine unauffällige Tür in der Außenseite der fliegenden Untertasse ins Innere des Stadions und erreichten nach ein paar langen Gängen und Treppen den Innenraum.

Eriwan Eriwanowitsch reichte mir eine Schildmütze und eine dunkle Sonnenbrille zur Tarnung. Er hatte mir von Anfang an klargemacht, dass man mich nicht als Doppelgänger meines Zwillingsbruders erkennen durfte.

Dann sah ich sie – zum ersten Mal live und in voller Lebensgröße, wenn auch nur beim Training: Die Sbornaja, die ich noch vor wenigen Wochen im Freundschaftsspiel gegen Belgien mit 3:3 im Fernsehen gesehen hatte: Innenverteidiger Viktor, Stürmer Aleksandr, Mittelfeldspieler Aleksei, Torwart Igor und mittendrin: Ich! Zum ersten Mal sah ich mich kicken!

Es kam mir vor, wie ein Schaulaufen in einer der modernsten Fußballarenen der Welt:

Aleksei – Kopfball aus sieben Metern, Viktor ist da, chippt lässig auf mich, und gekonnt löffle ich die Kugel aus 18 Metern zielsicher in den Kasten.

Mann, was für ein Tor!

Da beendete der Coach und ehemalige Nationaltorwart der Sowjetunion, der Gemeinschaft Unabhängiger Staaten und Russlands, Stanislaw Salamowitsch Tschertschessow das Training und die Spieler verschwanden in ihren Kabinen.

Nur ich blieb auf dem Spielfeld zurück und kam langsam auf mich zu. Ich starrte auf mein Ebenbild im Trikot der russischen Nationalmannschaft und schüttelte ungläubig den Kopf. Was für ein Prachtkerl kam mir da entgegen: Ein durchtrainierter, wohlproportionierter, muskulöser Körper, der in einer männlichen Ausgabe von »Deutschland sucht den Topathleten« auf dem Siegerpodest stehen würde.

Seine Haltung war königlich, und aus seinen Bewegungen konnte man auf große körperliche Gewandtheit schließen. Sein Gesicht war edel zu nennen, es hatte eine matte, hellbraune Farbe mit einem leisen Bronzehauch. Gewiss hätte ihn manche Frau um das herrliche, blau schimmernde Haar beneidet. Seine ernsten, dunklen Augen besaßen einen samtartigen Glanz. Er machte einen tiefen Eindruck auf mich.

Genau mit diesen Worten beschrieb einst Karl May in Winnetou I seinen Blutsbruder, und genauso empfand ich in diesem Augenblick.

Tränen traten mir in die Augen, als Jakob Sergejewitsch Machbalrin stehen blieb und auf ähnliche Weise mit seiner Fassung rang. Kurz darauf lagen sich die beiden Zwillingsbrüder in den Armen und ließen ihren Gefühlen freien Lauf.

Immerhin hatten wir uns seit unserer Geburt nicht mehr gesehen und ich für meinen Teil hatte meinen Bruder Jakob nur als mit der Nabelschnur stranguliert und mit der Nachgeburt entsorgt, in Erinnerung. Wie und wann er von meiner Existenz erfahren hatte, war mir nicht bekannt, ja ich wusste nicht einmal, ob er Deutsch sprach oder sich überhaupt irgendwie mit mir verständigen konnte.

»Moment!«, sagte Bruder Jakob jetzt und ich wusste im Augenblick nicht, ob er Russisch oder Deutsch redete. »Freie ich mich sähr, zu sähen mein Briederchen großes!«

Deutsch!

Er redete Deutsch!

Ich konnte meinen kleinen, russischen Bruder richtig verstehen – und er mich!

Jetzt fasste er mich an beiden Händen und sagte mit ernster Stimme, die Tränen unterdrückend:

»Spasiba. Danke.«

»Aber Bruder Jakob, wofür?«, fragte ich, immer noch heulend.

»Dass du bist cher gekommen, um zu chelfen mir!« Erneut kullerten auch ihm Tränen der Rührung über die Wangen.

»Das ist doch selbstverständlich, unter Brüdern«, schniefte ich und rotzte mich in einem weiten gezielten Bogen auf den Rollrasen aus.

Wieder und wieder drückten, herzten und kosten wir uns und lagen uns gerührt, aber nicht geschüttelt in den Armen. Es war Eriwan Eriwanowitsch, der das Rührei schließlich stocken ließ und uns trennte.

»Nun ist es gut«, sagte er trocken, »Ihr kennt später noch weiter cheilen.« Und mit feierlicher Stimme fuhr er fort: »Darf ich vorstellen: Gebrieder Rainer Sergejewitsch und Jakob Sergejewitsch, beides Sehne von Sergej Sergejewitsch aus Novokaolinovi im Südural, gelegen zwischen Lokomotiwny und Slevtlosgorsk im Tscheljabinsk Oblast. Sehne von einem Vater, mit demselben Blut in den Adern und demselben Urin im Kanal! Und du«, sagt er und deutete auf mich »gehst fiir dein Briederchen jetzt gleich mit mir zur Dopingkontrolle. Du siehst aus wie dein Briederchen, ziehst Trikot an und keiner wird Schwindel bemerken!«

Wir tauschten die Trikots, ich bekam Jakobs Fußballleibchen übergestreift und er setzte dafür meine Schildmütze und die dunkle Sonnenbrille auf. Heljetschka hatte sich bei Jakob untergehakt und fast erschien es mir, als schmiege sie sich an ihn. Auch er schien ihre Nähe zu genießen, legte gefühlvoll den Arm um sie und knabberte an ihrem Ohrläppchen.

Von einer Sekunde zur anderen keimte in mir der Verdacht, die beiden könnten etwas miteinander haben! Dabei hatte ich immer das Gefühl gehabt, Heljetschka empfände etwas für *mich*! Na klar, es war meine Ähnlichkeit mit Jakob, die sie meine Nähe suchen ließ! Jetzt hatte sie wieder das Original vor Augen, und die billige Kopie aus Deutschland zog den Kürzeren! Dabei war doch ich der Ältere und somit das Original.

Schon näherte ich mich dem Liebespaar, dessen Umarmung immer inniger wurde, als Heljetschka plötzlich von Jakob abließ und mich mit einer rüden Kopfbewegung und drei Worten außer Gefecht setzte:

»Verpiss Dich! Dawai!«

Ich fragte mich, ob wir von nun an per Du waren…

ETHYLGLUCURONID

Mit Eriwan Eriwanowitsch begleitete mich genau der Richtige ins Labyrinth des Fliegende-Untertassenstadions zur Dopingkontrolle. Er funktionierte offiziell als Jakobs Chaperon, war sozusagen die »Anstandsdame« – was es ja aus dem Französischen übersetzt auch bedeutete – um mögliche Verschleierungen beim Doping zu verhindern.

Der Kontrollraum lag direkt neben den Spielerkabinen. Dort standen eine Reihe alkoholfreier Kaltgetränke und anregender Tee bereit, auf dem Tisch lagen neben den Spielernummern die Kontrollformulare, von denen Eriwan Eriwanowitsch eines für mich – respektive Jakob – ausfüllte. Die anderen Spieler hatten ihr Geschäft schon erledigt und der Dopingkontrollarzt des RFS, des Russischen Fußballbunds Rossijski Futbolny Sojus, war mit seinem Assistenten schon dabei, die abgegebenen Proben zu versiegeln und für den Transport ins Labor vorzubereiten.

Keiner sprach ein Wort und keiner schöpfte Verdacht, als ich im Trikot von Jakob die Toilettenkabine betrat. Das Ganze funktionierte für mich wie die Urinprobe beim Hausarzt, ich pinkelte das Plastikbecherchen gestrichen voll, Eriwan Eriwanowitsch schrieb in kyrillischen Buchstaben den Namen Jakob – якоб – darauf und gab das Becherchen dem Assistenten des Dopingkontrollarztes. Der nickte uns zu, reichte mir ein Formular, auf dem ich etwas hin kritzelte, was durchaus als якоб durchgehen konnte und wir verließen den Dopingkontrollraum.

»Das war nur eine Probe als Vorsichtsmaßnahme«, erläuterte Eriwan Eriwanowitsch. »Am Ende des Spiels cheute Abend du vielleicht darfst noch einmal pinkeln. Erst wenn Chalbzeit ist, wird mit den Nummern von Spielerkader ausgelost, welche Spieler missen richtige Kontrolle machen. Wer das ist, erfahren Spieler erst kurz vor Ende von Spiel, damit kennen nicht manipulieren.«

Er grinste und blinzelte mir zu.

»Und was passiert, wenn bei der Probe eben etwas Auffälliges herauskäme?«, fragte ich.

Er zuckte die Schultern. »Kommt darauf an. Entscheidet Dopingbeauftragte von Mannschaft zusammen mit Dopingkontrollarzt. Aber Briederchen Jakob kann ja nix passieren. Chat ja dich!«

Ich schluckte trocken und war mir das erste Mal bewusst, dass ich womöglich in einen internationalen Dopingskandal verstrickt war. Gleichzeitig stellte ich mir die Frage, wie viel mein Bruder davon wusste? Sollte er wirklich mit dem Zaubertrank von Professor von Dohbingh gedopt sein? Nun, heute Abend beim Spiel gegen Neuseeland würde ich ja mitbekommen, wie zielsicher er war, dachte ich.

Wir unterbrachen das Dauerknutschen von Helga Wolodymyriwna Häfelewa und Jakob Sergejewitsch Machbalrin und ich gab meinem Bruder sein Trikot zurück. Die beiden Liebenden verabschiedeten sich und Helga sagte zu Jakob:

»Wenn wir in Moskau sind, zeigen wir deinem Bruder die ›Elchinsel‹, wo wir uns kennengelernt haben. Da bist du doch so gerne, und vielleicht gefällt es ihm ja auch …«

Er nickte und verabschiedete sich Richtung Dusche, während ich mich mit der im siebenten Himmel schwebenden Heljetschka zu unserem Hotel aufmachte.

In wenigen Stunden begann das Eröffnungsspiel des Confed Cups 2017 mit dem Gastgeber der Fußball-WM 2018, Russland, gegen Neuseeland, den Sieger der Fußball-Ozeanienmeisterschaft 2016. Natürlich hatten wir Karten und ich freute mich, das erste Mal in einem so bedeutenden Spiel im Stadion zu sitzen, und noch dazu meinen Bruder Jakob anfeuern zu können.

Dachte ich.

Doch wie so oft in meinem Leben sollte alles wieder einmal ganz anders kommen, und das ist schnell erzählt:

Wir erfuhren es, als wir am Abend in Sankt Petersburg ins Stadion kamen. Der Nationalspieler der russischen Mannschaft, Jakob Sergejewitsch Machbalrin, war nach Analyse der vor wenigen Stunden erfolgten Dopingkontrolle für das heutige Spiel gesperrt worden!

Leider hatte ich bei meiner Urinprobe nicht bedacht, dass sich Ethylglucuronid als direktes Abbauprodukt von Ethanol nicht nur im Blut, sondern auch im Urin nachweisen lässt. Dank meines enormen Wodkakonsums aus der »Original-Russki Vodka-1-Liter-Celebration-Limited-Edition« an Bord des Nachbaus der legendären zweimotorigen Iljuschin Il-14 auf dem Flug mit Aero Frostyflot Sibijrsk, von Moskau-Domodedovo nach Sankt Petersburg-Pulkovo, hatten die hohen Ethylglucuronidwerte im Urin von Jakob Sergejewitsch

Machbalrin zweifelsfrei auf die Aufnahme nicht geringer Mengen hochprozentigen Alkohols hingewiesen.

Oder, wie es mir Eriwan Eriwanowitsch wutschnaubend übersetzte, musste ich bei der Urinprobe sturzbesoffen gewesen sein!

»Durak! Trottel! Man chat dein Briederchen fiir das Spiel gesperrt!«, brüllte er mir ins Gesicht. »Und ob er iiberchaupt ein Spiel in Confed Cup spielen wird, ist noch lange nicht geklärt!«

Ich duckte mich kleinlaut und war mir doch keiner Schuld bewusst. Das bisschen Wodka im Flieger konnte doch nicht so gravierend für meinen Urinalkoholspiegel gewesen sein? Hatte mir Heljetschka womöglich während meines Schlummers unter der Decke der Aero Frostyflot Sibijrsk noch weitere Tropfen eingeflößt?

Doch wozu?

Letztendlich schadete es doch nur der Karriere ihres Herzallerliebsten! Ich wusste mir keinen Rat und beschloss, in Abwesenheit meines *Briederchens*, der stocknüchtern gesperrt auf der Ersatzbank saß, mir das Spiel nun doch nicht live anzusehen, sondern im Sport-TV in meinem Hotelzimmer.

Doch ich hatte vergessen, dass ich noch romantischen Besuch erwartete: Daisy von Dohbingh-Fährdacht, die Tochter des ermordeten Professors, war schon am Morgen mit der Transrussia von Lübeck aus in Sankt Petersburg eingetroffen, und wir hatten uns ja schon in Deutschland vor ihrer Abreise zum Fußballspiel verabredet. Wie würde sie darauf reagieren, wenn ich nun statt des Stadions ein Fußballspiel im Hotelzimmer vorschlug …?

GÓL!

Privatangelegenheiten haben in einem Krimi reichlich wenig verloren, aber da ich das Treffen mit der bezaubernden Daisy von Dohbingh-Fährdacht während des Fußballspiels anberaumt hatte, muss ich es wenigstens in der gebotenen Kürze streifen.

Da ich das junge, aufblühende Moosglöckchen der russischen Taiga bei meinem Zwillingsbruder in den besten Händen wusste, hatte ich die Meinigen ja wieder frei, um mich mit neuer Begeisterung der Botanik des Tübinger Österbergs zu widmen. Dort gedeiht bekanntlich eine ähnliche Flora wie auf der benachbarten Schwäbischen Alb, die wiederum in ihrer rauen Ästhetik nicht unähnlich der russischen Taiga erblüht. Das Mauerblümchen gehört zu ihren bezauberndsten Arten …

»Zolotoy Obzhora« prangte in goldenen, kyrillischen Lettern über Daisys Hotel, der »Goldene Vielfraß« war ein, dem Besuch der Baronessentochter angemessenes, alteingesessenes Fünfsternehotel, das offensichtlich noch aus dem Bauprogramm des Stadtgründers, Zar Peters des Großen, stammte und seit der Zeit Leningrads nicht mehr verändert worden war. Die muffige Geruchsmischung aus frischem Borschtsch, feuchten Teppichböden und Zirbelkieferwachs passte zum herben Charme des historischen Hauses.

Wir hatten uns per Handy verabredet, und Daisy

hatte mich ohne Zaudern zum Fußballspiel in ihr Hotelzimmer gebeten. Ich betete inständig, dass sie ohne ihre Mutter nach Petersburg gereist war und mich allein erwartete.

Mit klopfenden Herzen klopfte ich an, und ihr »Treten Sie ein!«, kollerte mir wie der Reviergesang des russischen Auerhahns entgegen. Ich staunte, als ich die Suite betrat.

Nichts schien hier seit der Zeit von Katharina der Großen verändert worden zu sein, und ich fühlte mich an der Seite meiner Tübinger Baronessentochter wie im Prunkschloss der Zarin. Vier Türen gingen aus dem zentralen Salon in andere Zimmer ab, ein großer Balkon eröffnete einen grandiosen Blick auf das Ufer der Newa.

»Na, Sie Zufallsbekanntschaft, haben Sie den Weg nach Sankt Petersburg gefunden?«

Ich nickte ertappt, gab der Tür einen Kick mit der Ferse und registrierte, wie sie hinter mir schwer ins Schloss fiel. Daisy begrüßte mich mit je einem Küsschen rechts und links.

»Haben Sie denn schon etwas herausgefunden?«, fragte sie.

»Nicht sehr viel«, musste ich zugeben. »Fakt ist, dass der Zaubertrank ihres Vaters offensichtlich von einzelnen Fußballspielern als Doping missbraucht wird.«

Ihr Gesichtsausdruck wurde ernst.

»Mein Vater hat so etwas geahnt«, flüsterte sie. »Er wollte den Stoff zurückziehen. Und jetzt musste er ihn mit seinem Leben bezahlen.« Ihre Stimme klang weinerlich. Ich war hellhörig geworden. Immer noch auf der Suche nach einem Motiv fragte ich:

»Wer – außer Ihnen – wusste davon?«

Sie unterdrückte ihr Schluchzen und antwortete:

»Ich weiß es nicht. Die Baronesse, klar. Vielleicht seine Mitarbeiter?«

»Alberich Zwuggel?«

»Kann sein. Er war ja an Vaters Entwicklung maßgeblich beteiligt.«

»Auch finanziell?«

»Das weiß ich nicht. Aber wie ich meinen Vater kenne, schon.«

»Wissen Sie, mit welchen Fußballspielern Ihr Vater über seinen Zaubertrank gesprochen hat?«

Sie schüttelte den Kopf.

»Sagt Ihnen der Name Gutwart Pfost etwas?«

»Nein.«

»Jakob Machbalrin?«

»Nein.«

Wir schwiegen.

»Ich glaube allerdings«, murmelte sie schließlich, »dass mein Vater sich bedroht fühlte. Er kam von irgendeiner Reise zurück und war verändert. Ganz seltsam. Als ob er vor irgendetwas Angst gehabt hätte.«

»Eine Reise?«, fragte ich und dachte an den Kalender. Ich zog die Kopie aus der Tasche und reichte sie Daisy.

»Das ist eine Seite aus Vaters Kalender!«, erkannte sie. »Er benutzte immer solche Kürzel.«

»Ja«, stimmte ich zu. »Vielleicht kommen wir damit weiter.«

»M10 heißt, dass er da um 10.00 Uhr einen Termin in München hatte«, erklärte sie. »Was er nur in München wollte?«

München, dachte ich. War das nicht der Heimatverein von Gutwart Pfost gewesen? Ich musste das überprüfen.

»Reutlingen, Tübingen, Stuttgart, da hatte er regelmäßig zu tun.«

»Können Sie irgendetwas erkennen, was uns weiterhelfen könnte?«, fragte ich hoffnungsvoll.

»Nein. Nur München ist ungewöhnlich, davon wusste ich nichts. Und SVO sagt mir auch nichts. Außer Sportverein Oberndorf. Aber was sollte er dort gewollt haben?«

»SVO?«, fragte ich. »Wo steht das?«

»Hier! Vor zwei Wochen. An drei Tagen eingetragen. SVO13, SVO 11.30 und SVO20. Offensichtlich hatte er dort drei Termine!«

SVO. Ich dachte über dieses Kürzel nach. War es mir nicht erst vor wenigen Tagen begegnet?

Daisys Worte lenkten mich ab. Sie hatte zur Uhr gesehen und rief:

»Ach je, das Spiel hat ja schon angefangen! Wo schauen wir denn Fußball?«, fragte sie. »Es gibt einen Fernseher im Salon und im Schlafzimmer.«

Sie nahm die Fernbedienung, und der Bildschirm im Salon belebte sich.

»Na, wenn Sie mich so fragen, dann würde ich mich für das Schla- …«, antwortete ich, doch sie unterbrach mich.

»Halt!«, rief sie. »Ich habe eine Idee. Wir spielen russisches Roulette!«

Ich erschrak.

»Keine Angst!«, beruhigte sie mich, »Sie wollen doch ein bisschen Russisch lernen, oder? Sechs russische Begriffe, die alle Tür und Tor bedeuten«, erklärte sie. »Aber nur einer heißt im Fußball ›Tor‹. Wenn Sie's wissen, steht Ihnen mein Schlafzimmer offen!«

Oje, dachte ich, hätte ich mich doch nur besser auf meinen Einsatz als verdeckter Vermittler im russischen Fußball vorbereitet!

Daisy begann:

»ворота?« Klang wie »Vorota«. Eher unwahrscheinlich.

»Глупец?« »Glupets«? Nie gehört.

»Дурак?« »Durak«? Im Bereich des Möglichen. Aber hatte mich nicht Eriwan mit diesem Ausdruck beschimpft?

»забитый мяч?« »Zabityy Myach«? Klang wie ein schottischer Whisky mit russischem Sprachfehler, aber nicht nach Tor!

»дверь?« »Dver«? Schon eher. Doch ich beschloss, noch abzuwarten. Einen Freischuss hatte ich noch!

»Гол?« »Gól«!

»Гол!«, rief im selben Moment der Sportreporter aus dem Fernseher.

»Gól!«, echote ich und wusste, dass ich dieses Spiel gewonnen hatte! 1:0 für Kommissar Zufall!

AVTOGRAF!

Sie hatten gewonnen!

Auch ohne meinen Bruder Jakob. 2:0 gegen den amtierenden Ozeanienmeister Neuseeland, der sich immerhin bei jener Meisterschaft schon gegen die Fidschi-Inseln, Vanuatu und die Salomonen, und im Halbfinale gegen Neukaledonien durchgesetzt hatte. Im Ozeanien-Finale gegen Papua-Neuguineua hatte es dann immerhin ein Elfmeterschießen für die Kiwis gebraucht, um schließlich mit 2:4 die Fahrkarte zum Confed Cup in der Tasche zu haben.

Ich hatte das Spiel nicht verfolgt. Dies lag weniger an dem wortlastigen präsidialen Beginn der Übertragung, zu dem wir ja ohnehin noch nicht eingeschaltet hatten, und auch nicht daran, dass ich den russischen Reporter nicht verstand, sondern an meiner körperlichen Beanspruchung durch Daisy. Doch wie schon einmal erwähnt: Privatangelegenheiten haben in einem Krimi reichlich wenig verloren und ich breite daher das russische Deckmäntelchen des Schweigens über jene innige Stunde während des Confed-Cup-Spiels Russland gegen Neuseeland in einem lieblichen Hotelbettchen in Sankt Petersburg …

Die Fernsehleute sprachen nach dem Spielausgang von einem glanzlosen Sieg, was auch prompt übersetzt und somit auch von mir verstanden wurde und es war mir klar, dass mein Bruder Jakob mich jetzt brauchte. Hätte Machbalrin gekickt, darin waren sich Kommentatoren und Experten einig, wäre das Spiel für die Sbornaja ganz anders ausgegangen. Zumal das erste Tor in der 31. Minute auch noch ein Eigentor gewesen war!

Ich eilte daher mit einem Taxi zum Krestowskij-Stadion und wählte den Nebeneingang zu den Sportlergarderoben, in den ich mit Eriwan Eriwanowitsch am Mittag gegangen war. Obwohl das Spiel mit nur 50.521 Zuschauern nicht ausverkauft gewesen war, strömten mir mindestens 20.221 Zuschauer auf meinem Jakobsweg entgegen und ich konnte mir nur spärlich eine Gasse in die Gegenrichtung bahnen. Und dann geschah das Unfassbare:

»Avtograf, avtograf!« schrien die russischen Fans und eilten mit T-Shirts, Schals, Aufklebern und Fußbällen auf mich zu! »Avtograf, avtograf!« Noch ehe ich begriff, dass sie mich ganz einfach mit meinem Bruder Jakob verwechselten, hatte ich schon einen schwarzen Fettstift für die Autogramme in der Hand. Alle Abwehrversuche waren vergebens, und so schickte ich mich in das Unvermeidliche und begann, zu signieren. Dabei gab ich mir wenig Mühe, kyrillische Buchstaben zu formen, sondern krakelte als Avtograf nur in künstlerischer Freiheit Kringel in Form einer Jakobsmuschel auf die Fußballdevotionalien.

Viele der Fans hatten sich nach dem Sieg der Sbornaja den offiziellen Spielball der Fußball-Weltmeisterschaft 2018 in Russland gekauft und hielten mir diesen zur Unterschrift entgegen. Ich signierte wie der Weltmeister, nahm Fußball um Fußball in die Hand und hielt plötzlich abrupt inne. Der Ball, der mir entgegengehalten wurde, kam mir komisch vor. Seine Form, seine seltsame, unförmige Rundung. Und dann erkannte ich den Schlitz in seiner Oberfläche.

Ich starrte in das Gesicht des Mannes, der mir den Ball grinsend entgegenhielt und wusste im selben Augenblick, dass dieser Mann – wie ich das auch schon bei Gorilla Alberich Zwuggel empfunden hatte – ohne Weiteres die Kraft hätte, mir den aufgeschlitzten offiziellen Spielball der Fußball-Weltmeisterschaft 2018 in Russland über den Kopf zu stülpen, um mich darunter zu ersticken!

Ich glaubte, die Gesichtszüge des Verkäufers aus Moskau zu erkennen, nur fehlten die Uschaka und der Wollmantel. Doch sein Kumpel fehlte nicht.

»Eto yego!« hörte ich ihn neben mir zischen. *Er ist es!*

Ich fuhr herum. Zu meiner Rechten stand der zweite Kerl aus der Moskauer Unterführung, der mir damals mit seinem Klappmesser auf den Leib gerückt war.

Flucht hatte keinen Zweck. Zu dicht drängte sich die Menschenmasse um uns herum. Aber würden die beiden Killer es wirklich wagen, mich hier zu ermorden? Hier vor dem Krestowskij-Stadion, in der wild brodelnden Menschenmenge? Ich hatte keine Zeit, darüber nachzudenken, schon kam die Antwort aus dem Mund des Mannes mit dem aufgeschlitzten Fußball: »Ubeyte yego!«

Töte ihn!

Kein Zweifel! Sie verwechselten mich – wie schon damals in Moskau und wie alle hier auf dem Platz vor dem Stadion – mit Bruder Jakob. Ich gewahrte die Beamten der russischen OMON, jener »mobilen Einheit besonderer Bestimmung« und ehemalige Antiterrortruppe, die in jüngster Zeit speziell zu Massenveranstaltungen und Demonstrationen beordert wird. Sie hatte ihre Einsätze auch im Umfeld des Confed Cup und ihre Beamte tauchten auch jetzt in erhöhter Präsenz in der Menschenmenge auf, doch wie sollten sie mir helfen?

Hilfe, das wurde mir im Bruchteil von Sekunden klar, konnte nur vom Mob selbst kommen. Ich griff zwei andere Bälle, kritzelte rasch mein Avtograf darauf, doch anstatt die Trophäen ihren Besitzern zurückzugeben, schleuderte ich sie hoch in die Luft.

Mein Plan ging auf: Bewegung kam in die Menge, jeder, nicht nur die Ballbesitzer versuchten, sich die Kugeln zu schnappen, es war ein Springen, Boxen, Stoßen und Drängeln wie am Rosenmontagszug in Mainz, wenn es Süßigkeiten regnete, oder an der Schwäbisch-Alemannischen Fasnet in Oberndorf am Neckar, wenn zig Kinder versuchten, beim so genannten »Rammeln«, einem alten Heischebrauch, eine Orange – oder, was mir noch lieber war – eine Schwarzwurst zu ergattern.

Nur mit Mühe konnten die beiden Killer den Stößen ausweichen und das Gleichgewicht halten, an einen sicheren Schuss oder Stich war nicht zu denken.

Ich holte aus und stieß meinem rechten Nebenmann den Ellbogen mit vollem Karacho in die Magengegend, dass er taumelte und in die Knie ging, schnappte im gleichen Atemzug den aufgeschlitzten offiziellen Spielball der Fußball-Weltmeisterschaft 2018 in Russland und stülpte ihn dem zweiten Killer über den Kopf, wie ich es bei der Fussballleiche gesehen hatte. Ich ballte die

Rechte zur Faust und verpasste dem jetzt blinden Kerl einen Kinnhaken, der ihn nach hinten wegtaumeln ließ.

Gerade als sein Kumpel wieder auf die Beine kam, flogen zwei weitere von mir signierte Avtograf-Bälle in die Luft und die trampelnde und springende Menge riss die Killer endgültig zu Boden.

Jetzt war die OMON auf den Tumult aufmerksam geworden und eilte herbei. Man erkannte mich und brachte mich, nachdem ich entsprechende Zeichen gemacht hatte, unter Polizeischutz Richtung Stadion und zum Eingang der Mannschaftsgarderoben.

Eriwan Eriwanowitsch kam mir entgegen und ich berichtete ihm von dem Vorfall.

»Es war das zweite Mal«, sagte ich, »dass mir meine Ähnlichkeit mit Bruder Jakob fast zum Verhängnis geworden wäre. Ich glaube, ihr solltet ihn unter Personenschutz stellen. Irgendjemand hat es auf ihn abgesehen!«

»Njet«, versuchte er, mich zu beruhigen. »Das du bildest dir nur ein. Warum soll jemand teten wollen Briederchen? War Tumult wegen Sieg in Spiel gegen Neiseeland. Sind Leite erchitzt, chätten gerne gechabt checheren Sieg. Niemand wollte dich umbringen!«

Oh hätte er mir doch geglaubt!

Aber wer konnte schon ahnen, dass Eriwan Eriwanowitsch seine Arglosigkeit schon bald zum Verhängnis werden würde …

ABLÖSESÜMMCHEN

Das erste Mal, dass ich tatsächlich bei einem bedeutenden Spiel im Stadion sitzen konnte, war erst zwei Tage später in Sotschi, beim Spiel des Weltmeisters der Fußball-WM von 2014, Deutschland, gegen Australien, den Asienmeister 2015.

In Sotschi traf ich einige jener Bekannten wieder, die in meinem aktuellen Fall durchaus wichtige Rollen spielen sollten: Anton Franziskus Kaiser, der Kaiser Franz, Antidopingbeauftragter des DFB, den Gorilla Alberich Zwuggel, genannt Shorty, und auch mein herzallerliebster Bestatter und Pathologe Dr. James Smrt ließ nicht lange auf sich warten. Natürlich traf ich sie nicht alle auf einmal, sondern schön der Reihe nach, und genau so möchte ich es nun berichten.

Das russische Sochi – nach deutscher Schreibweise und gemäß seiner Aussprache auch Sotschi – liegt als beliebtes Reiseziel russischer Pauschaltouristen praktischerweise zugleich direkt an den skiabfahrtstauglichen Hängen des Kaukasus und an der subtropischen Schwarzmeer-Riviera. Mehr Sand und Schnee auf einem Haufen findet man nur noch in Dubai.

Der Flug von Sankt Petersburg nach Sotschi dauerte etwas mehr als drei Stunden und führte einmal von Nord nach Süd über Russland und die Ukraine in den Kaukasus. Als ich die Ankunftshalle des Flughafens Krasnodar Adler Sochi betrat, wo mich Anton Franziskus Kaiser abholen wollte, traute ich meinen Augen nicht: An einem russischen Imbiss stand in voller Größe und Muskelkraft Alberich Zwuggel, genannt Shorty, und schraubte sich ein Dutzend Pelmeni mit Schmand rein. Diese sibirischen Maultaschen waren mit reichlich Tatar gefüllt und hatten einst schon den, nach diesem Hackfleisch benannten, Tataren bei der Invasion der Mongolen in Russland übermenschliche Kräfte verliehen. Mir wurde klar, dass überwiegend Tatar für den athletischen Körperbau des einstigen Wetten-dass-Kandidaten verantwortlich war, und er sich hier mal rasch eine neue Grundlage verschaffte.

Ich drehte bei und wünschte ihm einen guten Appetit: »Priyatnogo appetita!«

Er starrte mich an, die vorletzte Tatarenpalme unzerkaut im Mund und kämpfte dagegen an, sich zu verschlucken.

»Nn, Hrr Kmssr Zfll …«, kam es zwischen kauenden Zähnen aus seinem vollbepackten Mund. Schließlich bekam er die Oberhand über seine sibirische Speise und schluckte tapfer, kippte den restlichen Inhalt seines Glases »Starij Melnik« vom Fass hinterher und versuchte es noch einmal:

»Nanu, Herr Kommissar Zufall«, er schüttelte mir die Hand, »Sie auch in Russland? Doch nicht etwa dienstlich?«

»Njet«, antwortete ich. »Ich möchte mir die Spiele anschauen. Und Sie sicher auch?«

»Klar! Als wahrer Fußballfan werde ich natürlich alle Spiele der deutschen Elf in Russland verfolgen. Hab mir extra Urlaub genommen. Und ich war gestern zur Eröffnung in Sankt Petersburg!«

»Nanu«, sagte ich jetzt. »Dann sind Sie auch eben mit dem Flieger von dort angekommen?«

Er nickte.

»Aber, wenn Sie *auch* sagen: Kommen Sie ebenfalls aus Sankt Petersburg …?«

»Soeben gelandet!«, bestätigte ich.

»Dann waren Sie gestern Abend im Stadion?«, fragte er.

»Nein. Ich habe im Hotel geschaut«, gab ich zu.

»Schade, dass der Machbalrin nicht gespielt hat, finden Sie nicht auch?«

Ich horchte auf, nachdem er den Namen meines Bruders genannt hatte.

»Wissen Sie übrigens, dass Sie dem wie aus dem Gesicht geschnitten gleichsehen? Echt zum Verwechseln ähnlich. Ich kannte den ja nicht, aber nachdem ich mal ein Bild von ihm auf der Großleinwand gesehen habe, dachte ich, der erinnert mich an jemand! Jetzt, als Sie grad um die Ecke kamen, fiel's mir ein. Der Typ ist der absolute Überflieger!«, fuhr er fort, »bin gespannt, ob er noch vor der WM wechselt.«

Ich sah Alberich fragend an.

»Wechselt?« Ich muss zugeben, dass mich die sauberen Transfergeschäfte im internationalen Profifußball bislang reichlich wenig interessierten. Umso aufmerksamer lauschte ich jetzt den Ausführungen von Alberich Zwuggel:

»Momentan spielt er bei einer der besten Mannschaften Europas, »Nadir Sankt Petersburg«, aber seine Zeit in den russischen Premier Ligavereinen scheint gezählt.«

»Sie kennen sich da wohl aus?«

»Wie man's nimmt. Ich kenne zumindest alle Ablösesummen der Spielertransfers in den letzten 20 Jahren auswendig und weiß, welcher Spieler wann durch welchen Wechsel, wie viel erzielt hat. Hätte eine neue Wette werden sollen, aber dann wurde ›Wetten, dass ...?‹ ja bekanntlich abgesetzt.«

»So?«, fragte ich ungläubig. »Dann haben Sie sicher ein paar Beispiele für teure Spielertransfers auf Lager.«

»Von wem wollen Sie's denn wissen?«

»Na, wer hält denn da so den Rekord?«

»Das weiß doch jeder, dazu braucht man kein ›Wetten, dass ...?‹-Kandidat zu sein: Der labile Paule wechselte aus Bella ins neblige Brexitland, und das Ganze für 105 Millionen Euro!«

»Beckenbauer?«, versuchte ich.

»Ganze 103 Millionen Euro ...«

»Wie bitte?«, fiel ich ihm ins Wort.

»... weniger!«, ergänzte er.

»Also zwei Millionen?« Ich war schon immer schnell im Rechnen.

»Genau! Und zwar in Mark. Das war damals eine Rekordablöse! Immerhin 40 Jahre her. Und 350.000 Mark hat der Franz damals selber berappt, damit ihn die Amis genommen haben. Na ja, er hatte ja elf Jahre davor Karriere als Schlagerstar gemacht und konnte es sich leisten.«

Er summte eine Melodie, die aus drei Tönen bestand.

»Ah ja. Gute Freunde«, ich nickte. »Und der andere Bayer? Der damals nach Nürnberg ging?«

»Der Ulrich?«

»Mhm.«

»Der hat nie Geld gekostet. 200.000 DM Leihgebühr, kein Tor und Abstieg der Franken in die zweite Liga. Karriereende wegen Knorpelschaden. Irreparabel, sagte man.«

»Und so wurde er damals Manager.«

»Der Jüngste in der Geschichte der Bundesliga«, wusste Alberich.

»Und später der einzige Deutsche, der Selbstanzeige gemacht hat und trotzdem im Gefängnis war.« Ich kannte mich da aus.

»Ein Freispruch wäre völlig normal gewesen!«, ergänzte Alberich, der anscheinend Experte in allen Fachgebieten des Fußballs war.

»Und wie sieht das nun mit dem Ablösesümmchen für meinen Bruder Jakob aus?«, kam ich wieder auf wichtige Themen zu sprechen.

»Machbalrins Vertrag bei ›Nadir Sankt Petersburg‹ läuft Ende des Jahres aus und momentan wird der Russe aufgrund seiner hohen Tortrefferquote und seines genialen Anforderungsprofils nach meinen Recherchen als einer der wertvollsten Spieler gehandelt. Sein Marktwert dürfte kaum hinter Ronaldo oder Messi liegen. Interessant dürfte sein, ob ein deutscher Verein das Ablösesümmchen bezahlt oder die Engländer ein paar Pfund mehr auf den Tisch legen.«

»Und von welchen Sümmchen sprechen Sie da?«

»Läppische 100 Millionen Euro!«

Ich schwieg. Die Summe verschlug mir die Sprache. 100 Millionen Euro! Und ich ließ mich für 100.000 Euro, oder besser gesagt zweimal 3.624.857 Rubel und 65 Kopeken als Double meines Bruders engagieren, um dem Multi-Millionär seine Dopingprobleme vom Hals zu schaffen! Na warte, dachte ich, da werde ich mit dem lieben Eriwan Eriwanowitsch noch ein paar Wörtchen über meinen aktuellen Marktwert zu reden haben!

Alberich Zwuggel blickte zur Uhr.

»Hoppla, schon halb«, sagte er, »Zeit, dass ich ins Hotel komme. Und danach lege ich mich ein bisschen an die russische Riviera in die Sonne und genieße den Tag bis zum Spiel morgen. Vielleicht sieht man sich. Do svidaniya!«

SCHLEIMFISCH

Ich verließ die Halle des Krasnodar Adler-Flughafens und sah mich draußen nach Anton Franziskus Kaiser um, dem Anti-Vitaminspritzen-Beauftragten des DFB, der mich, wie verabredet, vor dem Flughafen abholen wollte. Ich traute meinen Augen nicht, als ich ihn aus einem alten schwarzen ZIL-4104 aussteigen sah, der ehemaligen Staatslimousine der Sowjetregierung. Für solche Luxuskarossen hatten sie also Geld, die Herren Fußballfunktionäre, zu denen der Kaiser, wie ich inzwischen recherchiert hatte, auch in seiner Stellung als Anti-Doping-Kommissar sehr wohl zählte. Überhaupt war er in Fußballerkreisen kein Unbekannter, und ich war mir gar nicht so sicher, ob mein Auftrag, im Vorfeld der Russland-WM zu überprüfen, ob es außer Gutwart Pfost noch weitere Doping-Verdachtsfälle gab, in Wirklichkeit nicht einen ganz anderen Hintergrund hatte. Ein flaues Gefühl in meiner Magengegend schien mich warnen zu wollen.

Was, wenn die wahren Doping-Hintermänner in mir eine Gefahr witterten und mich einfach nur unter Kontrolle haben wollten? Was, wenn das Attentat am Roten Platz gar nicht auf das Konto der Russen ging?

Was, wenn mich der schleimige Kaiser nur ins ferne Sotschi gelockt hatte, um meine Leiche demnächst am subtropischen Sandstrand des Schwarzen Meeres treiben, oder im ewigen Eis der Krasnaja Poljana-Berge in Ewigkeit tiefgefroren zu sehen?

Meine Bedenken wurden in einem Aufwasch zerstreut, als er mich fehlerfrei auf Russisch mit leicht bayerischem Akzent begrüßte:

»Jo mei, do issa ja: Detektiv Glavnyy Rainer Avariya! Servas, griaß di!«

Ich hatte verdrängt, dass wir im Laufe des Weißwurst- und Weißbierdämmerschoppens an der Zapfanlage meines Ausschankwagens einen auf »Du« gemacht hatten und ich ihn jetzt Kaiser Franz nennen durfte.

Wir lagen uns in den Armen wie alte Freunde, er fragte mich, wie das Spiel in Sankt Petersburg war, und schlug dann vor, mich zunächst ins Hotel und am späten Nachmittag ins Stadion zu bringen.

»Der Jogi weiß Bescheid!«, flüsterte er, »aber für die Spieler bist du eine unbekannte Größe. Wir haben beschlossen, dich als Medical Support Supervisor zu tarnen, der die Mannschaft während des Turniers hinter den Kulissen begleitet. Du hast Zugang zu allen Räumen, den Garderoben, dem VIP-Bereich und dem Dopingkontrollraum. Und egal, was dir auffällt: Du machst sofort Meldung an mich. Hörst du: an keinen anderen als an *mich*!«

Da war es wieder. Das flaue Gefühl in meiner Magengegend, das immer dann auftrat, wenn etwas nicht stimmte. Doch ich wusste nicht, was. Lag es daran, dass der Kaiser Franz mit einem Mal diesen scharfen Ton in seiner Stimme hatte? Dass das Vertrauen, das er mir, wie er immer wieder betonte, entgegenbrachte, von mir nicht erwidert wurde und mir seine Art – um es treffend auszudrücken, – zu aalglatt und schleimig war?

Welche Rolle spielte dieser Typ für meinen Fall?

Ich beschloss, dieser Frage nachzugehen, und zwar sofort.

»Sag mal, Kaiser Franz, sagt dir der Name Dohbingh etwas?«

»Doping? Ja freilich. Nicht alles, was heute mit Fußballprofis gemacht wird, ist harmlos. Die Grenzen zu Doping sind fließend.«

»Das hab' ich schon mal irgendwo gehört«, gab ich zurück. »Ich meinte allerdings Professor Dohbingh.«

»Ah, den! Ein komischer Hundling. Hat da was ganz Nettes erfunden, gell. Nix Genaues weiß man net. Aber der Gutwart, der hat den gekannt. Hat mir im Vertrauen mal angedeutet, dass er mit den Medikamenten von dem Dohbingh jede Mücke von der Latte schießt.«

»Er hat darüber gesprochen, dass er Medikamente von Dohbingh eingenommen hat?«, fragte ich erstaunt.

»Ja, schon. Aber er wollte raus aus dem *Sumpf*, hat er gesagt. Und kurz darauf war er tot. Drum sind wir ja draufgekommen, dich zu engagieren.«

Ich begann, eins und eins zusammenzuzählen. Gutwart Pfost hatte angedeutet, Dohbinghs Doping zu entsagen. Das hieß im Umkehrschluss, der Zaubertrank würde auffliegen. War sich Gutwart darüber im Klaren gewesen, welche Lawine er damit lostreten würde? Es lag auf der Hand: Gutwarts Mörder wollte verhindern, dass er plauderte. Daher stellte sich für mich ganz klar die Frage: Wer, außer Gutwart und dem Professor wusste von dem Zaubertrank? Und wem, außer dem Erfinder, der ja nun ebenfalls tot war, konnte Gutwarts Enthüllung schaden?

Fragen über Fragen. Und auf einmal erschienen sie mir alle verdächtig. Wer hätte sich unter diesen Umständen nicht als Täter verdächtig gemacht? Wer hätte kein Motiv?

Eriwan Eriwanowitsch, der das Doping meines Bruders zu vertuschen versuchte?

Helga, seine Vertraute?

Kaiser Franz, der Doping so leichtfertig als Vitaminspritze bezeichnete, dabei den feuchtfröhlichen Bayernkumpel mimte und sich mehr und mehr als Schleimfisch entpuppte?

Alberich Zwuggel, der vielleicht mehr über die Arbeit des Professors wusste, als er zugab?

Daisy, die Tochter des Professors, die sicher mehr wusste, als sie mir gegenüber eingestand?

Und mein Bruder selbst? Hatte er, der den Zaubertrank offensichtlich höchst erfolgreich einnahm, nicht sogar den triftigsten Grund zu verhindern, dass irgendetwas über das Medikament von Dohbinghs ans Licht kam?

Ich musste dringend mit Dr. Smrt sprechen, um mit ihm die Lage zu sondieren, und sah auf die Uhr. Um halb drei wollten wir uns treffen.

»Kannst du mich ins Hotel bringen?«, fragte ich Kaiser Franz.

»Aber zuerst essen wir was, gell?«, antwortete er.

Tatsächlich war in mir beim Anblick der sibirischen Maultaschen ein gewisses Hungergefühl aufgekeimt, und ich stimmte der Einladung des Kaisers zu.

»Der ›Bavarskiy Sud‹ soll eine ganz ausgezeichnete Küche haben«, meinte er, während ich neben ihm auf dem ledernen Beifahrersitz des alten, schwarzen ZIL-4104 Platz nahm.

»Bavarskiy Sud?«, fragte ich, »gibt's da auch Fisch?«

»Freilich, Fischpflanzerl«, antwortete der Kaiser, der meine witzig gemeinte Frage wohl nicht verstanden hatte. »Und statt einer Chiemsee-Renken vielleicht einen Wolga-Saibling!«, lachte der Schleimfisch und erklärte dann:

»›Bavarskiy Sud‹, das ist der ›Bayerische Hof‹ halt! Sterneküche in Sotschi. Die machen eine 1a Haxn und die besten Knödl in ganz Russland! Der Koch war vor ein paar Jahren Sieger in ›Hinter Kitchen‹, dieser Mega-Fernseh-Kochshow, hat dann von Juni 2014 bis Februar 2016 in Landsberg gekocht und jetzt den ›Bavarskiy Sud‹ in Sotschi übernommen.«

Er blickte zur Uhr und startete den Wagen.

»Halb zwölf! Wenn wir uns ranhalten, reicht's noch auf eine russische Weißwurscht!«

RUSSISCHES ROULETTE

Als mich Kaiser Franz nach der russischen Weißwurst im »Bavarskiy Sud« in meinem Hotel abgesetzt hatte, sagte man mir an der Rezeption, dass ich in meinem Zimmer erwartet würde.

Ich staunte nicht schlecht, als ich auf Eriwan Eriwanowitsch traf, den ich doch ursprünglich erst in Moskau wiedersehen sollte. Wie hatte er mich in Sotschi gefunden?

»Wie geht es meinem Bruder Jakob?«, fragte ich arglos. »Er wird doch in Moskau hoffentlich wieder spielen können?«

»So wie es jetzt aussieht, chaben wir wenig Choffnung, dass das klappt«, sagte Eriwan Eriwanowitsch. »Dein Briederchen ist nämlich seit cheute spurlos verschwunden! Als russische Mannschaft ist angekommen in Chotel in Moskwa, war Jakob dabei, danach chat gefehlt!«

»Also ist er in Moskau verschwunden?«

»Da.«

»Ist ihm was passiert?«, fragte ich besorgt.

»Das wissen wir nicht. Wir chaben keinen Kontakt zu ihm.«

»Auch nicht Helga?«

»Chelga auch nicht. Sie war bei ihm bei Flug, aber wie alle Spielerfrauen darf sie nicht bleiben in Spielerchotel während Cup. Sie weiß von nichts. Aber sie chat gechabt von dir Flugverbindungen und so ich konnte finden dich!«

Mist! Ich hatte tatsächlich Helga auf dem Flug nach Sankt Petersburg meine Flugverbindungen gezeigt und die schlitzohrige Agentin hatte die Pläne wohl abfotografiert! Wie dumm!

»Und was willst du jetzt von mir?«, fragte ich und ahnte Unheilvolles.

»Du musst kommen mit mir nach Moskwa! Iibermorgen du wirst vertreten dein Briederchen in russische Mannschaft beim Spiel in Moskwa!«

»Njet!«, rief ich.

»Da!«, widersprach er.

»Njet!«

»Da! Du wirst spielen für Jakob Sergejewitsch Machbalrin. Du siehst aus wie Jakob Sergejewitsch Machbalrin, du kickst für Jakob Sergejewitsch Machbalrin und mit Mittelchen von deutschem Professor du schießt Tore wie Jakob Sergejewitsch Machbalrin!«

Moment!

Hatte Eriwan Eriwanowitsch da eben Professor Dohbingh gemeint? Also kannte er den Wissenschaftler tatsächlich! Mein Verdacht, dass Eriwan Eriwanowitsch und seine Helga den Professor kurz vor dessen Ermordung an seinem Institut abgeholt hatten, erhärtete sich.

Eriwan Eriwanowitsch ließ mir keine Zeit, darüber nachzudenken.

»Du chast keine andere Meeglichkeit, als für dein Briederchen zu spielen!«

Er grinste und zog einen Gegenstand aus seiner

Jackentasche, den ich als alter Westernexperte sofort als einen Trommelrevolver erkannte.

»Du weißt, was das ist?«, fragte Eriwan Eriwanowitsch.

»Ein Colt.«

»Ja, ein Colt«, stimmte er zu, »aber die russische Version!«

»Aha«, sagte ich tonlos.

»Ein Nagant. Schon mal gechert?«

Nein, noch nie gehört.

»Eine gute Waffe. Chat gute Dienste getan im Zarenreich Russland und in Sowjetunion.«

»Sechs Schuss?«, riet ich.

»Sieben«, verbesserte Eriwan Eriwanowitsch. »Ercheeht die Iiberlebenschance beim ›Russischen Roulette‹!«

Er drehte die Trommel geräuschvoll und hielt mir die Waffe hin. Ich legte keinen Wert auf erhöhte Überlebenschancen beim »Russischen Roulette« und wehrte dankend ab. Schweißperlen traten auf meine Stirn.

»Du willst nicht spielen mit mir ›Russisches Roulette‹?«, fragte er, legte die Mündung des Revolvers an seine Schläfe und betätigte den Abzug.

Klick!

Er lachte.

»Wir spielen schon immer gerne ›Russisches Roulette‹. Du bist dran!«

Er drehte die Trommel und hielt mir erneut die Waffe hin.

»Ich spiele schon immer lieber ›Mikado‹«, entgegnete ich.

»Wie du willst«, sagte er, richtete die Waffe auf mich.

Der Schweiß rann mir in Strömen über das Gesicht, ich spürte meinen Herzschlag und der Puls raste.

War das das Ende?

Hatte ich verspielt?

Er drückte ab.

Klick!

Ich atmete auf.

»Na, wie sieht es aus? Spielst du für dein Briederchen Fußball? Oder spielst du lieber noch einmal ›Russisches Roulette‹?«

Erneut zielte der Revolver auf seine Schläfe.

Klick!

Erneut hörte ich das Rattern, als er die Trommel drehte. Ich kannte das Geräusch, doch hatte es bei John Wayne nicht diesen bedrohlichen Unterton. Mein Mund war trocken, mein T-Shirt nass geschwitzt. Wieder zeigte der kurze Lauf des russischen Nagant auf mich.

Eriwan Eriwanowitsch visierte auf meine Stirn.

Ich sah das kreisrunde Loch in Gutwarts Kopf vor mir. Und im Schädel des Professors.

Er spannte den Hahn.

Sein Finger ruhte auf dem Abzug.

Langsam verstärkte er den Druck.

»Fußball!«, sagte ich.

Eriwan Eriwanowitsch nickte, öffnete die siebenschussige Kammer des Nagant und ließ eine Patrone auf den Boden fallen. Scheppernd rollte sie zu mir herüber und blieb vor meinen Füßen liegen. Er steckte den Revolver ein. Ich bückte mich und hob die Patrone auf. Das Ding war scharf!

»Das Kaliber«, ich wog die Patrone schwer in meiner Hand, »7,62?«

»Da! Nagant Revolver schießt mit Nagant Patrone 7,62. Wocher weißt du?«

Ich dachte an die Löcher in den Köpfen von Gutwart Pfost und Professor Dohbingh.

»Geraten«, sagte ich. »Reiner Zufall.«

FUSSBALL MUSS SAUBER BLEIBEN

Pünktlich um 14.30 Uhr stand ich an der Ecke Mezhdunarodnayastraße und Kazachyastraße, direkt am Parkplatz des Olympischen Parks in der Nähe des Fishtstadions und wartete auf Dr. Smrt.

Ich hatte schon den Parkplatz nach seinem Smart mit dem Sargdachgepäckträger abgesucht und am blauen Himmel über der Stadt nach Wallander Ausschau gehalten. Ich scannte alle vorbeidefilierenden Hunderassen ab, konnte jedoch unter den südrussischen Samojeden, Kaukasischen Owtscharkas und Siberian Huskys keine südafrikanische Tüpfelhyäne ausmachen. Ob sich der Pathologe und Bestatter auf dem Weg vom Ammelesbrünnle nach Sotschi doch verspätet hatte?

Meine Befürchtungen waren unbegründet.

»Ich habe mir noch eine kleine Fahrt in den Sotschier Nationalpark gegönnt. Wollte Wallander doch seine frei lebenden Verwandten zeigen. Da oben im Kaukasus gibt's jede Menge Gänsegeier und Bartgeier. Hätte ich allerdings gewusst, dass sich Wallander in einen Kaukasus-Königshahn verguckt, hätte ich die Expedition abgebrochen. Ich hab' dann mit Kurt noch einen Spaziergang über den Friedhof gemacht. Und was gibt's bei Ihnen Neues, junger Freund?«

Ich entschloss mich, ihm jetzt von meinem Bruder Jakob und meinem zweiten Auftrag zu berichten, und setzte ihn in der gebotenen Kürze von den neuesten Entwicklungen in Kenntnis. Ich erwähnte dabei auch Helga und Eriwan und äußerte meinen Verdacht, dass sich von Dohbinghs Zaubertrank seinen Weg schon bis in die Weite der russischen Taiga habe bahnen können. Smrt hörte ruhig zu, dann meinte er:

»Somit sollten wir nicht länger tatenlos in diesem Sotschi herumhängen, sondern lieber Ihren Herrn Bruder suchen!«, meinte Dr. Smrt und strich sich über das faltige Kinn.

»Und wie stellen Sie sich das vor? Haben Sie eine Ahnung, wie groß Russland ist?«, entgegnete ich.

»Na ja, wir können ja das östliche Sibirien und Kamtschatka mal weglassen und uns auf die anderen Gebiete konzentrieren. Ich habe das Gefühl, dass wir des Rätsels Lösung in Moskau finden«, mutmaßte er, »immerhin ist Ihr Bruder ja dort wohl verschwunden, wie dieser Eriwan doch behauptet hat.«

»Moskau trifft sich gut, das liegt ohnehin auf meinem Weg«, stimmte ich zu. »Ich muss aber zumindest heute Abend noch dem Deutschlandspiel beiwohnen. In einer Stunde holt mich Kaiser Franz im Hotel ab. Da ich seine wahre Rolle in unserem Fall noch nicht kenne, möchte ich keinen Verdacht erregen und sollte bis morgen bleiben. Und wie kommen Sie nach Moskau? Soll ich mich um einen Platz in meiner Maschine bemühen?«

»Ach was«, wiegelte er ab, »geschätzte 1500 Kilometer von hier, eine Kleinigkeit, wenn man bedenkt, wie lange ich von Bad Imnau bis Sotschi unterwegs war.«

»Können Sie Wallander und Kurt denn noch einmal eine so lange Autofahrt zumuten?«

»Das ist nicht das Problem. Sehen Sie, Kurt ist schon mal von Natur aus faul und verbringt sein halbes Leben in einer Höhle. Für ihn ist der Smartsitz genau das richtige Biotop. Und Wallander? Ich habe das Gefühl, dass er seine Aufgabe als Leichenspürvogel nicht mehr allzu ernst nimmt. Macht dauernd Ausflüge auf meine Kosten ohne Ergebnisse. Auf dem Weg hierher ließen seine GPS-Daten darauf schließen, dass er, als wir die Grenze von der Ukraine nach Russland überquert haben, kehrtgemacht hat und Richtung Schweden unterwegs war. Typisch Wallander. Hatte wahrscheinlich frische Rentierkadaver in der Nase. Und kurz vor Sotschi war er auf einmal wieder an Bord. Na ja, ich lass ihn fliegen. Er hat bisher immer zu Kurt zurückgefunden.«

»Mein Flug nach Moskau geht morgen früh. Wann wollen Sie los?«

»Ich starte gleich. Fußball interessiert mich nicht. Hier hält mich nichts mehr. Die Friedhöfe haben wir abgegrast, die Löffelliste abgehakt. Wir treffen uns – sagen wir mal – in 21 Stunden in Moskau.« Er blickte zur Uhr. »Das wäre also gegen Mittag. Wäre 12.00 Uhr für Sie okay?«

Ich nickte. Mein Spiel begann erst am Mittwoch um 18.00 Uhr, also hatte ich Zeit genug.

»Kennen Sie ein nettes Restaurant in der Stadt?«, fragte Smrt.

»Ja. Ich war dort mit Helga. Gleich links vom Kreml.«

»Alles klar, dann treffen wir uns da. Morgen Mittag um 12.00. Ach übrigens«, fügte er noch an, »das hätte ich fast vergessen. Ich habe im Handy von diesem Gutwart Pfost eine abgesandte Nachricht gefunden. Raten Sie mal, an wen!«

»Keine Ahnung!«

»An unseren Professor!«

»An von Dohbingh? Was hat er ihm geschrieben?«

»Warten Sie. Ich habe es mir weitergeleitet.«

Er suchte auf seinem Smartphone und ich las:

Lehne weitere Therapie ab. Unser Fußball muss sauber bleiben! Werde an die Öffentlichkeit gehen, um mein Gewissen zu erleichtern. GP.

»Oha! Starker Tobak. Wann hat Gutwart das dem Professor geschrieben?«, hakte ich nach.

»Laut Datum noch am Abend, bevor er starb«, sagte Smrt.

»Also Freitag!«, schloss ich.

»Genau. Und kurz darauf starb der Professor. Da wir sein Handy nicht gefunden haben, wissen wir nicht, ob er die Nachricht noch gelesen hat.«

»Und wenn sein Mörder sie gelesen hat?«

»Für wen könnte diese Nachricht ein Auslöser sein, um einen Mord zu begehen?«, fragte er.

»Oder zwei Morde! Pfost starb am Tag darauf!«

»Wie wahr! Absender und Adressat werden gemeuchelt. Die Nachricht ist somit die Spur zum Motiv …«

Smrt hatte das wohl richtig erfasst.

»Da gibt es für mich gleich drei Verdächtige: Diesen Eriwan, die Helga und – verzeihen Sie, wenn ich das so unverblümt sage, Ihren Bruder Jakob! Sie alle profitieren offensichtlich von dem Zaubertrank und wären ganz schön angeschmiert, wenn Gutwart oder der Professor geplaudert hätte.«

»Und nicht zu vergessen die Mannschaftskollegen von Pfost«, wandte ich ein. »Er wird nicht der Einzige sein, der den Zaubertrank gekostet hat, sonst hätte mich Kaiser Franz wohl kaum engagiert …«

Ich beschloss, diesem Verdacht heute Abend beim Spiel im Fishtstadion von Sotschi nachzugehen …

JOGIS ZWÖLF

Ich muss gestehen: Ich war mehr als beeindruckt!

Das Training mit Jogis Jungs war sensationell.

Anton Franziskus Kaiser hatte mich unter seine Fittiche genommen und mich als neuen »Medical Support Supervisor der deutschen Nationalelf« ins Fisht-Stadion von Sotschi eingeschleust, wo ich, gemäß meinem Auftrag, einfach die Augen offenhalten sollte, um Verdachtsfälle, die letzten Endes auf ähnliche Probleme wie bei Gutwart Pfost, den ermordeten aufstrebenden Torwart im erweiterten Kader, deuteten, sofort an den Kaiser zu melden.

»Du weißt ja, was grad bei den Russen los ist! Verdacht auf systematisches und staatlich gedecktes organisiertes Doping vor drei Jahren!«

»Ja«, ergänzte ich, »wer hätte das gedacht! Ausgerechnet im Fußball, wo es nie Doping gab und nie Doping geben wird!«

Ich kam mir vor wie ein Märchenerzähler.

»Ja. Gell. Die sauberste Sportart weltweit«, stimmte er mir im Brustton der Überzeugung zu. »Wenn man bedenkt, wie sonst überall manipuliert, kassiert und betrogen wird! Trotzdem: Was Besseres hätte uns ja gar nicht passieren können, um dich hier einzuschleusen!«

Ich selbst gefiel mir in meiner neuen Rolle, zumal ein wenig »medical support« der Mannschaft ja nicht schaden konnte, nachdem der ursprünglich für den Confed Cup nominierte Angreifer Leroy Sané wegen einer Nasenoperation ausfiel und auch Mittelfeldler Diego Demme, der noch vor wenigen Tagen beim Spiel gegen San Marino in der Mannschaft debütiert hatte, wegen Rückenproblemen zu Hause bleiben musste.

Zusammen mit dem unglücklichen Nachwuchstorwart Gutwart Pfost waren das schon mal drei Ausfälle und ich machte mich daher schon mal mit dem Gedanken vertraut, den Bundestrainer auf mein Talent aufmerksam zu machen, ohne ihm dabei zu verraten, dass es das Zauberwasser aus dem Labor von Professor Dr. Dohbingh war, das mich zum vortrefflichen und zielsicheren Schützen machte. In weiser Voraussicht hatte ich den Flachmann mit dem wertvollen Wässerchen eingesteckt, um mich asterixgleich zu stärken, falls sich für mich während des Trainings die Chance eines Ballkontakts böte…

So saß ich doch tatsächlich zwischen Jogi Löw und Assistenztrainer Thomas Schneider und beobachtete das Spiel der jungen Mannschaft.

Ich gebe an dieser Stelle noch einmal gerne zu, dass ich von Fußball ähnlich viel Ahnung habe wie ein Kamel vom Schlittschuhlaufen, doch die Chance, beim Aufwärmtraining der deutschen Elf neben dem Bundestrainer auf der Bank zu sitzen, wollte ich dann doch nicht ungenützt verstreichen lassen und versuchte mich an einigen Fachkommentaren und Ratschlägen:

»Die Skippies macht ihr doch auch wieder mit 7:0 platt, wie die San Marinos im WM-Qualifikationsspiel«, begann ich, meine Fußballkompetenz beim Bundestrainer anzubringen, doch ich entlockte ihm nicht einmal ein müdes Lächeln.

Konzentriert beobachtete er das Training seines Perspektivkaders, der in seiner Zusammensetzung aus alten Hasen und hoffnungsvollen Talenten die Grundlage der zukünftigen deutschen Nationalmannschaft bildete. Ich hatte meine Ohren gespitzt und erfuhr so, dass er unter anderem mit Bernd Leno aus Bietigheim-Bissingen, dem Rottweiler Joshua Kimmich, dem pfeilschnellen Stuttgarter Tim Werner und Sebastian Rudy aus Villingen-Schwenningen Jünglinge aus dem Ländle für den Confed Cup nominiert hatte.

Elfmetertraining war angesagt. Kimmich schoss die Kugel in einem hohen Bogen genau in die Torwarthandschuhe von Leno. Mir fielen dir Worte ein, die der Kaiser Franz zu Gutwart Pfosts Leistung als Torwart gesagt hatte: *Hat im Torwarttraining nicht einen Ball reingelassen, das war schon sensationell. Hat sogar alle Schüsse aus kurzer Distanz gehalten. Egal, wohin der Ball flog: Seine Hände waren schon da.*

Nun, Leno stand ihm da in nichts nach.

Rudy war der nächste Schütze, setzte das Leder jedoch ein paar Zentimeter links am Kasten vorbei.

»Da kickt heute Abend ja die Landjugend Baden-Württemberg gegen Asienmeister Australien« versuchte ich noch einmal, die Aufmerksamkeit des Schwarzwälder Bundestrainers auf mich zu ziehen. Ich verstand zwar nicht, was Jogi daraufhin in meine Richtung zischte, doch ich hatte das Gefühl, beim Bundestrainer verspielt zu haben, ohne auch nur einmal mit ihm in Blick – geschweige denn in Ballkontakt gekommen zu sein. Gelbe Karte!

Irgendwie verstand ich ihn. Die Kritiker waren in der Überzahl, alle maulten etwas von Debütantenball, Cup-Experiment, Bubenkader, zweiter Garde und B-Mannschaft. Ich würde ihm jetzt das Gefühl geben, dass ich an ihn glaubte!

»Mit der Mannschaft gewinnt Deutschland den Confed Cup«, sagte ich im Brustton der Überzeugung und erntete wenigstens ein beiläufiges Nicken von der Trainerbank.

»Dann hätten wir nur ein Problem«, fuhr ich fort: »Es ist noch nie ein Confed-Cup-Sieger im folgenden Jahr auch Weltmeister geworden!«

Rote Karte!

Als mir kurze Zeit später das Leder, von Mustafi ins Seitenaus gespielt, dann doch noch vor die Füße rollte, ergriff ich meine Chance und zog aus 24 Metern Torentfernung direkt ab. Irritiert starrte Jogi mich an, und sein Blick folgte sichtlich fasziniert dem Ball, der meterweit über Lenos Kasten flog und hoch oben in den Zuschauerrängen zwischen die leeren Sitze kullerte.

Anerkennendes Nicken und Schulterklopfen blieben aus und ich stellte entsetzt fest, dass ich vergessen hatte, einen Schluck aus dem Flachmann zu nehmen.

»Sie sehen ein bisschen aus wie der Machbalrin aus der russischen Mannschaft«, sagte jemand noch, nachdem Jogi das Training beendet hatte und die Spieler den Platz verließen. »Wenn Sie das Tor getroffen hätten, wäre der drin gewesen! Schade, dass die Mannschaftsaufstellung gegen Australien schon steht, und wir nicht zu zwölft kicken dürfen. Sonst könnten Sie glatt noch mitkicken…, als Mannschaftsclown!«

Ich bin mir heute nicht sicher, ob es Jogi war, der diese Worte sprach. Doch letzten Endes ist das egal. Chance vertan, Einzug in Jogis Zwölf verpasst! Zudem konnte ich Kaiser Franz absolute Entwarnung geben, was meinen Auftrag anbetraf.

So endete an jenem 19. Juni 2017 in Sotschi, als Jogi Löws junge Supermannschaft beim Confed Cup in Russland mit der Partie Australien – Deutschland ihr Auftaktspiel mit 2:3 gewann, meine Profifußballerkarriere.

VERWECHSLUNGSGEFAHR

Der Flug zum Moskauer Flughafen Sheremetyevo verlief unspektakulär, brachte mich jedoch in meinen Ermittlungen einen gewaltigen Schritt weiter:

Ich hatte beim Einchecken einen kurzen Blick auf mein Flugticket von Sotschi nach Moskau geworfen und dabei die Flughafencodes gelesen: AER – SVO. Die drei Buchstaben bezeichneten die Flughäfen Adler in Sotschi und Sheremetyevo in Moskau!

Demnach war Professor von Dohbingh einige Wochen vor seinem Tod in Russland gewesen. Aber aus welchem Grund? Um seinen Zaubertrank zurückzuziehen? Um sein eigenes Todesurteil zu fällen?

Eriwan Eriwanowitsch hatte mich in dem Hotel einquartiert, in dem auch Helga abgestiegen war, und ich beschloss, da ich bis zum Treffen mit Dr. Smrt noch Zeit hatte, der Geliebten meines Bruders einen Besuch abzustatten. Vielleicht war Jakob inzwischen aufgetaucht und mein aktiver Einsatz als Ersatzspieler in der russischen Sbornaja hatte sich erledigt.

Ich traf Helga in der Hotellobby an, wo sie mit von Tränen gerötetem Gesicht in einer Sitzecke hing und sich dem Wodka hingab.

»Heljetschka! Täubchen!«, begrüßte ich sie und nahm sie in den Arm. »Sie weinen? Gibt es schlechte Nachrichten? Haben Sie etwas von meinem Bruder Jakob gehört?«

Helga zog ein Taschentuch aus ihrer Jacke und begann sich heftig zu schnäuzen.

»Ach, Kommissar Zufall, Sie wissen ja gar nicht, was ich mir für Sorgen mache«, schluchzte sie und ich versuchte vergeblich, sie zu trösten.

»Also haben Sie nichts von Jakob gehört?«

»Nein. Er ist immer noch verschwunden. Und wir machen uns große Sorgen.«

Sie sah mich mit tränenfeuchten Augen an.

»Ich glaube, Sie sollten jetzt die Wahrheit erfahren«, sagte sie und ergriff meine Hände.

»Sie erinnern sich an den Überfall auf Sie in Moskau, in dieser Unterführung?«

»Ja. Diese Kerle, die mein Geld wollten …«

»Die wollten nicht Ihr Geld. Die wollten Sie töten. Diese Worte, nach denen Sie mich damals fragten …«

»Eto yego und ubit?« Ich hatte diese Laute nicht vergessen können.

»Ja. ›Das ist er! Tötet ihn!‹ Das war kein Spaß. Man wollte nicht Ihr Geld. Man hat versucht, Sie umzubringen.« Sie zögerte und fuhr dann fort: »Weil man Sie für Ihren Bruder hielt.«

»Sie meinen, man wollte meinen Bruder umbringen?«

Sie nickte und schüttelte sich schluchzend.

»Ich habe solche Angst, dass sie das wieder versucht haben. Und dieses Mal vielleicht mit Erfolg.«

»Aber warum? Aus welchem Grund?«, fragte ich. Ich hatte diesen Verdacht ja auch schon gehegt, und ihn nach dem Tumult auf dem Platz vor dem Stadion in Sankt Petersburg ja auch schon Eriwan Eriwanowitsch mitgeteilt.

»Es muss etwas mit den Medikamenten zu tun haben, die er angeblich einnimmt«, antwortete sie.

»Derentwegen ich für ihn zur Dopingkontrolle muss?«

»Nein. Das ist es ja gerade. Ihr Bruder hat diese Medikamente nie genommen. Er hat nie gedopt!«

»Aber warum ... bin ich dann hier?«, fragte ich und hinten, ganz weit hinten in meinen Gehirnwindungen, kristallisierte sich der wahre Grund heraus und ich ahnte dunkel und düster, weshalb mich Eriwan Eriwanowitsch, als Doppelgänger meines Bruders Jakob, in Wirklichkeit engagiert hatte.

»Ich sollte ... als Zielscheibe für seine Mörder dienen?«, fragte ich, obwohl ich es kaum wagte, diesen Satz auszusprechen.

»Sie haben mich engagiert, weil jeder mich für Jakob halten könnte, auch seine Mörder?«

Sie nickte.

Unglaublich!

»Das ist nicht wahr!«, versuchte ich, die neue Erkenntnis zu verdrängen.

»Doch. Wir haben keine andere Möglichkeit gesehen. Seit Jakob entschlossen war, mit dem Dopingangebot an die Öffentlichkeit zu gehen, versuchte die Dopingmafia, ihn zum Schweigen zu bringen.«

»Und Sie glauben, dass es ihnen dieses Mal gelungen ist?«

»Es sieht leider fast so aus. Und jetzt mache ich mir auch noch Sorgen um Eriwan Eriwanowitsch.«

»Um ihn? Warum?«

»Ach, dieser Möchtegernheld! Hat sich in den Kopf

gesetzt, den Mördern eine Falle zu stellen! Er ist heute weggefahren, ich weiß nicht, wohin.«

Ich konfrontierte sie mit der Wahrheit über ihren *Helden* und sagte:

»Eriwan hätte mich fast umgebracht. Wir haben ›Russisches Roulette‹ gespielt.«

Sie lachte.

»Ach dieser Kindskopf. Nie hört er damit auf. Er versucht es immer wieder!«

»Bis er es mal nicht mehr überlebt«, konterte ich.

»Quatsch! Sein Revolver ist ein Imitat. Eine Spielzeugwaffe.«

»Ein bayrisches Schreckschusspatronen-Kinder-Apatschengewehr für den Fasching?«, fragte ich und befürchtete schon, dass auch Kaiser Franz plötzlich noch in die Mordserie verwickelt war.

»Nein. Ein billiger Nachbau aus Plastik. Mit dem können Sie nicht mal einen Regenwurm zerquetschen.«

»Und die Patrone?«

»Alter Taschenspielertrick. Die steckt er sich vorher in den Ärmel. Eriwan Eriwanowitsch trat damit früher im Russischen Staatszirkus auf. In einer Clownnummer, Kunstschütze und Zauberer. Bis ihm einer mal einen echten Nagant mit einer echten Patrone im siebten Fach unterjubelte. Eriwan hatte Glück. Der Revolver hatte Ladehemmung, der Schuss löste sich zu spät und traf einen russischen Zirkuselefanten, der mit der nächsten Nummer dran gewesen wäre. Eriwan Eriwanowitsch kam mit dem Schrecken davon, der Elefant hat sich aber später gerächt und stand ihm zur Strafe eine halbe Stunde lang auf dem Fuß. Eriwan hatte alle fünf

Zehen gebrochen und landete im Krankenhaus. Da lernten wir uns kennen. Seitdem trat er nie wieder im Zirkus auf, spielt aber hin und wieder »Russisches Roulette«, um sich an die alten Zeiten zu erinnern. Der Schuss, den man dabei hört, kommt per Schreckschuss-App von seinem Smartphone.«

»Und der Elefant?«, fragte ich.

»Wurde mit der Nummer berühmt. Ist bis heute der einzige Elefant weltweit, der eine Kugel aus einem auf ihn zielenden Revolver mit dem Rüssel auffängt. Und bekam eine Hauptrolle im Film mit dem Hundertjährigen.«

Eriwan Eriwanowitsch, ein Taschenspieler und Zirkusclown. Ich sah ihn vor mir. War er wirklich der *Möchtegernheld*, für den ihn Helga hielt? Oder steckte in Wirklichkeit er hinter den Morden an Gutwart Pfost und Professor von Dohbingh und war jetzt dabei, die Überreste meines Bruders zu beseitigen?

Ich beschloss, Helga auf den Zahn zu fühlen, und fragte sie nach Professor von Dohbingh.

Sie sah mich entsetzt an.

»Sie kennen den Professor?«, fragte sie. »Woher?«

»Wenn Kommissar Zufall ermittelt, bleibt ihm nichts verborgen«, antwortete ich. »Was wollten Sie von ihm, als Sie ihn an seinem Institut abholten, Sie und Eriwan Eriwanowitsch?«

»Das wissen Sie auch?«, entfuhr es ihr.

»Ich weiß noch mehr«, fuhr ich fort. »Ich weiß, dass der Professor kurz darauf ermordet wurde, erschossen, wie Gutwart Pfost, der deutsche Keeper. Und sagen Sie bitte nicht, dass Sie das nicht wussten!«

Ihr Blick war starr.

»Von Dohbingh ist ... tot ...?«, murmelte sie. Ich nahm ihr weder die Überraschung noch das gespielte Entsetzen ab. Für mich stand fest, dass sie den Professor gekannt hatte, ebenso wie Eriwan Eriwanowitsch.

Wahrscheinlich hatten sich die beiden mit ihm an jenen drei Tagen in Russland getroffen, und ein millionenschweres Geschäft abgeschlossen. Wenn es stimmte, dass Pfost vorhatte, an die Öffentlichkeit zu gehen und dabei auch der Dopingprofessor ins Wanken geraten war, hatten die beiden durchaus einen Grund, Pfost und von Dohbingh aus dem Weg zu räumen.

Ich hielt das Ganze für einen ausgeklügelten Plan, um das Dopingmittel des Professors an sich zu reißen und dabei von sich abzulenken. Ich musste mich vorsehen, da ich dem Duo auf die Schliche gekommen war.

Was nicht dazu passte, waren die angeblichen Mordanschläge auf Jakob und das Attentat auf mich. Ich war mir daher sicher, dass dies ein plumpes Ablenkungsmanöver war. Doch war ich erfahren genug im Umgang mit Gaunern und Ganoven, um auch das zu durchschauen. Der gedopte Jakob war der Trumpf in ihrem Spiel, ich kannte die Höhe seiner Ablösesumme, dafür konnte man schon einen Mord, oder gar zwei, begehen. Und jetzt hatten sie Bruder Jakob mal kurz aus der Schusslinie gezogen, bis Gras über die Sache gewachsen war und ich sollte ihnen dabei auch noch helfen!

Doch die Mitleidsmasche zog bei mir nicht. Ich glaubte weder an das Verschwinden Jakobs noch an die Heldenhaftigkeit Eriwan Eriwanowitschs.

Helga gegenüber gab ich vor, mich auf das Fußballspiel vorzubereiten, und verließ das Hotel. Ich hatte nur eine Chance, die Wahrheit zu entdecken: Ich musste Jakob finden, und zwar lebend!

WO IST DAS AASILEIN?

Smrt war auch in Moskau pünktlich. Ich berichtete ihm von meiner Begegnung mit Heljetschka und von meinen Zweifeln an ihren Schilderungen.

»Ich gebe Ihnen recht«, stimmte Smrt zu. »Wir müssen Jakob finden.«

»Wo sollen wir jetzt mit der Suche beginnen?«, fragte ich etwas verzagt.

»Das ist in der Tat ein wenig problematisch, so ganz ohne Wallander. Er ist mal wieder von unserem Kurs abgewichen und segelt über Lettland wieder in unsere Gefilde. Ich fürchte nur, es könnte ein bisschen knapp werden vor dem Spiel. Aber wir haben ja noch Kurt!«

Er kraulte die Hyäne, die sich unter den Tisch gelegt hatte und ihn mit triefenden Lefzen, aus schiefen, eitergelben Augen ansah, zwischen den ausgefransten Hängeohren. Momentan sah Kurt nicht so aus, als ob er uns bei der Suche nach Jakob eine Hilfe sein könnte.

»Gibt es etwas, was wir ihm als Köder vor die Nase halten könnten? Etwas, das nach Jakob riecht?«

Ich dachte angestrengt nach. Sein Fußballtrikot wartete in der Garderobe der Sbornaja auf mich und ich hatte sonst nichts bei mir, das nach Jakob duftete.

»Wenn man wüsste, nach welchem System der Mörder vorgeht. Oh, verzeihen Sie, wertester Herr Kollege«, entschuldigte sich Dr. Smrt, »es wäre natürlich zu hoffen, Ihren Bruder wohlbehalten vorzufinden. Ich weiß, ich spreche gerade so gänzlich gegen mein Geschäftsgebaren, natürlich wäre mir – rein geschäftlich – mit einer Leiche mehr gedient, jedoch muss man nicht gleich übertreiben, und immerhin fahre ich ja schon einen Toten durch die russische Gegend.«

»Lassen Sie's gut sein«, sagte ich, »ich bin Realist genug, um zu wissen, dass ich meinen Bruder Jakob wahrscheinlich nicht mehr lebend finden werde, obwohl die Hoffnung zuletzt stirbt. Und was Sie eben sagten, sollten wir zu Ende denken: Nach welchem System geht der Mörder vor. Und zwar die Tatorte betreffend!«

»Sie meinen, es gibt da einen roten Faden?«

Ich nickte heftig.

»Was, bitteschön, soll denn der rote Faden zwischen einem Fußballacker und dem Ammelesbrünnle sein?«

»Na, denken Sie doch mal nach, wertester Herr Kollege!«, forderte ich ihn auf und benützte dabei seine Worte.

»Na ja, für einen Fußballer dürfte ein Fußballplatz ja nichts Ungewöhnliches sein. Aber ein Professor an einem Waldteich?«

Ich sah ein, dass ich so nicht weiterkam, und versuchte einen anderen Weg:

»Unser Mörder hat seine beiden Opfer erschossen. Gut gezielt, mitten in die Stirn. Stimmt's?«

»Wie der ›Geist des Llano Estacado‹ bei Karl May«, pflichtete Smrt mir bei.

»Das heißt doch, er hat nicht im Affekt geschossen, sondern in Ruhe gezielt.«

»Ah, jetzt weiß ich, worauf Sie hinauswollen! Der Mörder hat auf sein Opfer gewartet. Wie der Jäger auf dem Ansitz. Und wie der Jäger den Wildwechsel kennt, über den das Wild regelmäßig zieht, kannte unser Mörder Orte, an die seine Opfer regelmäßig kamen.«

»Richtig. Daisy hat mir erzählt, dass der Waldteich einer der Lieblingsplätze ihres Vaters war.«

»Und der Fußballplatz ist einer der Lieblingsplätze des Fußballers.«

»Genauso ist es.«

»Man hat die Leichen also immer an ihren Lieblingsplätzen gefunden, stimmt's? Dann brauchen wir jetzt nur noch den Lieblingsplatz Ihres Bruders hier in Moskau!«

Ich nickte traurig. Dann sagte ich:

»Ich hab' da so eine Idee …«

Der Lossiny-Ostrow-Nationalpark liegt im Nordosten von Moskau und seine Sümpfe und Wälder gehen weit über das Stadtgebiet hinaus.

»Und wie sollen wir in diesem Ursumpf und Urwald zwischen all den Elchen und Taigawölfen, die sich dort womöglich tummeln, meinen Bruder finden?«, hatte ich Smrt resignierend gefragt, als wir Jakobs Lieblingsplatz endlich auf dem Moskauer Stadtplan identifiziert hatten. Das war gar nicht so einfach gewesen, denn Helga hatte mir keinesfalls den Nationalpark oder überhaupt einen Park genannt, sie hatte vielmehr eine *Insel* erwähnt.

»Wenn wir in Moskau sind«, hatte sie zu Brüderchen Jakob gesagt, *»zeigen wir deinem Bruder die ›Elchinsel‹. Da bist du doch so gerne, und vielleicht gefällt es ihm ja auch …«*

Nun finde einer mal eine »Elchinsel« in einem kyrillischen Stadtplan von Moskau! »Ostrov« heißt »Insel«, gut, genauer gesagt, »остров«, das geht ja noch. Aber »Elch« auf Russisch heißt »Amerikanskiy Los«, und von einer »Amerikanskiy Los«-Insel ist in ganz Moskau nichts zu finden. Nun ja, hier zeigte sich mal wieder die geniale Spürnase von Dr. Smrt von ihrer besten Seite: Mithilfe der modernen Computertechnologie fand er doch tatsächlich heraus, dass es in Moskau eine Insel namens »Losínyy Óstrov« gibt, genauer gesagt einen Nationalpark dieses Namens, den man auf Deutsch »Elchinsel« nennt!

»Und gibt es da auch welche?«, fragte ich.

»Elche?«

»Ja. Wenn die Insel schon so heißt.«

»Ja. Das war zur Zarenzeit ein erstklassiges Jagdgebiet. Noch heute gibt es dort Wildschweine, Nerze, Biber und auch Elche. Steht alles hier nachzulesen!«

Er deutete auf den kleinen Bildschirm seines Smartphones, mit dessen Hilfe er recherchiert hatte. Ich benutze derlei modernes Zeug ja nicht. Schuster, bleib bei deinem Leisten, denke ich. Ein Handy ist ein Handy und ein Computer ein Computer. Ich habe mein kleines, schnurloses Motorola zum Telefonieren und basta. Kein dauerndes Gezirpe und Gepiepe durch Wotsäpp. Ich benutze ja auch meinen Toaster nicht als Bügeleisen oder den Staubsauger als Kaffeemaschine. Obwohl beides sicher rein technisch umsetzbar wäre.

Doch hier, fern der Heimat, in der weitläufigen Tundra rund um Moskau, hatte Smrts Smartphone durchaus seinen Sinn. Er holte sich sogar über eine Naviäpp die Route auf den Schirm und nach etwas mehr als einer halben Stunde hatten wir die Ausläufer der Elchinsel erreicht.

»Und jetzt?«

Wir hatten am Rand eines Wäldchens angehalten und waren ausgestiegen.

»Ein Waldspaziergang!«, schlug Dr. Smrt gut gelaunt vor.

»Wissen Sie, wie weitläufig das Wäldchen ist?«, fragte ich zögernd.

»120 Quadratkilometer«, kam es, wie aus der Pistole geschossen.

»120?«, echote ich. »Wissen Sie, wie groß das ist?«

»Ja. 60-mal größer als Monaco. Aber auch 100-mal kleiner als die Falklandinseln. Oder tausendmal kleiner als Nordkorea. Oder zehntausendmal kleiner als Südafrika. Also sollten wir uns freuen, dass Jakobs Lieblingsplatz dieses Wäldchen ist, und nicht Nordkorea. Auf geht's, junger Freund, unverzagt ans Werk, Sie müssen morgen im Stadion sein!«

Er schritt zum Heck des Smart und entließ Kurt in die freie Wildbahn.

»Keine Angst«, sagte er dabei, »wenn es hier im Umkreis von 100 Kilometern ein saftiges Stückchen Aas gibt, wittert Kurt das und führt uns hin.«

Und zu seiner Hyäne sagte er aufmunternd:

»Los, Kurt, such das Leckerli! Wo ist das Aasilein, ja, such was Feines, meine Süße, suuuuuuch!«

Und mit triefenden Lefzen enteilte die Hyäne in den dichten Fichtenwald von Losínyy Óstrov und hatte sich schon bald unseren Blicken entzogen.

Dafür huschte der von Dr. Smrt über den Bildschirm seines Smartphones, auf dem er die HSV-Peilung von Kurt nachverfolgen konnte. Ein kleines Mikrofon in Kurts Halsband übertrug die Laute der Hyäne.

»Hyänen korrespondieren untereinander äußerst individuell«, erklärte Smrt. »Ihre Lautäußerungen können allerlei Informationen beinhalten, von Artgenossen, deren Geschlecht und Alter und natürlich über deren Rang im Rudel. Das ist für diese Wesen ein wichtiges Mittel, um sich Futter zu teilen und den Nahrungserwerb zu organisieren.«

»Und Sie verstehen das Gewinsel, das wir da grade von Kurt hören?«, fragte ich ungläubig.

»Na klar«, antwortete er, »ich habe mir selbst Hyänisch beigebracht. Dabei waren die Vokabeln noch das Einfachste, fast wie bei der Buschmannsprache. Die Grammatik allerdings ist hochkomplex, fast wie im Hochdeutschen, ähnelt aber mehr dem Flachjapanischen.«

Er grinste und spitzte die Lippen, um ihnen ein schauerliches Jaulen zu entlocken, das sich wie »Jouhouwouhouuuuu!« anhörte.

»Haben Sie das gehört?«, fragte er. »Derselbe Laut kann, wenn er in einer anderen Klangstruktur wiedergegeben wird, dabei in der Geschwindigkeit erhöht und in der Tonfolge um eine kleine Terz vermindert wird, etwas ganz anderes bedeuten: Jouhouwouhouuuuu!«

Ich nickte zustimmend, obwohl ich in den beiden hyänischen Lauten nicht den geringsten Unterschied wahrgenommen hatte.

»Was wir gemeinhin als Lachen abtun, ist in Wirklichkeit auf Hyänisch meist nur von wenig Heiterkeit gekrönt, zumal Hyänen nach neuesten wissenschaftlichen Erhebungen nur wenig Sinn für Humor haben, im Gegensatz zum Schakal beispielsweise. Aber wir sollten uns besser auf Kurt konzentrieren«, meinte er und lauschte angestrengt der Klangstruktur des Kicherns aus seinem Smartphone.

»Hören Sie das?«, fragte er plötzlich aufgeregt. »Mit diesem Käckern fordert Kurt Verstärkung an, wenn er mit seinem Futterhappen allein nicht fertig wird. Wir haben Glück, das ist nur 500 Meter von hier! Auf geht's, schreiten wir tüchtig aus, bevor das possierliche Tierchen uns nur noch die Knochen übrig lässt!«

Wenige Minuten später fanden wir ihn.

Man kann sich meinen Schrecken sicher ausmalen, als ich den lang ausgestreckt auf der Lichtung liegenden Körper entdeckte, neben dem Kurt hämisch hechelnd und hyänisch sabbernd Platz genommen hatte. Bruder Jakob trug das blutrote Trikot der russischen Nationalmannschaft und sein Kopf steckte, wie der von Gutwart Pfost, im aufgeschlitzten Fußball der Russland-WM 2018.

»Oh Gott, wir sind zu spät gekommen!«, stieß ich entsetzt aus und kniete mich neben die Leiche meines Bruders.

Smrt trat neben mich und tätschelte meine Schulter.

»So ist das Leben, junger Freund«, sagte er tröstend, »des einen Leid, des andern Freud. Sehen Sie, für eine Hyäne ist der Anblick einer Leiche Grund zur Freude, fast möchte man ihr Sabbern als eine Spielform von Freudentränen bewerten, während Ihnen die Tränen der Trauer entströmen. Doch lassen Sie uns zunächst die Arbeit des Fußball-Wms hinter uns bringen, um sicher zu gehen, dass Kurt sich zurecht freut und Sie zurecht Tränen vergießen.«

Ich nickte stumm und trat zurück, um dem Pathologen Platz für sein trauriges Handwerk zu machen. Beherzt griff er zu, da er ja dieses Mal keine unangenehme Überraschung unter dem Fußball zu befürchten hatte, zog die unförmige Ballhülle schmatzend über den Kopf nach vorn und wir starrten in das leichenblasse Gesicht Eriwan Eriwanowitschs!

In der Mitte seiner Stirn leuchtete kugelrund das Einschussloch. Kaliber 7.62, das mochte ich wetten.

»Ich vermisse jede Ähnlichkeit mit Ihnen«, gab Dr. Smrt zu bedenken, »also ist wohl davon auszugehen, dass dies nicht Ihr werter Zwillingsbruder ist?«

Ich schluckte trocken und bejahte.

»Das ist der Mann, der mich engagiert hatte, um Jakobs Doping zu tarnen.«

»Der, von dem Sie sagten, er wolle dem Mörder eine Falle stellen?«

»Ja.«

»Nun, das hat er dann ja wohl gründlich versemmelt, was?«

»Allerdings.«

Ich überließ den Toten den Untersuchungen des Pathologen und ging ein paar Schritte in den Wald.

Was mochte sich hier zugetragen haben?

Hatte Eriwan Eriwanowitsch versucht, sich als mein Bruder auszugeben und deshalb sein Trikot getragen? Doch warum hatte der Mörder die Verwechslung nicht erkannt?

War es dunkel gewesen? Und doch nicht dunkel genug für einen sicheren Schuss? Oder hatte der Mörder nicht gewusst, wie Jakob Sergejewitsch Machbalrin in Wirklichkeit aussah? Das war äußerst unwahrscheinlich.

Ich kehrte nach wenigen Minuten zu Dr. Smrt zurück, der sein Besteckköfferchen neben Eriwan Eriwanowitsch abgestellt und für Kurt zur Belohnung einen »Kalten Hund« ins Gras gelegt hatte. Diese russische Wurstspezialität, auch als »Sladkaja Kolbaska« oder »Süße Blutwurst« bekannt, ersetzte hier die sonst übliche Büchsenkost. Genüsslich schlabberte die Hyäne ihr Leckerli und sabberte weiße Fäden auf die ›Elchinsel‹.

»Ich hab' da was in seiner Jacke gefunden. Nicht uninteressant«, sagte Dr. Smrt und reichte mir ein russisches Yotaphone.

»Das ist sein Smartphone. Ich hab mir die letzten Einträge auf seinen Vks angesehen.«

»Vaukas?«, fragte ich.

»VK steht für Verbindungen oder Kontakte. Ist so was wie ein russisches Fatzebuck.«

Ich besah mir das Teil, das sogar auf der Rückseite einen Monitor besaß. Smrt fuhr fort:

»Eriwan Eriwanowitsch hat was im russischen Fatzebuck gepostet. Hier auf Kyrillisch, aber ich habe es über die Sprachfunktion in Deutsch umgewandelt. Lesen Sie selbst!«

Er reichte mir das Yotaphone und ich entzifferte die kleinen Buchstaben:

Jakob Sergejewitsch Machbalrin ist wieder da! Treffpunkt heute Losínyy Óstrov.

»Er hat tatsächlich seinen Mörder selbst eingeladen«, murmelte ich.

»Schon möglich«, pflichtete Dr. Smrt mir bei, »bleibt nur die Frage, welcher der vielen User es ist!«

»Auf alle Fälle hat die Idee mit seiner Falle geklappt. Nur hat der Mörder den Falschen umgebracht«, bemerkte ich trocken.

»Was im Umkehrschluss zweierlei bedeuten dürfte«, kombinierte Dr. Smrt.

»Nämlich?«, fragte ich.

»Nun, zum einen, dass Ihr Bruder wohl noch leben dürfte und sich hoffentlich bester Gesundheit erfreut.«

»Und zweitens?«

»Dass unser Mörder bei nächster Gelegenheit noch einmal zuschlagen wird!«

Smrt sagte das in seinem eigentümlichen Tonfall und setzte dabei dieses Grinsen auf, das mir an dem alten Leichenbestatter immer schon unheimlich vorgekommen war. Und prompt fuhr er fort:

»Ich finde, es wäre jetzt an uns, dem Mörder eine Falle zu stellen. Ich traue uns zu, dass wir es schlauer anstellen als dieser Eriwan. Was meinen Sie?«

Ich gebe zu, dass mir meine Begeisterung nicht gerade aus dem Gesicht sprang.

»Schlauer als Eriwan?«, fragte ich zögernd.

»Ja. Um es zu überleben. Wann und wo ist das nächste Russlandspiel? Ich meine, nach heute Abend?«

»Am Samstag in Kasan. Da kicken morgen auch die Deutschen.«

»Na also, nichts wie hin! Das sind gerade mal 825 km. Zwölf Stunden, ein Kinderspiel.«

»Und was machen wir mit ihm?« Ich deutete auf Eriwan Eriwanowitsch.

»Ich finde, wir sollten sein Ableben noch geheim halten. Wir legen ihn zum Professor aufs Dach. Vielleicht schaffe ich es doch noch irgendwann, die Erfindung des Doppelsargs patentieren zu lassen.«

Smrt war jetzt ganz in seinem Element und erläuterte mir auf die Schnelle seine neueste Geschäftsidee:

»Sämtliche Transportmittel sind heutzutage als Zweisitzer erhältlich, ob Motorrad, Auto sowieso, selbst Rikscha und Fahrrad, das man dann Tandem nennt. Auch sonst ist unser ganzes Leben auf traute Zweisamkeit ausgelegt. Ob in Bus oder Bahn, überall sitzt man zu zweit nebeneinander, selbst unter wildfremden Leuten. Skilift, Gondel, Tretboot, immer schön zu zweit, man schläft im Doppelbett, isst am Zweiertisch, selbst Schuhe, Socken und Wiener Würstchen sind gewöhnlich nur paarweise zu bekommen.«

Er holte Luft und fuhr fort:

»Wissen Sie, im Zeitalter von Internet und Globalität ist auch mein Geschäft härter geworden. Selbst der Tod geht online, Sie sollten sich mal meine neue Homepage ansehen. www.Smrtforlasttravel.com. Dort finden Sie auch meinen erweiterten Slogan: ›Wer den letzten Weg heut geht, fährt mit Smrt im Internet!‹. Das spricht vor allem die Jugend an. Die Kunden von morgen.«

»Finden Sie nicht, dass das ein bisschen übertrieben ist?«

»Nö. Mein Last-Minute-Angebot ›Freund gefunden – auch für unten‹ ist der Megarenner!«

»Und wie genau wollen Sie dem Mörder eine Falle stellen?«, unterbrach ich seine Geschäftseuphorie. »Auch im Internet?«

»In der Tat! Wir kopieren die Idee dieses armen Eriwan. Wir haben seine ›Yotaphone‹-Vertriebswege und seinen ›VK‹-Verteiler. Alle Beteiligten erhalten auf demselben Weg noch einmal eine Einladung. Wenn der Mörder darunter ist – und davon können wir ausgehen – wird er hoffentlich darauf hereinfallen. Ich denke mir einen netten, ansprechenden Text aus!«

Smrts Gedanke hatte was.

»Vor allem aber«, ergänzte er jetzt, »sollten wir die Frauen nicht außer Acht lassen.«

Er zeigte auf die Spuren neben der Leiche.

»Das sind eindeutig Stiefeletten mit hohen Absätzen. Frauenschuh. Und ich meine nicht die Orchidee, sondern womöglich eine Mörderin!«

»Eine Frage noch«, bemerkte ich und starrte auf die Fußabdrücke, »wer soll den Lockvogel spielen?«

»Sie, junger Freund!«, sagte Dr. Smrt und strahlte übers ganze Gesicht, »wer denn sonst?«

LATTENSCHUSS

Offen gestanden: Ein bisschen nervös war ich schon. Oder, mit anderen Worten gesagt: Mir ging ganz schön die Düse! Man erlebt es ja auch nicht alle Tage, dass man als verdeckter Ermittler als Mittelstürmer in einem Confed-Cup-Fußballspiel eingesetzt wird, und dann auch noch in der russischen Sbornaja beim Spiel gegen die »Seleção das Quinas«, wie man die portugiesische Fußballnationalmannschaft nannte…

Außer einem Schluck *Aqua collineandi* hatte ich ja keinen Trumpf im Ärmel, und den konnte ich nur ausspielen, falls es mir irgendwann mal gelang, in Ballbesitz zu kommen. Und ehrlich, das ist gar nicht so einfach, wenn elf gegnerische Profis und zehn von der eigenen Mannschaft in einer Höllengeschwindigkeit um dich rumwuseln und du das Reaktionsvermögen einer Stubenfliege brauchst, um überhaupt einmal die Nähe des Balles auch nur zu erahnen. Ich besitze eher das eines Dreizehenfaultiers und habe zudem sowieso, was Fußball angeht, weder Technik noch Ahnung.

Ich hatte zwar das FIFA-Regelbuch studiert und wusste, weshalb ich inmitten von 21 weiteren erwachsenen Männern 90 Minuten um einen kugelrunden Ball zu kämpfen hatte, ahnte, wie Freistoß, Elfmeter und sogar Abseits funktionieren und hatte mir eingeimpft, dass ich in der zweiten Halbzeit (die ich dann – aber dazu komme ich noch – gar nicht mehr spielen durfte) plötzlich auf das andere Tor zu zielen hatte. Problematisch allerdings waren – für mich als Rotgrünverwechsler – die Trikotfarben der beiden Mannschaften: rot für uns Russen gegen die grünen Portugiesen. Ich hatte daher das Problem, immer erst den Namen auf dem Rücken des Spielers lesen zu müssen, bevor ich den Ball abgab. Hier hätte mir eine kyrillische Beschriftung der russischen Trikots wertvolle Hilfe geleistet, so musste ich mich immer auf die Endung der Namen konzentrieren und konnte erst bei -ow, -in und -tschuk den Ball guten Gewissens weiterspielen.

Taktisch hatte ich ohnehin meine ganz eigenen Vorstellungen, doch hatte ich schon, als ich sie Jogi in Sotschi vorschlug, nicht den Eindruck, dass er darauf ansprang. Statt der üblichen 4-5-1 oder 4-3-3-Aufstellung plädierte ich für die 11-er Abwehrkette:

Meine Idee war es, mich mit den Jungs der Sbornaja in einer Linie vor dem Tor aufzustellen und wie beim Kufsteiner Lied im Münchner Hofbräuhaus schunkelnd unterzuhaken.

Ich hatte mit dem armen Eriwan Eriwanowitsch noch zu Lebzeiten gewettet, dass so kein gegnerisches Tor möglich wäre und sich zudem die Zahl der gelben und roten Karten sowie der Verletzungen gegen null reduzieren würde. Streng nach den Regeln der FIFA – inklusive Abseits – natürlich, die es ausdrücklich erlauben, alle elf Spieler in einer Schunkelreihe auf die Torlinie zu stellen.

Ausprobiert wurde es, zumindest bei einem internationalen Turnier noch nie, und ich empfand dies als großen Fehler, denn rein strategisch würde diese Taktik mit großer Wahrscheinlichkeit ein gegnerisches Tor verhüten. Zudem konnte, falls sich die Gegner zur selben Taktik durchringen würden, auch der rein sportliche und somit anstrengende Anteil eines Spiels auf ein Minimum reduziert werden. Überforderung der Mannschaft, Fehlentscheidungen des Schiedsrichters, Videobeweise bei Toren, Abnutzung des Rasens, all das könnte verhindert werden. Nach zweimal 45 Minuten entspannten Schunkelns vor den beiden Toren und der beim Stand von 0:0 unvermeidlichen Nachschunkelzeit, könnte man gechillt zum Elfmeterschießen übergehen und hätte am Ende doch ein klares und eindeutiges Ergebnis.

Nach Eriwan Erwianowitschs Ableben war ich auf Heljetschkas Übersetzung von Trainer Stanislaw Salamowitsch Tschertschessows Ansprache angewiesen. Helga war als FFiFA (Fachfrau in Fußballangelegenheiten) durchaus kompetent, und ihre Worte beraubten mich jeder Illusion: »Ihr spielt in der 5-4-1-Aufstellung.«

»Ist das was anderes als 08-15?« fragte ich daher enttäuscht zurück. Sie nahm mich beiseite und sorgte dafür, dass ich nicht ganz auf dem Rasen der Ahnungslosen ins Spiel torkelte.

»Tschertschessow baut auf Verteidigung auf. Und nachdem Ihr Brüderchen im Mittelfeld immer gerne nach vorne spielte, können Sie's ganz ruhig angehen lassen. Außerdem rückt Samedow neben Ihnen ins rechte Mittelfeld vor. Und Sie sind nicht der einzig Neue nach dem Spiel gegen Neuseeland: Shishkin und Kombarow spielen mit und Erokhin und Poloz dürfen auf die Ersatzbank. Also, wenn's dann einen Konter gibt, hauen Sie drauf!«

Und schon erklärte mir die Fachfrau in Fußballangelegenheiten, dass ein Konter ein rascher Gegenangriff nach einer gelungenen Abwehr sei.

»Und sonst halten Sie sich einfach an die Spielregeln«, empfahl sie mir.

»Ja, immer den anderen den Ball wegnehmen, nur in der eigenen Mannschaft weitergeben und nur aufs andere Tor schießen«, fasste ich zusammen.

»Sie wissen, die Sbornaja könnte heute schon ins Halbfinale einziehen. Wenn sie die Europameister platt machen, sind sie auf jeden Fall weiter! Also lassen Sie Ronaldo nicht aus den Augen!«

Ich versprach, mein Bestes zu geben. Immerhin stand der gute Ruf meines Bruders auf dem Spiel. Nachdem er in Sankt Petersburg gegen die Kiwis nicht gespielt hatte, war heute die Otkrytije Arena ausverkauft, weil Mittelstürmer Malbachrin wieder aufgestellt war!

Um es kurz zu machen: Die ersten Minuten kickte ich nicht aktiv mit. Ich sondierte meine Möglichkeiten und überprüfte meine Chancen. Und so hüpfte der Ball munter von der einen Mannschaft zur anderen, nicht mal Ronaldo behielt ihn bei seinem Gedribble bei sich. Vielleicht hatte er noch zu viele Steuern im Kopf! Ja, da kuckte der Europameister schon ziemlich dumm aus der Wäsche, als ich mich dann doch zur aktiven Spielteilnahme entschloss und ihm mal den Ball noch vor seiner Strafraumgrenze wegschnappte. Ich hatte mich einfach kurz fallenlassen und auf das Leder geworfen.

Leider war die Verwirrung nur von kurzer Dauer, dann rollte der Ball unter mir hervor, Abwehrkollege Fjodor sah ihn nicht, und Ronaldo, der sich jetzt doch unbeeindruckt von den Vorwürfen des Steuerbetrugs in Spanien zeigte, ergriff die Chance und Patsch! Sagte ich nicht noch zu unserem Keeper Igor: »Pass auf, der köpft!«, aber da ich nicht wusste, was »köpft« auf Russisch heißt, stand es eben jetzt 1:0 für die Portugiesen!

Was für ein Auftakt für die grünen Männchen!

Erstaunt registrierte ich die La-Ola-Welle unserer russischen Fans in der Otkrytije Arena. Ja hatten die denn nichts kapiert, oder was? Allmählich wurde es Zeit, das Jakob Machbalrin aktiv ins Geschehen eingriff, dachte ich bei mir und schielte nach dem Ball, der per Steilpass schon wieder auf Ronaldo zuschoss.

»Aufwachen!« rief ich meinen russischen Sportkameraden zu, als Ronaldo seelenruhig und ungestört auf unser Tor flankte, die Kugel aber Gott sei Dank über seinen Fußrücken rollte und nur auf unserem Außennetz landete.

Jetzt hatte auch Tschertschessow kapiert, dass hier was aus dem Ruder lief und gab uns irgendwelche wilden Zeichen von der Seitenlinie aus. Ich wusste damit nicht so recht etwas anzufangen und machte mir so meine eigenen Gedanken.

Zielwasser hatte ich genügend intus. Ich brauchte nur einmal den Ball, um ein Tor zu machen. Doch zunächst bekam Sportsfreund Denis seine Chance, die er beim Eckball gegen Portugals Bruno aber vergeigte.

Und ich sagte noch zu Denis: »Ziel nicht auf den Kopf des Torwarts, das bringt nichts! Ziel auf das Tor! Das ist erstens größer, und zweitens bewegt es sich nicht.«

Doch was nützen die besten Ratschläge, wenn die Kollegen sie nicht verstehen! Wenige Minuten später passierte es dann: Denis vergas kurz vor dem portugiesischen Strafraum sein Bein wegzuziehen, Portugals William haute es auf die Schnauze und Denis sah Gelb, da gab ich dem schwarzen Triller-Italiener Gianluca Rocchi vollkommen recht.

Keine fünf Minuten später rächte sich der portugiesische William für das Foul und stellte Denis das Bein. Diesmal pfiff der Pfiffikus auf die Gelbe Karte und pfiff nicht!

Jetzt hatte ich endgültig die Schnauze voll. Gerecht oder nicht, mir ging das sowas von gegen den Strich! Als dann Ronaldo gleich noch mal zuschlug und meinen Abwehrkollegen Wiktor austrickste, um das Leder aus kürzester Entfernung in Richtung unseres Kastens zu fetzen und es nur Dank Tor-Igor nicht 2:0 hieß, griff ich ein: Ich musste dem portugiesischen Steuerkicker gegensteuern! Wozu war ich denn in die Rolle meines russischen Brüderchens geschlüpft?

Also: Angriff Machbalrin!

Meine Freunde, – also natürlich die Freunde von Bruder Jakob – auf der Tribüne begleiteten meine ausgeklügelte Taktik mit einer La-Ola-Welle erster Güte. Ich schnappte mir die Kugel und rannte, was das Zeug hielt. Natürlich in Richtung des gegnerischen Tors. Vielleicht kam es mir zu Gute, dass ich in frühester Jugend zusammen mit meinem Großvater Russenkaninchen gezüchtet hatte. Von ihnen hatte ich gelernt, Haken zu schlagen und so eilte ich in russischer Kaninchenmanier im Zickzackkurs am Bollwerk der »Seleção das Quinas« vorbei Richtung Rui Patrício, scharf über die rechte Seite und hatte freie Schussbahn auf den Kasten! Keine Spur von Abseits, Gelber Karte oder anderen Hindernissen. Ich fixiere die portugiesische Latte, um den Ball knapp drunter – für den portugiesischen Keeper unerreichbar – einzulochen und zog voll ab.

»Góóóóóóóóól!« hörte ich die russische Menge jubeln!

Was für ein Schuss!

Was für ein Angriff!

Was für eine geniale Taktik!

Was für eine Chance!

Doch nein!

Mag es an der falschen Portionierung des *Aqua collineandi* gelegen haben, oder an der Krümmung der Erdoberfläche, ich hatte eine Spur zu hoch gezielt und der blöde Ball landete mit ungebremster Wucht auf der Querlatte des portugiesischen Tors, dass die aus billigem russischen Datscha-Holz gezimmerte Latte an der Stelle des Aufpralls barst und in zwei Teile zerbrach. Bedrohlich senkte sich der Balken nach unten, verfehlte um wenige Zentimeter den russischen Torwart, und blieb, vom Netz gehalten, in der Luft hängen. Die La Ola der Menge kannte keine Grenzen mehr. Das hatte noch keiner geschafft!

Doch selbst für ungewöhnliche Aktionen wie einen Lattenbruch hatte die Fifa klare Regeln aufgestellt: Von wegen Góóóóóóóóól! Schiedsrichterball von der Fünfmeterlinie wurde gegeben!

Hierbei ließ der schwarze Italiener den Ball auf der Fünfmeterlinie fallen, von wo aus ihn einer der Portugiesen auf gut Glück ins Mittelfeld schlug.

Ungewollt sorgte ich damit für eine offizielle Nachspielzeit von einer lächerlichen Minute am Ende der ersten Halbzeit, da der russische Hausmeister der Otkrytije Arena so lange brauchte, um die gebrochene Querlatte durch eine Lage Gaffaband zu kleben.

Stanislaw Salamowitsch Tschertschessow reagierte auf meine Glanzparade mit grimmigem Blick und meiner Auswechslung gegen Mittelfeldspieler Aleksandr in der zweiten Halbzeit. Ich war somit raus aus dem Spiel.

Somit war das endgültige Spielergebnis von 1:0 für Portugal und damit dessen Tabellenführung in der Gruppe A in Wahrheit nur auf die Materialermüdung der portugiesischen Torlatte in der Otkrytije Arena zurückzuführen und auch der spätere Gewinner des Confed Cups in Russland würde seinen Sieg allein diesem Fauxpas zu verdanken haben, das stand für mich fest.

Nur wegen der morschen Datschatorlatte hatte ich keine Gelegenheit mehr, die Sbornaja zum Sieg zu führen und mit ihr und meinem Bruder Jakob ins Halbfinale einzuziehen! Welch ein Jammer!

Wie hatte ein Sportreporter des russischen Privatsenders »Radio Ballimow« meinen Alleingang so treffend kommentiert:

»Wenn die Sbornaja mal einen ihrer seltenen Angriffe startet, wird es sofort laut. Die zweite La Ola rollt über die Tribüne. Jakob Machbalrin jagt mit hohem Tempo an drei Gegnern vorbei und dringt Haken schlagend in die portugiesische Hälfte vor. Erste Torchance für die Russen! Machbalrin lässt jetzt den vierten Gegenspieler aussteigen! Glanzparade von Jakob Machbalin! Er kommt zum Torschuss! Doch was ist das? Owei! Die Latte kracht entzwei! Und der Ball kommt außerhalb der Torlinie zu Boden! Nein, nein, nein, nein, nein! Jakob Machbalrin verpasst den Ausgleich! Schade! Der Alleingang des Russen war bisher der schönste Moment im Spiel der Sbornaja!«

FALLENSTELLER

Man nennt Kasan aufgrund seiner Lage zwischen Europa und Asien und seiner großen muslimischen Gemeinde auch das »Istanbul an der Wolga«. In der Hauptstadt der Republik Tatarstan wollten wir nun also einen dreifachen Mörder schnappen und Dr. Smrt hatte auf seiner langen Fahrt von Moskau hierher genügend Zeit, sich einen Plan zurechtzulegen.

Wir hatten an jenem Freitag im Juni 2017 den Parkplatz an der Kasan-Arena als Treffpunkt vereinbart, doch Dr. Smrt hatte so seine Probleme, wegen der ausschließlich russischen und tatarischen Beschilderung der Straßenschilder, den Weg zu finden – sein Navi hatte sich, da Asien nicht mehr zu seinem Einzugsgebiet gehörte, verabschiedet. Bei seiner Suchfahrt durch die Stadt hatte er daher Gelegenheit, wenigstens zwei ihrer Sehenswürdigkeiten im Vorbeiflitzen zu sehen: Die wieder neu errichtete, blaukuppelige Kul-Scharif-Moschee mit ihren zahlreichen weißen Minaretten und den Hochzeitspalast, der wie ein überdimensionaler asiatischer Kochtopf in der Altstadt aufragt. Im Athletendorf der Sommer-Universiade von 2013, dem heutigen Campus der Uni von Kasan, zeigte er sich als weltoffener Bürger und fragte einige der internationalen Studenten nach dem Weg zur Arena.

Ich hatte mich vom Flughafen südlich der Stadt direkt

mit dem Taxi zum Treffpunkt bringen lassen und umrundete bis zum Eintreffen Smrts zu Fuß die Arena, deren riesige Front sich wie das Maul einer gigantischen Auster über mir erhob. Ein paar Touristen bummelten über das Gelände und schossen Selfies vor der gigantischen LED-Fassade, deren Lichtspiele ständig neue Motive boten. Fast verloren saß ein russisches Großmütterchen, trotz warmer Temperaturen mit wollenem Kopftuch und bestickter Babuschkatracht, auf einer Bank und strickte mit langen hölzernen Nadeln an einem Schal.

Schließlich entdeckte ich den schwarzen Smart mit Häfler Kennzeichen und dem auffälligen Dachsarg auf einem der Parkplätze und begrüßte den Leichenfledderer mit seinen vier Begleitern, von den zwei auf dem Dach und zwei im Wageninnern mitfuhren.

Dr. Smrt begrüßte mich und ich nahm neben ihm auf dem Beifahrersitz Platz. Hinter mir schlief Wallander auf der Nackenstütze und Kurt landete im Kofferraum.

»Komisches Gefühl, so kurz vor der Lösung eines Falles zu stehen, und das auch noch mitten im Reich der Tataren! Wussten Sie, junger Freund, dass das Wort Tartaren – wohlgemerkt mit ›r‹ geschrieben, aus dem Griechischen kommt und wörtlich übersetzt heißt: ›Die aus der Hölle‹? Wollen wir also unserem Mörderchen das Leben zur Hölle machen!«

Er lachte sein sympathisches Lachen und jagte mir damit zugleich den Schauer über den Rücken, den ich immer wieder dann verspürte, wenn er seinen berüchtigten schwarzen Humor versprühte.

»Was haben Sie vor?«, fragte ich mit zitternder Stimme. Irgendwie hatte ich mich, obwohl ich ja der leitende

Ermittler war, in seiner Nähe mit der Rolle des Assistenten begnügt.

»Ich habe von unterwegs, zumindest solange der Akku meines Smartphones reichte – also bis auf Höhe Nowotscheboksarsk, wo übrigens Wallander wieder zugestiegen ist – auch unseren Freund Donner angerufen und ihn gebeten, die hiesigen Kollegen um Ermittlungshilfe zu ersuchen. Ich dachte, es kann nicht schaden, die russische Politsiya als Freund und Helfer zur Seite zu haben. Wie Sie sich vorstellen können, hat Donner es sich nicht nehmen lassen, sich sofort ins Flugzeug zusetzen, und nach Kasan zu fliegen. Er will gegen halb elf heute Abend hier sein. Das passt, da ich Ihre Mission gegen Mitternacht zu starten gedenke.«

»Meine Mission?«, fragte ich. »Welche Mission? Bin ich Tom Cruise, oder was?«

»So was in der Art, in der Tat. Vielleicht aber eher Christopher Lee, der einst ja Dracula, also einen lebenden Toten verkörperte. Und das, mein Lieber, wird auch Ihre Rolle in der heutigen Aufführung sein!«

Ich unterdrückte meinen Würgereiz. Hätte ich mir doch denken können, dass der Bestatter und Pathologe wieder eine seiner makabren Ideen in die Wirklichkeit umsetzen wollte. Er fuhr fort:

»Lassen Sie mich, wie folgt, erklären: Ich habe meine alten Verbindungen nach Kasan spielen lassen. Der hiesige Chefpathologe, ein gewisser Doktor Iwan Sargofakoff, war einst zusammen mit mir bei der 111. Jahrestagung der Internationalen Gesellschaft für Pathologie in Transsylvanien und schuldet mit noch ein Bier. Ich habe ihm seine Schulden erlassen und er hat mir dafür die

Nummer seines Durakfreundes Boris, seines Zeichens Hausmeister in der ›Kasan-Arena‹, gegeben. Durak, müssen Sie wissen, ist ein russisches Kartenspiel, wir klopften es damals in Transsylvanien fast jeden Abend. Und raten Sie mal, Wertester, was ich hier habe?«

An seinem Zeigefinger hing, an einem Ring befestigt, ein Schlüssel.

»Damit kommen wir rein! In die Arena! Heute ist spielfreier Tag, und wenn die mit Rasenmähen und Tartanfegen fertig sind, gehört die Arena uns!«

»Und was machen wir da?«

»Wir? – Sie! Sie haben die Hauptrolle in der Commedia! Na los, freuen Sie sich!«

Ich muss gestehen, dass ich mich damit etwas schwer tat. Dr. Smrt irritierte das wenig und der Regisseur erklärte mir sein Drehbuch:

»Unser Mörder ist hinter Ihrem Bruder Jakob her, stimmt's?«

Ich nickte.

»Sie sehen wie Bruder Jakob aus, stimmt's?«

Ich nickte abermals.

»Wir locken den Mörder hierher, indem wir ihm wie Eriwan Eriwanowitsch selig« – er deutete mit der Hand nach oben Richtung Dachsarg – »eine Falle stellen werden. Mit Ihnen in der Rolle Ihres Bruders.«

Diese Rolle kannte ich nun ja seit dem Spiel gegen Portugal zur Genüge. Ich beschloss, ab sofort nicht mehr zu nicken. Smrt fuhr unbeirrt fort:

»Wir gehen dabei vor, wie dieser ermordete Eriwan Eriwanowitsch, der den Mörder ja bekanntlich mit einer WhatsApp, die zu einem Termin mit Jakob einlud, zu dem für ihn tödlichen Rendezvous lockte. Ich habe, von Eriwans Smartphone aus, an denselben Verteiler im russischen Fatzebuck folgende Nachricht veröffentlicht. Passen Sie auf: Hier, ich habe es auch auf Deutsch gespeichert.«

Er holte Eriwans Yotaphone aus der Jackentasche und ich las:

Ja, er lebt noch! Jakob Sergejewitsch Machbalrin lädt zum Mitternachtskick in die Arena!

»Klingt verlockend, finden Sie nicht? Also, wenn ich diesen Jakob auf dem Kieker hätte, würde ich sofort kommen!«

»Und ich soll …?« Ich wagte meine Gedanken nicht auszusprechen.

»Sie, mein Freund, platzieren sich gemütlich in der Arena, schön bequem ausgestreckt auf jenem Fleckchen im Mittelkreis des Spielfelds, der in Fachkreisen Anstoßpunkt genannt wird.«

»Und warum nicht auf dem Elfmeterpunkt?«

»Gute Frage. Aber das haben wir genau durchdacht. Wir wollen, dass der Mörder, egal von welcher Seite er sich auf Sie zubewegt, den gleichlangen Weg zurücklegen muss. Dann haben Donner und ich die beste Chance, im Ernstfall rechtzeitig einzugreifen.«

Ich starrte ihn an.

»Im Ernstfall? Ich lieg da allein rum und warte drauf, bis er mich erschießt?«

»Nein. Er soll ja denken, dass Sie schon tot sind. Zudem setzen wir Ihnen die Fußballmaske auf. Das wird ihn total irritieren und er wird sich verraten, da bin ich mir ganz sicher!«

»Und Sie meinen, das klappt?«

»Es ist unsere einzige Chance. Oder haben Sie eine bessere Idee?«

»Ich werde darüber nachdenken. Aber warum um Mitternacht?«

»Er soll sich sicher fühlen. Wer geht schon um Mitternacht in ein leeres Fußballstadion?«

»Da ist es doch stockfinster! Wie soll er mich da erkennen?«

»Sie müssen sich keine Sorgen machen. In der Arena ist nicht nur außen die weltgrößte LED-Fassade an einem Fußballstadion installiert. Wir haben auch Bewegungsmelder im Stadioninnern. Mit einem Klick ist es da heller als in der Sonne. Ich überwache von meinem Smart aus die Aktion per Videofernauge, das an die 13 Kameras der Arenavideoüberwachungsanlage angeschlossen ist. Boris richtet mir das noch ein. Sobald sich jemand nähert, sehen wir das!«

»Habe ich eine Waffe?«

»Ja. Die hier. Habe ich in Eriwans Tasche gefunden. Wundert mich, dass er die nicht benützt hat.«

Er hielt mir Eriwans Siebenschuss-Nagant aus Plastik unter die Nase, und mir wurde schlecht. Wie sollte ich mit einem Schreckschusspatronen-Kinder-Apatschen-Nagant meinen Mörder aufhalten?

»Außerdem«, fuhr Dr. Smrt fort, »statten wir Sie mit einem In-Ear-Monitoring und einem kleinen Headset-Mikrofon aus, über das Sie mit mir und Donner in unserer Einsatzzentrale hier draußen in meinem Smart verbunden sind. Wenn's klemmt, sind wir in Sekunden da!«

Ich war keineswegs beruhigt. Wenn der Mörder so eiskalt vorging wie bei seinen anderen Opfern, hatte ich mit der Spielzeugausführung des russischen Revolvers keine Chance. Doch Smrt zerstreute meine Bedenken mit einem einzigen Satz:

»Und damit Sie sich so richtig wohlfühlen, sorgt die Rasenheizung dafür, dass Sie weich und warm liegen. Fast wie in meinem Institut im Moorbad.«

Das überzeugte mich.

»Der Mörder kann also kommen, und wird uns nicht entgehen!«, sagte Dr. Smrt überzeugt.

LEICHENSTARRE

Der Tag kroch unendlich langsam dem Abend und der Nacht entgegen.

Um halb zwölf betrat ich im roten Trikot der russischen Sbornaja die stockfinstere Arena. Sofort schaltete sich der Bewegungsmelder ein und Dr. Smrt grinste.

»Funktioniert doch bestens«, sagte er und klopfte mir aufmunternd auf die Schulter. »Nun stellen Sie sich vor, wie unser Mörder hier hereinspaziert und plötzlich entdeckt, dass sein Opfer schon ermordet auf dem Rasen liegt, mit dem Fußball der Russland-WM über dem Kopf! Da muss er doch durchdrehen und sich verraten!«

»Sie sind echt der Fnaller!«, bemerkte Kriminalhauptkommissar Sepp Donner, der mit uns über den Rasen schritt. Der leitende Ermittler hatte seine Kasaner Kollegen um Amtshilfe gebeten und war zuversichtlicher als ich, den Einsatz erfolgreich zu beenden. »Wir schlagen zu, bevor der Ferl auch nur eine Chance hat, Ihnen die Maske herunterzureißen und Sie abzufnallen! Die Follegen aus Fasan stehen unter meinem Fommando!«

Ich war nun doch beruhigt. Bei so viel kriminalistischer Kompetenz konnte wirklich nichts schiefgehen.

Dachte ich.

Leider hatte ich dabei nicht mit der Raffinesse meines Mörders gerechnet.

Ich ließ mich von Dr. Smrt verkabeln, klemmte mir

die Mikrohalterung ums eine Ohr und steckte den Minikopfhörer in das andere. Dermaßen verdrahtet stand ich in direktem Kontakt zu Ermittlungszentrale und Einsatzkommando, und der siebenschussige russische Nagant in meiner roten russischen Fußball-Short gab mir ein Gefühl der Unsicherheit. Ich nahm einen Schluck *Aqua collineandi* aus meinem Flachmann, dessen durchschlagende Wirkung mir aus dem Portugalspiel noch in bester Erinnerung war – sicher ist sicher, dachte ich.

»Foole Idee«, bemerkte Kommissar Donner, »den Mörder mit diesem ausgeflügelten Mitternachtsfick hereinzulegen!«

Ich nahm nun auf dem Anstoßpunkt in der Mitte des Spielfelds Platz, legte mich mit dem Gesicht zum Himmel auf den Rücken und streckte Beine und Arme weit von mir. Ich sah aus, wie ein liegendes Andreaskreuz in russischem Fußballtrikot auf einem russischen Arenarasen.

Dr. Smrt stülpte mir den von ihm präparierten Fußball der Russland WM 2018 übers Gesicht. Er hatte auf Augen-, Mund- und Nasenhöhe kleine Löcher in die Hülle gebohrt, die mir halbwegs eine vage Sicht und einigermaßen freies Atmen ermöglichten. Zumindest wenn es nach seinen Plänen ging, würde ich in der »Kasan-Arena« nicht als Fußballleiche enden.

Donner und Smrt entfernten sich und schon Minuten später lauschte ich der Stimme Donners aus der Smart-Einsatzzentrale in meinem bekopfhörten Ohr.

»Alles flar, Ferlchen, friegen Sie Luft?«

»Ja«, flüsterte ich in mein Headset und registrierte gleichzeitig, wie das Licht in der Arena mangels Bewegung auf dem Spielfeld ausging. Allein lag ich im Dunkeln unterm Fußball auf dem Rasen und fühlte mich besser, als wenn ich auf dem Fußball unterm Rasen gelegen hätte. So konnte ich meiner Situation, so seltsam sie mir auch erschien, doch noch etwas Positives abgewinnen.

Minuten vergingen. Ich harrte der Dinge.

Irgendwo in der Ferne schlug eine Kirchturmuhr Mitternacht. Es klang wie little Big Ben.

Zwölf Schläge.

Geisterstunde.

Draculas Zeit.

Die Rasenheizung funktionierte nicht.

Ich fühlte die Gänsehaut an meinen Armen und hoffte, der Mörder würde das übersehen.

Die Kälte kroch mir über den Rücken nach oben, Richtung Genick. Ich drehte den Kopf zur Seite und spähte durch die Fußballsehschlitze in die Nacht.

Die Geräusche waren spärlich, aber da der Fußball meine Ohren nicht ganz bedeckte, konnte ich sie lokalisieren. Irgendwo hoppelte ein Russenkaninchen über den Rasen und ich spürte den leichten Windhauch an meinen nackten Beinen, als ein Sibirischer Uhu auf seinem Jagdzug über meinen Körper strich. Wallanders Brunftschrei aus dem Smart drang über das In-Ear-Monitoring an mein Ohr und der Uhu änderte seine Flugbahn in Richtung des Geiers.

Was, wenn das Überraschungsmoment nicht ausreichte, um den Mörder zu überwältigen?

Was, wenn er einfach auf die Fußballleiche schoss, ohne ihre Identität zu überprüfen?

Der kalte Schauer kroch in mein Inneres.

Plötzlich hörte ich die Stimme Smrts im linken Ohr:

»Achtung. Einzelperson weiblich nähert sich!«

Durch die Sehschlitze im Ball bemerkte ich, wie das Licht in der Arena ausblieb.

»Wir haben ein fleines Problem mit dem Bewegungsmelder. Feine Panif!«, hörte ich Donner.

Der Rasen dämpfte die Schritte, die sich mir näherten. Das Russenkaninchen war verschwunden. Ich wagte es nicht, den Kopf zu bewegen, und spürte nur, wie sich eine Gestalt über mich beugte.

»Na, wen haben wir denn da?«, hörte ich eine weibliche Stimme krächzen. »Das sieht ja wirklich professionell aus!«

Ich hielt die Luft an, aus Angst, das Heben und Senken meines Brustkorbs könnte mich verraten.

»Falls Sie das sind, Kommissar Zufall«, sagte die Stimme jetzt, »ich habe eine gute und eine schlechte Nachricht für Sie! Sie werden nie wieder als Ersatz für Ihren Bruder kicken müssen, das ist die Schlechte!«

Es klang wie eine Drohung.

»Ach, und Sie werden auch nie wieder für ihn zur Dopingprobe gehen müssen! Schluss mit diesem ganzen Theater!«

Ich erwartete jeden Augenblick den Schuss!

Jetzt beugte sich die Gestalt noch tiefer über meinen Fußball und ich sah die schattenhafte Silhouette ihres Gesichts, die sich vor den dunkelblauen Nachthimmel über dem geöffneten Arenadach schob.

»Ich wünsche Ihnen alles Gute, Kommissar Zufall, ich glaube nicht, dass wir uns noch einmal sehen«, flüsterte die Stimme, »leben Sie wohl!«

Ihr Arm näherte sich meiner Stirn und die Finger betasteten den Ball.

»Ich werde Ihrem Bruder Jakob Grüße von Ihnen bestellen. Er ist wieder aufgetaucht, das ist die gute Nachricht. Er bedankt sich bei Ihnen für Ihren Einsatz, er hat es auf seinem VK-Account gelesen und kombiniert, dass jetzt Sie auf die Suche nach seinem vermeintlichen Mörder gehen. Darauf meldete er sich bei mir zurück. Ich geh dann mal wieder, bevor der Mörder auftaucht!«, sagte Helga und entfernte sich.

Ich atmete durch. Zumindest war Jakob am Leben, dachte ich beruhigt. Und ich würde nie mehr für ihn kicken müssen. Wenigstens das!

Ich bewegte meine Beine und Arme und versuchte, eine bequemere Liegeposition zu finden.

»Achtung. Einzelperson männlich nähert sich!«, warnte mich die Stimme Dr. Smrts.

Sofort ging ich wieder in Leichenstarre über. Diesmal war der Mörder äußerst unvorsichtig, nicht halb so leise wie seine Vorgängerin und ich versuchte verkrampft, die Melodie zu erkennen, die er pfiff.

Ich bemerkte an der Lautstärke seiner Töne, dass er rasch näherkam und jetzt kristallisierte sich der Refrain seines Pfeifens klar heraus: »Ja, er lebt noch, er lebt noch, er lebt noch!« Wer um alles in der Welt pfiff um Mitternacht mitten in Kasan den »Holzmichel«?, dachte ich noch, als ich die Stimme an ihrem unüberhörbaren Dialekt erkannte: »Da schau her, da liegt der Russ'!«

Kaiser Franz war auf das Spielfeld getreten.

Also doch! Fast wie im Fernsehkrimi, dachte ich. Der Unbescholtene, Harmlose, Sympathische entpuppt sich am Ende als Schurke! Wo blieben Smrt und Donner?

»Ja, was ist denn das?«, hörte ich den Mörder sagen. »Da kommt man pünktlich ins Stadion und will mal so einen russischen Sbornaja-Star beim Mitternachtskick in der Arena ausspionieren, und jetzt liegt der Kerl auf der Wiesn und schläft seinen Rausch aus!«

Kaiser Franz trat neben mich und ich bemerkte durch meine Sehschlitze, wie er eine Bierdose öffnete und sie mir entgegenhielt.

»Prost, Machbalrin! Auf dich und die WM!«

Er nahm einen kräftigen Schluck.

»Dann kann ich ja wieder gehen«, murmelte er, »aber vorher muss ich mal …«

Das ist jetzt aber nicht wahr, was der da macht, dachte ich und spürte schon die ersten Tropfen auf meiner nackten Haut. Kaiser Franz schien wie beseelt von dem Gedanken, einmal auf einen am Boden liegenden Gegner pieseln zu dürfen, und ich sah, wie der besoffene Dopingagent an der doppelt zugeknöpften Stalltür seiner Lederhose herumfingerte. Weitere Tropfen erreichten mich, doch es war – bis jetzt – nur Bier, das aus der Dose gespritzt war.

»Geh woanders schiffen!«, schrie ich unter meinem Ball und sah, wie er zurückschreckte.

»Iss ja schon gut«, bemerkte er trocken, »war ja nicht persönlich gemeint! Was tust du auch so, als ob du pennst!«

Kopfschüttelnd, das konnte ich gerade noch erkennen, verließ er die Arena.

Ich hatte das Spiel langsam satt. Nicht nur, dass mich

fror, ich kaum etwas sah, die Funkverbindung zu Dr. Smrt und Donner offensichtlich zeitweise unterbrochen war und statt des echten Mörders nur sämtliche andere Leute auftauchten, die Eriwan Eriwanowitsch in seinem Verteiler hatte, jetzt stank ich stocknüchtern auch noch nach Bier!

Ich keine Zeit, mir weitere Gedanken zu machen.

»Achtung. Zwei Personen unterschiedlichen Geschlechts nähern sich!«, rauschte die Stimme Dr. Smrts in meinem Kopfhörer.

Langsam war ich geübt, was den Besuch anging und erstarrte erneut professionell. Ich würde mich, falls ich das überleben sollte, beim »Tatort« als Leiche bewerben, dachte ich.

Ich lauschte in die Nacht, der Bewegungsmelder streikte weiter, und versuchte zu erahnen, wer die beiden Gestalten waren. Ich hörte die Stimmen, gedämpft durch den offiziellen Spielball der Fußball-Weltmeisterschaft 2018 in Russland und hatte Mühe, die Personen zu erkennen.

Mann und Frau, das war eindeutig.

Sprachen deutsch.

»Wenn er das ist«, sagte die Frauenstimme, »dann hätten wir ein Problem weniger …«

»Zumindest liegt er da wie Gutwart Pfost, schau!«, stellte der Mann fest. Ich versuchte, die Stimme zuzuordnen, und ging im Geist die Männer durch, die mir während der Ermittlungen in Deutschland begegnet waren.

»Er ist der letzte noch lebende Zeuge. Wir hätten danach freie Bahn!«, meinte die Frau. Die Stimme! Ich hielt den Atem an. Hatte sie wirklich mit dem Mörder gemeinsame Sache gemacht?

»Dann kann der Stoff endlich ungehindert auf den Weltmarkt!«, freute sich der Mann.

»Und es wird für uns beide reichen!«, sagte sie zuversichtlich.

Das raffgierige Paar kam näher.

»Er trägt das russische Trikot«, erkannte der Mann richtig. »Scheint wirklich Machbalrin zu sein!«

»Kannst du ihn erkennen?«, fragte sie.

»Nicht leicht, in der Dunkelheit.«

»Schau dir seine Beine an!«

»Bei Nacht sehen alle Fußballerbeine gleich aus!«

Alberich Zwuggel! Durchfuhr es mich, und ich hatte Mühe, ruhig liegen zu bleiben.

»Dann nehmen wir ihm dem Fußball ab!«, schlug die Frau vor. »Ich muss jetzt wissen, ob das der Zweite ist, der Vaters Erfindung getestet hat!«

Daisy! Ich hatte die Stimme doch richtig erkannt. Meine Finger krallten sich in den Fußballrasen. Der Mörder und seine Komplizin! Ich dachte an unser Tete-a-tete in jenem Sankt Petersburger Hotelzimmer, doch es beruhigte mich nicht.

»Was heißt da, Vaters Erfindung«, widersprach Alberich Zwuggel jetzt. »Ich war es, der im Labor die wissenschaftlichen Ergebnisse erzielt hat. Mir steht die Kohle zu, das habe ich dem Alten mehr als einmal gesagt. Millionen ist das Wässerchen wert! Aber er wollte Ruhm und Ehre für sich. Das hat er jetzt davon!«

Nun kannte ich das Motiv. Wir hatten ihn! Der Mörder hatte sich selbst ans Messer geliefert. Ich wartete auf das Kommando »Zugriff!« in meinem Kopfhörer. Über mein Mikrofon musste die Ermittlungszentrale doch jedes Wort mitgehört haben und spätestens jetzt eingreifen! Doch ich hörte nur seltsames Knistern und das Turteln von Wallander mit dem Sibirischen Uhu.

Der Dialog der beiden Täter war mehr wert als jedes Geständnis. Sie hatten den Professor wohl gemeinschaftlich aus Habgier umgebracht und danach auch noch einen der beiden Zeugen, sowie – als Opfer einer Verwechslung – Eriwan Eriwanowitsch beseitigt. Denn auch mein Bruder Jakob, als der Letzte, der das Geheimnis des *Aqua collineandi* kannte, musste sterben.

Als dieser getarnt lag ich jetzt vor dem Mörderpaar auf dem Rasen, vermeintlich tot und sie würden nicht davor zurückschrecken, mir – wie auch schon Professor von Dohbingh, Gutwart Pfost und Eriwan Eriwanowitsch – eine Kugel zu verpassen, wenn sie mir die Maske abnahmen und mich lebend für Jakob hielten.

Soweit durfte ich es nicht kommen lassen!

Ich beschloss daher, nicht auf Kommissar Donners und Dr. Smrts Eingreifen zu warten.

»Die Beine sehen so gar nicht nach einem Fußballer aus«, meinte Alberich Zwuggel gerade. »Ein Beamter vielleicht oder ein Lehrer. 8. Klasse Realschule. Mathe und Chemie. Kaum Muskeln und Haare wie ein russischer Bär.«

Er bückte sich, um mein rechtes Bein abzutasten. Ich ahnte die Visage des Gorillas über meinem Knie mehr, als ich sie sah, visierte so gut es unter der Maske ging auf sein Kinn, zielte mit der Genauigkeit eines ostafrikanischen Chamäleons aus den Usambarabergen von

Tanzania, winkelte in einer blitzschnellen Bewegung das Bein an und knallte ihm meine stahlharte Kniescheibe krachend gegen den Unterkiefer, dass ich Knochen und Zähne splittern hörte. Dank *Aqua collineandi* hatte ich mein Ziel nicht verfehlt.

Alberich Zwuggel fiel zurück, sank nach hinten auf das Spielfeld und blieb, von meinem Kinnhaken niedergeschmettert, regungslos liegen.

Im Wilden Westen hätte mir Sam Hawkens jetzt den Namen »Old Shatterknee« gegeben.

In der Sekunde sprang ich auf, schrie »Zugriff!«, riss mir die Fußballleichenmaske vom Kopf und überwältigte Alberichs völlig überrumpelte Komplizin mit den geübten Griffen des in Selbstverteidigung und Verhaftungstechnik geschulten Privatdetektivs, indem ich ihr den Arm auf den Rücken drehte und sie zu Boden rang.

Schon eilten tatsächlich Donner und Smrt über das Spielfeld herbei, und wenige Minuten später war das kriminelle Pärchen von den, in Amtshilfe bereitstehenden, Kasarer Kollegen Donners in sichere Verwahrung genommen worden.

Wer hätte das gedacht!

Meine Daisy aus dem Sankt Petersburger Hoteldoppelbett, das bezaubernde Mauerblümchen vom Österberg und mehrfache Schützenkönigin im Schützenverein »Schwäbisch Halali & Co.« eine eiskalte Vatermörderin?

Und Alberich Zwuggel, der hilfsbereite Hüne vom Bolzplatz und linke Hand des Professors, Assistent am Institut für Zoologische Optometrie, Navigation und Kinematik an der Universität Tübingen, ihr Helfershelfer?

Oder sollte es am Ende umgekehrt sein?

Hatte das Mauerblümchen nur gute Miene zum bösen Spiel gemacht, war zur Komplizin des Mörders Alberich geworden, um an den Millionen seiner Erfindung teilzuhaben?

Nun, ich war mir sicher, dass die Ermittlungen Donners im tatarischen Kasan die Wahrheit ans Licht bringen würden. Ich hatte meine Aufgabe erledigt, wieder einmal, wie so oft in meinem erfolglosen Leben als Privatdetektiv, zum Nulltarif.

Der erste meiner Auftraggeber, Eriwan Eriwanowitsch, war tot. Von ihm war kaum noch Kohle zu erwarten.

Der zweite meiner Auftraggeber, Kaiser Franz, hatte mir gekündigt, nachdem sich Jogi derart massiv über meine Bemerkungen zu seinem Landjugendkader beschwert hatte.

Der dritte meiner Auftraggeber, das bezaubernde Mauerblümchen Daisy von Dohbingh-Fährdacht, war soeben, zusammen mit ihrem Komplizen, in einem Fahrzeug der Kasanischen Politsiya in russische Haft abtransportiert worden.

Die schon geleisteten Anzahlungen aller Auftraggeber waren eins zu eins in den Besitz meiner Ex übergegangen, da sie immer noch Zugriff auf unser ehemals gemeinsames Bankkonto hatte und ich ihren Forderungen wohl bis an mein Lebensende nachkommen muss.

Smrt und Donner hatten es sich mit einer Blutwurstjause aus Kurts Vorräten im Smart gemütlich gemacht. Ich hingegen konnte nichts essen und wollte, all meiner Illusionen um Daisy und mich beraubt, ein bisschen allein sein, und spazierte noch einmal gedankenverloren zurück in die Arena.

ENDSPIEL

Düster ragte die schwarze Austernwand über mir auf, als ich allein zurück in die Arena ging und mich noch einmal im Finstern auf den Anspielpunkt in der Mitte des Spielfelds setzte.

Ich schloss die Augen und hing meinen Gedanken nach. Zu sehr war ich mit den Geschehnissen der vergangenen Tage beschäftigt, um die Person wahrzunehmen, die sich mir von hinten näherte.

»Los, stehen Sie auf, Herr Zufall, *La Commedia è finita*!«, sagte die krächzende Stimme hinter meinem Rücken und ich spürte den Lauf einer Waffe im Kreuz.

Ich erschrak und erhob mich langsam.

»Sie dürfen sich gerne umdrehen und mir in die Augen sehen, wenn ich Sie erschieße«, sagte die Stimme. »Sie haben das Vergnügen, so zu sterben, wie Gutwart Pfost, Jakob Machbalrin und ... mein Mann!«

Ich tat wie geheißen und starrte in das Gesicht von Daphne Baronesse von Dohbingh aus dem Geschlecht der Schenken von und zu Schelmenburg, die mit einem alten russischen Karabiner im Anschlag vor mir stand.

Die Witwe des Professors!

»Wir spielen jetzt ›Russisches Roulette‹! Sie kennen das?«

Nicht schon wieder. Ich hatte noch genug vom letzten Mal.

»Ich habe nur die Spielregeln vereinfacht«, erklärte die Baronesse. »Statt einem Revolver gibt es nur ein Gewehr. Und statt einer Patrone in der Trommel, nur eine Patrone im Lauf.«

»Kaliber 7,62«, ergänzte ich tonlos.

Sie zögerte kurz, nickte und sagte dann:

»Los, gehen Sie zehn Schritte zurück, damit ich auf Ihre Stirn zielen kann!«

Ich folgte langsam ihrer Aufforderung und brachte nur ein Wort über meine zitternden Lippen:

»Sie?«

Meine Überraschung war nicht zu überhören.

»Ja. Ich.«

»Aber warum?«, fragte ich.

»Das«, sagte sie, »ist eine lange Geschichte. An jenem Freitagabend«, begann Daphne Baronesse von Dohbingh aus dem Geschlecht der Schenken von und zu Schelmenburg, »kam mein Mann weit nach Mitternacht nach Hause. Ich pflege so zu tun, als schliefe ich, um keine späten Gelüste mehr in ihm zu wecken, jedoch in jener Nacht spürte ich, dass etwas nicht stimmte, und verließ mein Schlafgemach. Er saß unter dem Wappen meine Familie, derer von und zu Schelmenburg und trank einen Wodka. Pur.«

Ich ahnte, was nun kommen würde, und fuhr an ihrer Stelle fort:

»Er hat ihnen von seiner Erfindung erzählt, und dass er sie einigen Sportlern als Dopingmittel zur Verfügung gestellt hatte?«

Sie nickte.

»Er hat mir die Namen genannt. Gutwart Pfost und Jakob Machbalrin.«

Sie spuckte diese Namen aus.

»Er hat mir die Nachricht von diesem Pfost gezeigt.«

Lehne weitere Therapie ab. Unser Fußball muss sauber bleiben! Werde an die Öffentlichkeit gehen, um mein Gewissen zu erleichtern.

»Eine Absicht, die alles zerstören würde, was wir uns seit 1477 erarbeitet hatten! Die Ehre und das Ansehen unserer Familie waren der Schande preisgegeben! Alles stand auf dem Spiel. Das konnte ich nicht zulassen!«

Mit einem Mal wurde mir vieles klar: Wenn Pfost, wie in seiner Nachricht angekündigt, auf das Doping verzichten und stattdessen als aufrechter Sportler aussagen wollte, machte er sich nicht nur – wie von mir vermutet – die russische Dopingmafia, zu der ich den armen Eriwan Eriwanowitsch zu Unrecht gezählt hatte, zum Feind, sondern auch den Professor. Und dessen jetzige Witwe!

»Was also taten Sie?«

»Ich stellte ihn zur Rede. Beschwor ihn, unsere Familienehre nicht zu beschmutzen. Er riss sich von mir los. Ich solle aufhören mit dieser alten Geschichte, sagte er. Er habe sich mit einer russischen Delegation getroffen und alles bestens geregelt. Das Geld, das er für seine Erfindung kassiere, würde reichen, unser Herrenhaus zu renovieren und den alten Kamin, dessen Nutzung an Feinstaubalarmtagen ja ohnehin infrage stand, gegen eine dieser neumodischen Solaranlagen auszutauschen. Eine Solaranlage auf einem Dach, dessen glasierte Biberschwanzziegel schon immer das äußere Zeichen unseres Wohlstands waren!«, empörte sie sich.

Ich ließ ihr Zeit, sich zu fassen und sie fuhr fort:

»Er verließ das Haus und ich wusste, dass er durch

nichts von seinem Vorhaben abzubringen war. Ich nahm mein Gewehr und folgte ihm. Ich kannte sein Ziel. Er fuhr immer zu diesem geheimnisvollen Weiher im Wald, wenn er seine Ruhe haben wollte. Dort traf ich ihn.«

»Wo genau?«, hakte ich nach.

»In die Stirn«, sagte sie.

Ich nickte. Es passte alles zusammen. Dass nicht nur ihre Tochter, sondern auch sie in ihrer Jugend einem Schützenverein angehört hatte und 1955 und 1966 Schützenkönigin der »Goldersbachtäler Gebirgsschützenvereinigung 1822 Auerhahn e. V.« geworden war, hatte ich bei meinen Recherchen im Internet erfahren.

»Und am nächsten Tag lauerten Sie Gutwart Pfost auf?«

»Ja«, gab sie zu. »Er kickte mutterseelenallein auf diesem kleinen Sportplatz und ich bat ihn um ein Foto. Er stellte sich bereitwillig auf den Elfmeterpunkt und lächelte in meine Kamera. Als er merkte, dass es ein Gewehr war, war es zu spät, aber er starb mit einem fotogenen Lächeln im Gesicht. Er hat bis zuletzt an das Foto geglaubt.«

»Und wie sind Sie auf die Idee mit dem übergestülpten Fußball gekommen?«

»Nachdem mein Mann tot war, ging ich zu seinem Wagen. Ich wollte ihn abschließen und die Autoschlüssel und sein Handy an mich nehmen. Im Kofferraum entdeckte ich diesen Fußball«, erklärte sie und ihre Stimme bekam zuerst einen zynischen, dann einen wütenden Klang.

»Fußball! Der alles zerstörte! Ich nahm das Jagdmesser, das mein Mann, wie einige andere unnötige Dinge, immer im Auto spazieren fährt, und stieß vor Wut hinein! Ich ließ meine ganze Wut an diesem Fußball aus, stieß hinein und schnitt ihn auf. Als die tote Hülle dieses lächerlichen Spielgeräts in meinen Händen lag, kam mir die Idee. Mit dem Fußball wollte ich den Verdacht in eine andere Richtung lenken.«

»Sie wollten, dass man den Täter in Fußballkreisen sucht?«

Sie nickte.

»Zumindest bei diesem Gutwart Pfost. Bei dem anderen, diesem russischen Fußballer, hatte ich das nicht in der Hand.«

Sie schien nicht zu ahnen, dass Jakob mein Bruder war.

»Sie haben russische Killer auf ihn angesetzt?«, fragte ich und dachte an den Überfall im Moskauer Tunnel und das versuchte Attentat beim Stadion in Sankt Petersburg.

»Killer? Pfh! Stümper, Anfänger, Dilettanten! Diese Idioten haben kläglich versagt. Ehemalige Jagdgefährten meines verstorbenen Mannes. Darum habe ich die Sache jetzt selbst in die Hand genommen.«

»Und auch prompt den Falschen erschossen.«

»Den Falschen?«, fragte sie ungläubig.

»Ja. Eriwan Eriwanowitsch.«

»Eriwan? Der aus dem Radio?«

»Nein. Ein ehemaliger Zirkusclown. Zuletzt war er der Berater von Jakob Machbalrin. Er war nie eine Gefahr für Ihre Familie. Er hat Ihren Mann wahrscheinlich nicht einmal gekannt! Und er hat selbst zwei kleine Hunde und keine Frau«, sagte ich, den Tränen nah. »Eriwan ist der Mann, den Sie in Moskau auf der ›Elchinsel‹ erschossen haben.«

»Auf der Elchinsel? Das war gar nicht Jakob Machbalrin? Aber diese WhatsApp? Es hieß doch, man könne dort Machbalrin treffen!«

»Wie kamen Sie überhaupt in den Verteiler?«

»Über das Handy meines verstorbenen Mannes. Er bekam auf diesem Weg seine Informationen aus Russland.«

»Und dann gehen Sie auf die Insel und erschießen einfach den Nächstbesten?«

»Er war der einzige Fußballer weit und breit, und ich wusste ja nicht einmal, wie dieser Machbalrin aussieht!«

»Genau das hat Eriwan Eriwanowitsch mit dem Leben bezahlt!«, fügte ich hinzu. »Und wenn Sie mich jetzt umbringen, lebt mein Bruder immer noch!«

»Das in der Tat fatal. Aber ich werde auch hier eine Lösung finden«, sagte sie mit dem eiskalten Kalkül der Mörderin. »Ich dachte wirklich, ich hätte Ihren Bruder auf dieser Elchinsel erschossen. Und als jetzt diese Einladung zum *Mitternachtskick* mit Machbalrin per WhatsApp eintraf, kam mir das komisch vor. Also setzte ich mich heute Abend auf eine Bank draußen vor der Arena und habe in der Tarnung einer russischen Babuschka ein wenig gestrickt. Und dabei Sie gesehen …« Sie machte eine bedeutungsvolle Pause. Verdammt, dachte ich! Großmütterchen strickt vor der Arena! Und ich Blödbär hatte sie nicht erkannt!

»Sie wissen zu viel, Kommissar Zufall!«, fauchte sie. »Darum wird man morgen früh Ihre Leiche in dieser Arena finden. Mit dem offiziellen Spielball der Fußball-Weltmeisterschaft 2018 in Russland auf ihrem hübschen Gesicht. Und jeder wird Sie für ein Opfer der Dopingmafia halten!«

Bei diesem Fall ging fast alles schief …

»Welche Rolle spielt Ihre Tochter in Ihrem Spiel?« fragte ich.

»Daisy? Dieses dumme Kind! Daisy hat nie Wert auf unsere Familientradition gelegt. Sie dachte nur an Dagoberts Geld. Hat mit seinem Assistenten gemeinsame Sache gemacht. Ich habe sie beschworen, an die Ehre derer von Dohbings zu denken, doch sie hat nur gelacht. ›Mama‹, sagte sie mit dem Leichtsinn der Jugend, ›wenn ich erst mal Daisy Zwuggel heiße, ist mir die Ehre derer von Dohbings ziemlich egal!‹. Somit war ich bei der Ehrenrettung unserer Familie auf mich alleine gestellt.«

Arme Baronesse, dachte ich. Wo lebte diese Frau? Hatte sich in ihr mittelalterliches Weltbild eingeigelt und sich in ihrem adeligen Herrenhaus verschanzt. Doch mein Mitleid hielt nicht lange an.

»Ach ja«, sagte die Baronesse jetzt, mit einem fiesen Lächeln in ihrem auf jung getrimmten Gesicht. »Falls Sie auf Hilfe durch Ihren sargfahrenden Adjudanten rechnen, vergessen Sie's. Der liegt mit seinem Gefährten im Dachsarg seines Automobils.«

»Tot?«, fragte ich und wusste eines:

Bei diesem Fall ging wirklich alles schief …

»Los jetzt«, fauchte sie. »Zurück, bis ich Stopp sage!«

Ich gehorchte.

Langsam.

Fünf Schritte.

Zehn.

Genug?

Aus welcher Entfernung würde sie schießen?

»Stopp!«, befahl sie.

Elfmeter.

Ich blieb stehen.

Sie legte das Gewehr auf mich an und zielte. Genau so musste sich Eriwan Eriwanowitsch gefühlt haben, im Angesicht des Todes. Nur Gutwart Pfost hatte gelächelt.

Sie nahm meine Stirn ins Visier und ich sah, wie sich ihr Zeigefinger um den Abzug krümmte.

Ich starrte in den kalten Lauf, als der Schuss fiel.

Mit einer Geschwindigkeit von etwa 130 Stundenkilometern und einer Kraft von etwa 23 PS traf das Geschoss sein Ziel, denn der Schütze hatte mit einem Vollspannschuss auf höchste Aufprallkraft und präzise Zielgenauigkeit gesetzt.

Der Aufschrei gellte durch die leere Arena, als der Fußball den Oberkörper der Baronesse traf und ihr bei seinem Aufprall das Gewehr aus der Hand schleuderte. Ihr Schuss ging fehl, die Kugel jagte neben mir in den Rasen.

Ich stand wie vom Donner gerührt und sah Jakob auf die Spielfläche stürmen. Sein gezielter Schuss, der jedem Elfmeter zur Ehre gereicht hätte, hatte mir das Leben gerettet.

»Bruder!«, rief ich, »Mein Bruder!«, und fiel ihm um den Hals.

»Glaube, chabe ich dir das Leben gerettet«, sagte er und drückte mich.

»Was für ein Schuss!«, lobte ich ihn. »Hast du …?«

»Nein«, antwortete er auf die unausgesprochene Frage. »Chabe ich nicht genommen Mittelchen. Chabe ich einfach gezielt und geschossen wie früher.«

»Und getroffen!«, ergänzte ich überglücklich.

Ich ging zur Baronesse und nahm ihr die Waffe ab. Sie lag ohnmächtig im Gras, fast als ob sie schliefe. Kaum zu glauben, dass hier der Mensch vor uns lag, der ohne zu zögern, drei Leben ausgelöscht hatte.

»Bleib du bei ihr, und pass auf sie auf. Lass sie nicht aus den Augen, sie ist deine Mörderin!«, warnte ich meinen Bruder Jakob und eilte vor die Arena, um Dr. Smrt und Kommissar Donner aus ihrem Dachsarggefängnis zu befreien.

»So eine dumme Fuh!«, schimpfte der Leiter der Kriminalinspektion 1, als er aus dem Sarg kletterte. »Hat uns faltblütig mit vorgehaltener Waffe gezwungen, in den Sarg zu flettern!«

Smrt blieb noch einen Augenblick in seinem Smartsarg liegen und meinte schließlich kopfschüttelnd:

»Macht keinen Sinn, die Sache mit dem Doppelsarg. Man sollte sich ja wenigstens aus dem Weg gehen können, wenn der andere Mundgeruch hat!«

Sprachs und stieg aus.

»Von wegen *andere* – wo sind die beiden echten Leichen?«, fragte ich und starrte in den jetzt leeren Sarg. Immerhin hatte der Bestatter doch eine Leiche von Bad Imnau nach Sotschi und Moskau und dann deren zwei nach Kasan überführt.

»Ach, diese beiden meinen Sie«, sagte er, »die sind in der Kasaner Pathologie bei meinem Kollegen Doktor Iwan Sargofakoff zwischengelagert. Ich musste ja damit rechnen, heute noch einen dritten Kunden geliefert zu bekommen. Wäre sonst ja wohl ein bisschen eng geworden für Sie, mein Wertester, bei aller Vorliebe für menschliche Nähe …«

ABPFIFF

Ich verbrachte den Rest der Nacht mit Bruder Jakob an der Bar seines Hotels, und wir schmiedeten bis in die frühen Morgenstunden Pläne. Dabei erzählte er mir auch, dass Eriwan Eriwanowitsch es war, der ihn in Moskau vorsichtshalber aus dem Verkehr gezogen hatte: »Eriwan chat nicht gewollt, dass ich laufe Merdern doch noch iiber den Weg. Wollte Falle stellen und chat mit Leben bezahlt.«

Nach einem kurzen Schlaf trafen wir uns mit den anderen noch einmal vor der Arena von Kasan.

»Heute Abend bin ich dabei, wenn du kickst!«, versprach ich meinem Bruder Jakob, »und ich wünsch mir, dass du den Mexikanern eine so unter die Latte hämmerst, wie gestern Abend der Baronesse!«

»Da! Ich werde mich anstrengen! Und Doping chat Jakob Machbalrin nicht neetig. Chabe ich nie gedopt. War nur gemeine Liige von Eriwan Eriwanowitsch, um dich zu locken nach Russland. Doping in Fußball ist alles Liige. Große, gemeine Liige! Fußball muss sauber bleiben, sauber wie weiße Westen von Fußballfunktionäre! Das verspreche ich dir, Briederchen! Chestno! Ehrlich!«

Daisy hatte sich nach ihrem Auftritt von gestern für unpässlich erklärt und wollte so schnell wie möglich nach Hause fliegen. Sie und Alberich waren noch in der Nacht freigelassen und die Baronesse in ihre Zelle gesteckt worden. Bis zu ihrem Flug nach Deutschland hatten sie noch Zeit und so stießen sie noch einmal zu uns.

Kriminalkommissar Donner war begeistert über den Erfolg seiner Ermittlungen und voll des Lobs:

»Auf frischer Tat ertappt und durch professionellen Fonter überführt. So was macht mir feiner nach! Feiner!«, strahlte er.

»Ganz genau!«, sagte Alberich Zwuggel und streckte mir die Hand entgegen. »Die Millionen vom alten Dohbingh kann ich jetzt ja wohl vergessen. Aber was soll's! Gestatten, Alberich, geborener Zwuggel, künftiger Baron Schenk von und zu Schenkenburg!«

»Also doch!«, rief ich und baute mich vor dem Gorilla auf, der mich um zwei Kopflängen überragte.

»Sie wollen Daisy heiraten?«

»Daisy?«, fragte er. »Ach i wo! Ich heirate die Baronesse!«

»Die Alte?«, entfuhr es mir. »Im Gefängnis?«

»Ja«, er senkte seine Stimme zu einem Flüstern. »Das ist die bessere Ausgangslage für mich.«

Und er raunte so leise, dass nur ich es hören konnte: »Die Baronesse ist nach dem Tod ihres Mannes Alleinerbin des Gesamtvermögens. Die Tochter bekommt ihren Anteil erst nach dem Tod der Mutter, aber das weiß Daisy noch nicht. Und davor krall ich mir dann die Hälfte und hau's auf den Kopf, bevor meine Zukünftige wieder aus dem Knast kommt.«

»Guter Plan«, kommentierte ich, »könnte von mir sein.«

Jetzt unterbrach Dr. Smrt unser Gespräch und fragte mich:

»Nun, mein lieber Kommissar Zufall, wie sehen denn Ihre wertesten Pläne für die Zukunft aus, nach diesen aufregenden Zeiten in Russland? Bleiben Sie noch ein wenig im Land, nachdem Sie ja von hier stammen?«

»Ich denke schon«, antwortete ich. »Muss doch sehen, wie mein Briederchen kickt, und bleibe auf alle Fälle bis zum Ende des Turniers. Und was haben Sie so vor?«

»Nun ja«, sagte er, »da die Nahrungsmittelvorräte langsam zu Ende gehen – also zumindest die Pottwalknochen für Wallander, der sich nicht, wie Kurt, mit ›Kaltem Hund‹ anfreunden will, wollen wir uns nach einigen der hierzulande üblichen Nahrungsergänzungsmittel für Geier umsehen. Ich habe gehört, dass der hiesige Permafrostboden ungeahnte Schätze birgt.«

»Aha, Mammutknochen für Wallander!«, mutmaßte ich, »wenn's schon mit dem Tübinger Elefanten nichts wird!«

»Ich denke mal, dass das Nahrungsangebot Sibiriens da einiges zu bieten hat. So ein schöner Megatheriumoberschenkelhalsknochen soll ja auch eine echte Geierdelikatesse sein.«

»Ein was?«

»Megatherium. Eine Art elefantengroßes Riesenfaultier. Lebte so um die elf Millionen Jahre vor Christus bis in die Zeit von Mammut und Höhlenbär hinein in Südamerika.«

»Und wie soll es dann nach Sibirien gelangt sein?«

»Na, über die Kordilleren und die zugefrorene Beringstraße. Der kürzeste Landweg zwischen Amerika und Asien«, versuchte er, mich zu belehren. Doch in dieser Region kannte ich mich selbst bestens aus und antwortete daher:

»Erzählen Sie mir nichts über die Beringstraße! Die wird nach dem Cup-Finale das Ziel meines Russlandaufenthalts sein. Bruder Jakob und ich wollen direkt vom Cup ans Kap«, scherzte ich.

Smrt fiel nicht darauf herein.

»Nettes Wortspiel«, kommentierte er, »und da Sie von der Beringstraße sprachen, meinen Sie sicher das Kap Deschnjow, den östlichsten Punkt Russlands?«

»Volltreffer!«, gab ich zu. »Wir möchten noch ein bisschen die alte Heimat kennenlernen und am Kap Deschnjow leben ein paar sehr weit entfernte Verwandte.«

»Das ist in der Tat sehr weit entfernt!«

»Akluitok, ein noch weiter entfernter Vetter von uns, lebt ganz oben auf der Tschuktschen-Halbinsel, nur 80 Kilometer vor Alaska.«

»Aha, dann ist er wohl ein Tschuktsche?«

»Nein, Akluitok ist ein Nyvukagmit, seine Vorfahren waren Walrossjäger. Aber er hat die Tochter eines, für die dortigen Verhältnisse reichen, tschuktischen Rentierzüchters geheiratet und lebt jetzt bis zu seiner Rente als Rentiertschuktsche im Bezirk Tschukotzki, zehn Zeitzonen von Moskau entfernt.«

»Dann reisen Sie wohl mit der Transsibirischen Eisenbahn ins autonome Gebiet der Tschuktschen?«

»Zunächst ja, da es keine Direktflüge von Moskau nach Lawrentija in Tschukotzki gibt. Aber die Transsib endet in Wladiwostok, wie Sie sicher wissen. Wir nehmen dann Hubschrauber, Allrad und Rentiergespann. In der Reihenfolge. Alles schon gebucht.«

»Na dann, viel Spaß beim Verwandtschaftstreffen in Tschukotzki. Wann gedenken Sie, wieder zurück zu sein?«

»Nun, spätestens zur WM 2018 sind wir wieder in Moskau. Am 14. Juni kickt« – ich schmunzelte, da ich an den Sprachfehler von Kriminalhauptkommissar Donner dachte – »um 18.00 Uhr mein Bruder Jakob mit seiner russischen Mannschaft im Luzhniki-Stadion. Und ich wette, er schießt auch ohne den Zaubertrank von Professor von Dohbingh das entscheidende Gól beim Tschimpionát míra pa futbólu!«

Конец триллеров
Konets trillerov
End of the crime
La Commedia è finita!
Das Spiel ist aus

EDI GRAF
Bombenlauf

978-3-8392-1843-3 (Paperback)
978-3-8392-4943-7 (pdf)
978-3-8392-4942-0 (epub)

EXPLOSIV Was hat die letzte Botschaft des sterbenden Menschenhändlers Agim Zoto zu bedeutet? Warum wird ein Athlet in Westafrika von einer Schlange gebissen, die nur in Südamerika vorkommt? Warum wird der kenianische Safariführer Alan Scott von einem albanischen Killer gejagt? Die Antworten auf diese Fragen führen die Tübinger Journalistin Linda Roloff zu ihrem wohl gefährlichsten Fall, denn alles deutet darauf hin, dass extremistische Attentäter einen Terroranschlag beim Marathonlauf der Olympischen Sommerspiele in Rio de Janeiro planen.

Das Neueste aus der Gmeiner-Bibliothek

Unser Lesermagazin

Bestellen Sie das kostenlose Krimi-Journal in Ihrer Buchhandlung oder unter www.gmeiner-verlag.de

Informieren Sie sich ...

www ... auf unserer Homepage:
www.gmeiner-verlag.de

@ ... über unseren Newsletter:
Melden Sie sich für unseren Newsletter an unter www.gmeiner-verlag.de/newsletter

f ... werden Sie Fan auf Facebook:
www.facebook.com/gmeiner.verlag

Mitmachen und gewinnen!

Schicken Sie uns Ihre Meinung zu unseren Büchern per Mail an gewinnspiel@gmeiner-verlag.de und nehmen Sie automatisch an unserem Jahresgewinnspiel mit »mörderisch guten« Preisen teil!